COLLECTION FOLIO

Iegor Gran

Les services compétents

P.O.L

Couverture : Maria Rozanova, Iegor Gran
et André Siniavski, à sa libération, juillet 1971.

Né à Moscou et vivant en France depuis l'âge de dix ans, Iegor Gran est l'auteur de plusieurs romans, dont *O.N.G. !*, qui a reçu le Grand Prix de l'humour noir 2003 et le prix RD-RG/Paris Première, *Thriller*, *L'écologie en bas de chez moi*, *L'ambition*, *Le retour de Russie*, *La revanche de Kevin* et *Les services compétents*.

I

La première chose qui frappe le lieutenant – les yeux rieurs de la femme.

Après trois longues sonneries, elle a ouvert la porte. L'opérant lui a notifié sèchement l'ordre de perquisition tout en propulsant son pied dans l'entrebâillement pour coincer le battant, on ne sait jamais, réflexe de professionnel oblige.

Aucun affolement chez elle. Au contraire – un grand, un trop grand sourire.

— Mais entrez donc !

Ils s'entassent gauchement dans le vestibule de l'appartement communautaire, se présentent, exhibent des justificatifs du Comité de sûreté de l'État, récitent les mots du protocole. « En vertu des articles 167 à 177 du Code pénal… »

La femme scrute les six intrus comme si elle étudiait les spécimens d'une collection de coléoptères. Il y a une curiosité non feinte dans son regard. Un amusement. Si elle se rend compte qu'à cet instant sa vie bascule vers une épouvantable série d'ennuis et d'épreuves, elle ne peut s'empêcher d'éprouver un plaisant vertige. L'excitation du joueur.

— Je n'ai pas bien entendu votre nom, lieutenant. Parlez plus fort. Vous vous appelez comment ?

— Ivanov. Evgueni Feodorovitch Ivanov.

Le lieutenant récite son nom et se cherche une place discrète à côté du portemanteau. Tu parles ! Les yeux gris-bleu de la femme ne le quittent pas.

— Vous, vous êtes tendu. Ouh là là. Quel âge vous avez ?

Le lieutenant fait semblant de ne pas avoir entendu. Il ne manquerait plus qu'il réponde. Ce serait le comble. En principe, c'est à eux de poser les questions.

Le capitaine Nikonovitch, le plus gradé, pense reprendre les choses en main :

— J'ai l'honneur de vous faire savoir que votre mari se trouve actuellement retenu en nos locaux.

Ça devrait la calmer.

La femme ne peut retenir un petit rire.

— Quel soulagement ! Merci, capitaine. Car je m'inquiétais. Il aurait dû rentrer après son cours, vers midi. Il a trois heures de retard. Ce n'est jamais bon un mari qui a trois heures de retard. Vous n'imaginez pas le mauvais sang que je me faisais. Et s'il avait eu un accident ? Et s'il était allé chez une autre femme ?... Vous, vous n'allez jamais chez une autre femme que la vôtre, capitaine ?

C'est dit avec un tel mélange de sincérité et d'effronterie déroutante que le capitaine se retrouve en pleine décomposition.

— Citoyenne Rozanova, Maria Vassilievna, épouse Siniavski, en vertu des articles 167 à 177 du Code pénal, je vous propose de remettre bénévolement aux organes d'instruction tous les manuscrits, publications et livres en votre possession dont le contenu serait antisoviétique.

Son air solennel ne produit aucun effet sur la femme.

— Du contenu antisoviétique ? Chez nous ? Tu entends ça, Iegorouchka ? Mais quelle horreur !

Dans son lit à barreaux, le petit Siniavski, âgé de neuf mois, s'est redressé, la sieste interrompue.

— Notez-le dans le protocole ! tente d'aboyer Nikonovitch. La citoyenne Rozanova, Maria Vassilievna, prétend ne posséder ni manuscrits, ni publications, ni livres interdits.

— C'est ce qu'on va voir, grimace le lieutenant Ivanov, en pensant reprendre contenance.

— Venez avec moi, Evgueni Feodorovitch, commande alors la femme. Tenez, prenez le bébé, le temps que j'arrange son lit.

Quand il comprend ce qu'on attend de lui, le lieutenant esquisse un mouvement de recul, mais la femme est plus rapide. Hop ! elle a déjà saisi son fils, hop ! hop ! Iegorouchka est maintenant dans les bras du lieutenant. Quelle est cette tornade ?

Elle a peut-être caché des manuscrits sous le matelas du petit, pense le lieutenant. Il ne faudrait pas oublier d'y regarder de plus près.

En attendant, la perquisition commence. Il est 15 h 30. Que de livres dans cette pièce ! Un mur entier, du sol au plafond, est blindé par une gigantesque bibliothèque. Pas un centimètre de libre ! De toutes les fentes dépassent des papiers, des journaux, il y a des piles par terre, sous la table, sous le lit, partout. Le lieutenant ressent comme de l'admiration mâtinée de terreur. Il en faut du temps pour lire toutes ces pages !

Il se souvient alors que la bibliothèque personnelle de Lénine comportait dix mille ouvrages, comme il l'a appris en visitant la dernière demeure du grand leader aux Collines léniniennes.

Il pense aussi au *Don paisible* de Cholokhov, notre grand écrivain soviétique, qu'il n'a pas réussi à terminer malgré les reproches de sa femme.

Commence alors le travail de fourmi. Examiner chaque volume. Comme le temps passe vite ! À 20 heures, il fait déjà nuit. Ils ont à peine entamé la bibliothèque. Et il y a une deuxième pièce. Comment voulez-vous avancer avec cette femme qui n'arrête pas de vous distraire avec ses questions indiscrètes, ses commentaires déplacés ?

— Vous avez des enfants, lieutenant ?... Quelle taille de pantalon vous faites ?... Vous devriez prendre plus serré sur le bidon... À quel âge avez-vous commencé à perdre vos cheveux ?... C'est dur d'entrer à Sup de K, l'École supérieure du KGB ?... On vous demande de savoir tirer au pistolet ?...

— Nous reprendrons demain, commande Nikonovitch, lessivé. Maria Vassilievna, nous allons devoir confiner cette pièce car elle est en cours d'analyse. Vous avez toutefois le droit de prendre les affaires dont vous avez besoin pour la nuit. Dans cet appartement communautaire, vous disposez bien d'une deuxième pièce, au sous-sol ? Chmakov, vérifie qu'elle ne sort rien d'important. Koulakov, tu mettras la porte sous scellés avec le sceau n° 5.

Il faut déménager le lit à barreaux. Chmakov et Koulakov s'y collent.

— Vous n'avez pas fouillé sous le matelas, dit la femme, toujours avec le sourire. Si, si, j'insiste. Allons ! Faites votre travail. Je ne voudrais pas que vous vous fassiez gronder par votre hiérarchie à cause de moi.

Comme ils hésitent, gênés, elle se débarrasse de son fils en le fourrant dans les bras du lieutenant, et accomplit devant eux le dépeçage du petit lit.

— C'est bon, c'est bon, Maria Vassilievna, supplie Nikonovitch. Vous devez être fatiguée… Et nous aussi… La journée a été longue…

Ils s'en vont enfin, les mains noircies par la fiente de livres.

La porte refermée, le sourire de la femme s'estompe. Le fils, qui n'avait pipé mot de la journée, se met à hurler. « Je ne l'ai jamais vu autant pleurer de sa vie, dira-t-elle plus tard. Il suffoquait. »

Le lendemain, pareil.

Le lieutenant avait effectué suffisamment de perquisitions dans sa carrière pour ne pas reconnaître un inquiétant déséquilibre. La femme était trop détendue. L'enfant – trop calme, comme éteint. Une équipe de déménageurs aurait semé plus de trouble et produit plus d'angoisse que les services compétents – malgré la tronche lugubre de l'agent Chmakov, accentuée par sa crise de foie.

Un truc clochait.

En deux journées éprouvantes, les opérants n'ont rien trouvé de significatif à se mettre sous la dent. Aucun manuscrit franchement compromettant. On a certes saisi pas mal de livres en français. Dont un *Bonjour tristesse* de Françoise Sagan et un *Nadja* d'André Breton. Quelques romans édités par YMCA Press. Un exemplaire de *La Pensée russe*, l'hebdo parisien des émigrés. Un *Docteur Jivago* de Pasternak, en russe, publié à Paris en 1964. Des poésies incompréhensibles tapées à la machine, sans nom d'auteur.

Tous ces éléments ont été soigneusement ajoutés à la liste des documents confisqués. Mais, soyons honnêtes, une perquisition chez n'importe quel prof de tendance libérale, y compris de la faculté des sciences ou de droit, aurait donné une récolte comparable, sinon plus abondante. Quel intellectuel moscovite n'avait pas son *Docteur Jivago* planqué au fond de sa bibliothèque ?

La maigre collecte ne cadrait pas avec les attentes. Où sont les liasses de prose antisoviétique ? Aucune trace non plus de devises étrangères. Pas davantage d'objets de luxe : aucune pièce d'or, pas de manteau de fourrure. Si ce Judas a vendu sa patrie en publiant des textes en Occident, le prix qu'il en a retiré ne l'a pas rendu bien riche.

Rentré chez lui, Ivanov ne peut s'empêcher de ruminer. Larissa coupe court à ces introspections :

— Tu ne devrais pas parler du boulot à la maison. C'est interdit par le protocole. Tu sais bien.

— Je ne divulgue rien de secret, proteste Ivanov. Je te demande à toi, en tant que femme, comment tu comprends la psychologie de cette citoyenne, qui, visiblement, n'a pas la moindre appréhension face à la perquisition.

— C'est que tu n'as pas l'air bien méchant, mon poussin. Même quand tu prends tes airs sérieux, officiels, n'importe quelle femme devine que tu as un fond en sucre.

— Que je ne sois pas un vicieux, je veux bien, rigole Ivanov. Mais dis ça à Chmakov, avec sa tronche de tueur.

Au dîner, fait de patates coupées en tranches et de cubes de bœuf, le tout mijoté dans une abondance de graisse, il a bien une idée :

— Ah ! si on avait mis moins de temps à pister Siniavski... C'est sûr que sa femme ferait moins l'arrogante. Quand une affaire traîne depuis 1959... On perd en crédibilité.

Larissa débarrasse :

— Tu te rappelles comment on était jeunes en 1959 ? On venait de se marier.

Mais le lieutenant n'a pas les idées romantiques.

— Tu m'étonnes, qu'elle nous prend pour des casseroles. On peut la comprendre. On n'a pas été bons. Six ans, bientôt sept... C'est ce que je dis toujours à Koulakov : n'aie pas peur de reconnaître tes erreurs. Au niveau des copains ou devant ton miroir, sois honnête ! Quand on se calibre avec sévérité, une sévérité constructive, j'entends, on progresse...

Avant de s'endormir, Ivanov se demande s'il faut en parler au colonel Volkov, de la direction des cadres, à la prochaine occasion.

Dans un appartement retourné comme après un tremblement de terre, la citoyenne Rozanova, après avoir vidé son sac de larmes, se livre au même genre d'autocritique. Elle aurait pu s'amuser davantage. Poser des questions sur l'Ogre pour les mettre dans l'embarras. Ce capitaine Nikonovitch, qui avait, à la fin de la journée, le teint cadavérique de celui qui a trop respiré la poussière, on se demande ce qu'il pense de 1937 et des grandes purges. Ce petit lieutenant Ivanov, qui aurait pu être efficace et dangereux s'il n'avait pas été aussi mal à l'aise avec un bébé dans les pattes, comment a-t-il vécu la déstalinisation ?... On se serait fait plaisir...

Point trop n'en faut, cependant. L'objectif est de les désorienter en douceur, pas de les aigrir. Endormir leur vigilance, aussi. Passer pour une bienveillante un peu sotte. Oui, bienveillante. Eux qui sont habitués aux apeurés et aux effondrés. Leur faire perdre leurs repères. Face à ce délicat vertige, ils feront tout pour abréger. Et ils feront des erreurs. Ce ne sont que des hommes, après tout.

La preuve que ça marche : l'immense mur de livres. Les opérants y ont beaucoup peiné, en examinant chaque volume un par un. Sans remarquer, juste sous leur nez, sur le portant vertical, une tige métallique d'apparence purement décorative. La chose dissimule de discrètes charnières. Il suffit de tirer vers soi l'étagère des dictionnaires, tout en la soulevant légèrement, pour entendre un clic ! et voir la bibliothèque s'ouvrir. Une petite porte camouflée ! Derrière le mur de livres, un espace étroit a été aménagé. Absolument invisible. On y a même coincé un lit minuscule, une lampe à tirette et une zone de rangement, nettement mieux fournie en livres radioactifs.

Siniavski aime s'y planquer quand un casse-pieds rend visite à l'improviste. Sa femme, chargée d'ouvrir la porte d'entrée, lance un « Mais qui je vois ?… Soyez le bienvenu ! » (c'est le signal convenu à l'avance), l'intellectuel fait jouer l'étagère des dictionnaires, et, le ventre agréablement noué par son geste de conspirateur, disparaît dans la tanière. Il y bouquine tranquillement en attendant que l'importun s'en aille. Un véritable homme des cavernes !

II

Le lieutenant a raison : il est inconcevable, quand on y réfléchit en prenant du recul, que les meilleurs services compétents du monde aient mis autant de temps à compléter le puzzle. S'ils avaient su que l'affaire prendrait ces proportions... À partir d'un article de rien du tout, paru en France dans la revue *Esprit*... Une crotte de nez...

Février 1959... Six mois auparavant, Ivanov a terminé sa formation à la prestigieuse Sup de K. Ses notes en sport sont décevantes, mais il a un bon niveau de français, il se débrouille bien en filature, il a l'esprit vif, une mémoire généreuse, de solides connaissances techniques (micros, appareils photo), et, surtout, un excellent sens du contact avec les informateurs, ce qu'on appelle l'empathie curieuse.

Au quartier général de la Loubianka, il partage un minuscule bureau avec Koulakov, affecté comme lui à la huitième section, celle de la propagande antisoviétique.

Ils n'ont qu'une seule machine à écrire pour deux. « Ne vous plaignez pas, elle est neuve, leur a dit le colonel Volkov. Vous n'avez qu'à apprendre à taper plus vite. » Elle est allemande, elle ne s'enraye pratiquement jamais, même à grande vitesse – une Erika à clavier cyrillique.

Que l'Union soviétique, ce monstre industriel, n'ait jamais été foutue de fabriquer une machine à écrire n'interpelle personne : qu'importent ces faiblesses prosaïques quand on est une puissance cosmique ! Le Spoutnik vaut toutes les machines à écrire du monde. « Le premier compagnon artificiel de la Terre a été créé au pays des Soviets ! » Cette une de la *Pravda*, salement jaunie à cause du papier de mauvaise qualité, est collée depuis deux ans sur l'armoire métallique du couloir.

Des spoutniks, en émail rouge et bleu, Ivanov en garde quelques-uns dans le tiroir de son bureau, là où traîne un vieux couteau de cuisine dont il se sert pour tailler les crayons. Un bon début de collection. Ces insignes commémoratifs seront pour son gosse, le jour où il voudra bien naître. Sur ce front, le couple Ivanov ne voit rien venir pour le moment. Tant mieux, en un sens – il est plus libre de rester tard au bureau.

Car ce n'est pas le travail qui manque.

Un matin, à la réunion hebdomadaire de coordination, le juge d'instruction, le lieutenant-colonel Pakhomov, fait circuler une épaisse revue au format livre, à la couverture blanche frappée d'un grand E rouge.

— Nos contacts à Paris nous font passer ça. À la page 335, on trouve un texte dont on parle pas mal là-bas, dans les cercles intellos. Il aurait été écrit ici, chez nous, par un anonyme, et transporté en douce en France. *Le Réalisme socialiste*, ça s'appelle. C'est pour vous, Ivanov. Décortiquez-nous ça. En français, vous vous débrouillez, je crois. Moi, à part « bonjour » et « Louise Michel », je manque de vocabulaire.

Ivanov s'y met aussitôt. Il s'est toujours considéré comme doué en langues, et il aurait pu tenter le prestigieux Institut des relations internationales, cette usine à diplomates, s'il avait été meilleur en rédaction et plus rapide en calcul.

Son accent est remarquable – il ne roule pas les *r* à la russe. Une fierté qu'il a perfectionnée à Sup de K, où il a suivi un stage dans le laboratoire à bandes magnétiques, sur un Nagra, le premier appareil d'enregistrement portable à remontage par manivelle. Le colonel Vorontzov faisait tourner la merveille en la remplissant d'émissions de la radio française.

Sous le ciel de Paris
S'envole une chanson,
Hum hum...

Dans ses moments de rêverie dévergondée, aussitôt refoulés, Ivanov caresse l'idée prémonitoire qu'un jour, s'il s'applique et s'il reste moralement irréprochable, on l'enverra au pays d'Aragon et de la Commune de Paris... Il faut bien que son *r* guttural, d'une profondeur que n'aurait pas reniée Édith Piaf, serve à quelque chose.

— Rrrr..., s'écoute parfois Ivanov. Parrris... Rrrréalisme...

Le Réalisme socialiste est précédé par une introduction de Jean-Marie Domenach, directeur de la revue.

« Le texte dont nous donnons ci-dessous la traduction française est un article inédit d'un jeune écrivain soviétique – sans doute la première critique de l'académisme officiel qui nous parvienne d'un écrivain russe vivant dans son pays. En la lisant, on comprendra vite pour quelle raison elle ne pouvait être publiée en URSS et ne pouvait paraître en France que sous la précaution de l'anonymat. »

Pas de nom d'auteur, donc. Pas de traducteur non plus. Pas la moindre indication de provenance. Aucun commentaire sur la nature du « passeur ». La revue a éteint toutes les lumières – ce simple fait est désagréable. D'habitude, les journalistes français ne peuvent s'empêcher de fanfaronner. Dès qu'un témoignage à charge pour l'Union soviétique est disponible, ils en font des tonnes et pérorent. Ils ne se privent pas de raconter où, quand et comment ils ont rencontré leur correspondant, et, même s'ils enjolivent souvent, ils livrent candidement de sympathiques bouts de ficelle qu'il suffit ensuite de tirer pour débobiner l'écheveau et prendre les mesures qui s'imposent.

Rien de tel ici. L'absence de repères ne présage rien de bon.

Maintenant, que contient ce brûlot ?... Avec son français en bandoulière, Ivanov adresse une prière muette à Maurice Thorez et se lance dans l'exploration.

C'est une jungle de trente-cinq pages avec des phrases parfois tarabiscotées et bon nombre de mots difficiles, tels que « causalité », « animisme » ou « inhérent », que l'on est obligé de décortiquer à la machette du dictionnaire.

Le sens (ou plutôt la silhouette du sens) finit toutefois par apparaître. Et là, c'est une surprise. L'auteur anonyme ne parle ni du goulag, ni de la censure, ni du désastre économique, ni de la nomenklatura, ni de la répression de Budapest (pourtant toute fraîche), ni de l'interdiction de faire grève dans les usines soviétiques, ni des frontières fermées, ni même des contradictions de la pensée marxiste-léniniste ou de ses limites. Aucun sujet qui fâche n'est abordé. À la place, on a un traité d'esthétique. Le réalisme socialiste, genre majeur dans lequel s'écrivent les grands romans soviétiques depuis Gorki, se peignent les toiles et se sculptent les pierres, s'en prend plein la figure, sur un ton sarcastique, désagréable.

On est en droit d'être perplexe. L'anonyme s'est embêté à écrire trente-cinq pages en maniant des concepts abstraits, puis il a pris des risques énormes à faire passer son texte en Occident, pour quelle finalité ? Expliquer le réalisme socialiste ? La belle affaire ! Tout le monde ici sait ce que c'est.

L'auteur commence d'ailleurs par citer l'Union des écrivains soviétiques : « Le réalisme socialiste est la méthode fondamentale de la littérature et de la critique littéraire soviétiques. Il exige de l'artiste une représentation véridique, historiquement concrète, de la réalité dans son développement révolutionnaire. En outre, il doit contribuer à la transformation idéologique et à l'éducation des travailleurs dans l'esprit du socialisme. »

« Représentation véridique », « historiquement concrète », « développement révolutionnaire » – un Russe n'a pas vraiment besoin de ces rappels. Tout cela lui est enseigné dès le plus jeune âge. Il a le réalisme socialiste dans le sang. Le lecteur occidental, en revanche, a des chances d'être interpellé. Ce qui pourrait indiquer que le texte a été conçu *exprès* pour l'Occident. Il y aurait donc préméditation.

On pourrait croire que tout ce bazar n'est pas politique. Mais Ivanov n'est pas sot. Il sent bien l'ironie quand l'auteur fait semblant de s'extasier : « L'esprit moderne est impuissant à imaginer quelque chose de plus sublime que l'idéal communiste, But Unique de la création, aussi beau que la vie éternelle et inéluctable comme la mort ! »

C'est pourquoi, à la réunion de coordination, il livre au juge d'instruction le rapport liminaire suivant :

« Contenu. L'auteur du pamphlet prend plaisir à tourner en dérision les normes esthétiques du réalisme socialiste. D'après lui, le simple fait pour le communisme de revendiquer un but suprême le rendrait comparable à une religion monothéiste classique. Parmi de nombreux auteurs soviétiques épinglés, l'auteur se permet des tournures insolentes envers Gorki et Lénine. Le caractère antisoviétique de l'article ne fait aucun doute.

Pistes. L'auteur a lu les grands écrivains soviétiques contemporains. Son diapason lexical est riche. Son érudition est certaine. A l'air de bien connaître les textes bibliques. Parmi les occurrences rares, on remarque le mot « Pologne ». L'abondante liste des auteurs cités fera l'objet d'une étude ultérieure (fréquence, contexte).

Actions envisagées. À Paris : prise de renseignements auprès de nos contacts proches de la revue

Esprit. En Union soviétique : travail spécifique avec les indics dans les grandes facs du pays (Moscou, Leningrad, Kiev...). Vérifier s'ils se souviennent de réflexions critiques qu'ils auraient pu entendre en rapport avec le réalisme socialiste en tant que style littéraire ou plastique. Leur demander d'être vigilants quant à ce thème à l'avenir et d'en tenir compte dans leurs explorations. »

Le dossier répond au nom administratif II-8-1959-Esprit-C. Les deux premiers chiffres indiquent la section chargée de l'affaire. Le « C » est un niveau d'importance, sur une échelle allant de « A » (priorité absolue) à « E » (importance mineure).

« C » n'est pas grand-chose, sans être négligeable pour autant. L'auteur du pamphlet anonyme n'est pas un problème de première inquiétude pour les services compétents – sa critique du régime est voilée, opérant par ricochet sur les œuvres littéraires académiques plutôt que par une charge frontale. Il y a cependant ce facteur aggravant du passage d'un manuscrit en Occident et de sa publication (sans autorisation préalable) dans une revue bourgeoise. Et ça, il n'est pas question de le laisser passer.

Ivanov applique son plan d'action. La piste française paraît prometteuse. On a des sympathisants là-bas, à tous les niveaux. « Quelqu'un sait ! » aimait à répéter le colonel Vorontzov. Il suffit de le débusquer, ce quelqu'un, et de le travailler adroitement.

Les contacts auprès de la mission culturelle à Paris ramènent rapidement des informations sur l'obscure revue. Dirigée par Emmanuel Mounier jusqu'à sa mort en 1950, puis par Albert Béguin jusqu'en 1957, *Esprit* a toujours été fascinée par la révolution léninienne (« un régime ouvrier et paysan, progressif et spontané », écrivait Mounier), même si les exploits de Staline ont parfois provoqué des dissensions au sein de la rédaction. Depuis Domenach, solide antistalinien, la ligne est moins claire.

Il doit bien y avoir un moyen d'approcher ce Domenach pour lui tirer les vers du nez. On a le Fumeur chauve. On a le Séducteur. Les deux énergumènes ont publié dans la revue récemment. Ce sont de loyaux agents d'influence. On doit pouvoir leur demander un coup de main.

Ivanov prend des dispositions en ce sens. Il fait passer l'information à qui de droit.

En attendant que l'auteur anonyme se fasse griller (il n'a aucune chance), on s'occupe des dossiers « B », plus urgents.

II-8-1959-Jivago-B. Une délégation de chimistes russes, de retour d'un congrès à Vienne, a rapporté plusieurs copies du *Docteur Jivago* dans ses bagages. On s'en est aperçu bien trop tard. Il va falloir maintenant vérifier que des exemplaires du livre interdit ne se sont pas échappés dans la nature. Ce qui nécessite de contrôler discrètement les allées et venues de tout ce monde – on ne va pas s'amuser à les arrêter (ce serait surréagir). Une discussion sérieuse avec chacun est indispensable. Sans oublier de remonter les bretelles aux responsables de la « sécurité » qui ont fait partie du voyage.

II-8-1959-Orwell-B. Un étudiant en fac de littérature, membre du Komsomol, organise des soirées de lecture à domicile, où, au prétexte de se perfectionner en anglais, ces blancs-becs lisent à haute voix *1984* d'Orwell. Il est urgent de comprendre comment ce livre est arrivé chez nous. Infiltrer et démanteler la filière. Sanctionner les coupables de ce laxisme moral par une exclusion du Komsomol et une bonne dose de travaux d'intérêt général. Justement, plusieurs centaines de sacs de ciment attendent d'être déchargés à la cimenterie Fokino.

Des livres, des livres, encore des livres !…

En parallèle, le lieutenant Ivanov suit une formation sur le terrain. On l'envoie à Smolensk, dans une section opérationnelle, où il observe la mise à jour d'une filière d'enregistrements clandestins, dite « jazz sur ossements ».

— Ça ne disparaîtra donc jamais, le « sur ossements », constate Larissa, dégoûtée.

Elle a eu l'occasion de manipuler un de ces disques – un copain, pensant lui faire plaisir, lui avait offert un Cab Calloway gravé sur une plaque de rayons X. Elle n'a aimé ni la musique, ni la malformation du thorax qu'on voyait par transparence, ni la démarche consistant à acheter ce truc sous le manteau, chez un spéculateur.

Tu parles si ça existe encore !… Effrayante est la démangeaison du jazz. Sitôt un bizness démantelé qu'un autre fleurit. Les bricoleurs s'y adonnent passionnément. On assemble des engins graveurs en remplaçant l'aiguille d'un tourne-disque par une pointe plus dure. On récupère des plaques dans une unité de radiologie. Peu importe ce qu'on y voit : fracture du tibia ou cancer des poumons. Le celluloïd est idéalement mou pour y tatouer ces vibrations de sauvages, ces déhanchements de bestiaux.

Ici, les plaques ont été siphonnées à l'unité de pédiatrie de l'hôpital central de Smolensk. On y a gravé *Birth of the Cool* de Miles Davis. Attention, le tirage est numéroté. La fine équipe, particulièrement fière de la qualité de sa reproduction sonore, a poussé l'arrogance jusqu'à mettre son copyright au centre du disque.

Filature, planque, arrestation d'étudiants en flagrant délit de vente à la sauvette, confiscation de la précieuse marchandise, aussitôt détruite, repérage des ateliers, perquisitions. Le propriétaire de la platine à graver a pris six ans. Le complice de l'hôpital, quatre. Renvois d'université pour les jeunes revendeurs. Pour les complicités mineures, travaux d'intérêt général – binage d'un champ de betteraves au kolkhoze « Le Prolétaire rouge ».

Par curiosité, Ivanov a essayé d'écouter un Miles Davis sur ossements – insupportable ! On dirait un chat qui vocalise la nuit par – 10 °C.

Les livres, le jazz remplissent les journées. On est déjà en juillet. Les premiers résultats de l'enquête française tombent. Ils sont décevants. Le Fumeur chauve n'est plus vraiment invité aux soirées que fréquente Domenach. Quant au Séducteur, c'est en pure perte qu'il a discuté avec la secrétaire de rédaction – personne ne sait d'où est venu ce texte.

On est bloqué. Faute d'indices, le dossier II-8-1959-Esprit-C se retrouve au milieu de la pile. On le délaisse un peu. D'autant qu'une urgence absolue pointe son nez. Le dossier II-8-1959-Sokolniki-A.

« A » comme... le Comité central est de la partie. « A » comme... Chélépine, le grand chef des services, a convoqué ses cadres.

Sokolniki n'est pas un espion de haut vol qui aurait trahi sa patrie. Ni un moyen de chiffrement révolutionnaire. Ce n'est pas non plus le nom de code d'une opération secrète ou d'un sous-marin.

Sokolniki est un parc où vient d'ouvrir l'Exposition nationale américaine, un gigantesque tourbillon de voitures, de télés couleur, d'appareils de cuisine, de prêt-à-porter, de chips, de pop-corn, de chewing-gums... Inauguré par la crème des huiles, le vice-président des États-Unis, Richard Nixon, et par Nikita Khrouchtchev en personne, il rend maboule la population moscovite. 75 000 visiteurs dès le premier jour. Des queues de cinq heures pour obtenir un billet – la contrefaçon s'en régale. La nuit, les intrépides creusent des tunnels sous la barrière extérieure pour pénétrer au paradis. D'autres, une fois à l'intérieur, se cachent et refusent de sortir.

— Quelle idée de faire venir à Moscou les Amerloques avec leur camelote, pestent en sourdine les forces qualifiées. Ce boxon ! Comment contrôler tout ça ?

Ivanov est inquiet : comment être sûr que l'envie d'abondance ne se diffuse pas auprès des personnes vulnérables ?

— Ceci est un test pour nos valeurs morales, déclare le capitaine Nikonovitch. L'homme communiste, habité par un idéal de progrès et d'humanisme universel, doit se montrer insensible face à ces miroirs aux alouettes.

Force est de constater que bien peu de citoyens ont la foi nécessaire. La plupart bavent d'envie et d'incrédulité. Cela fait désordre. Il faut allumer des contre-feux. D'où II-8-1959-Sokolniki-A.

Toute la huitième section est mobilisée. Le lieutenant Ivanov est chargé d'organiser les groupes de komsomols, moralement irréprochables, qui porteront le fer jusque sur les stands ennemis en apostrophant les hôtesses sur les mensonges et les non-dits capitalistes.

Le stand des machines à laver le linge est mis face à ses contradictions. Les jeunes attaquent :

— Vous nous racontez que vous libérez la femme d'une corvée, mais seules les riches peuvent se permettre de posséder ces engins. Pendant ce temps, le propriétaire de l'usine qui les fabrique s'en met plein les poches.

Ou bien :

— Chez nous, en Union soviétique, même si tout le monde n'a pas encore de machine à laver, bientôt on rattrapera l'Amérique et toutes les familles en auront une, gratuitement.

Face à ces tornades, les représentants américains sont déboussolés. Penauds, ils évitent de répondre. On voit qu'ils ne font pas le poids. Perdus, ils sourient à la ronde avec des airs niais. Ah ! ce sourire américain, qu'ils promènent comme un étendard !

— Attention, les gars, tempère le capitaine Nikonovitch. Il ne s'agit pas d'effrayer les Amerloques. Ce sont nos invités.

Ivanov constate cependant que la foule taiseuse

des Russes ordinaires ne fait guère cas de notre supériorité morale et colle, hypnotisée, ses yeux à la marchandise.

Chez Pepsi-Cola, c'est la folie : aucun moyen de fendre la foule qui attend parfois pendant des heures pour avoir son verre de boisson gazeuse gratuite. Sous le choc de ce goût nouveau, les faibles passent la journée à carburer au Pepsi. Leur part d'ambroisie avalée, ils se remettent dans la queue aussitôt. Quel est ce maléfice ?

Un type, particulièrement dégourdi, se vante : il a déjà bu dix verres. Il conserve précieusement les dix gobelets et les manipule comme si c'étaient des œufs de Fabergé.

— Veuillez me suivre, dit Ivanov en serrant discrètement le type. J'ai deux mots à vous dire.

Les citoyens de ce genre, fascinés par tout ce qui vient de l'Occident, sont les maillons faibles de notre système. Ils sont sur la pente glissante de la capitulation morale. Ils en oublient leurs grands-pères qui ont donné leur vie pendant la guerre civile pour renverser l'oppression tsariste. Ils laissent l'égoïsme individualiste prendre le dessus. « Consommer, consommer, consommer ! » disent-ils. Ce sont des briseurs du collectif.

C'est ce qu'Ivanov explique au type, qui ne semble pas convaincu – on le voit à ses yeux qui veulent s'échapper.

— Khrouchtchev lui-même a bu du Pepsi, argumente-t-il quand il ne se mure pas dans un silence prudent.

Oui, d'accord, mais ce n'est pas pareil ! D'abord, Nikita Sergueïevitch est premier secrétaire du parti.

Le Pepsi, on peut dire qu'il est immunisé. Et il n'en a pas bu dix verres, lui. Il a su rester raisonnable. Résultat, ça ne lui est pas monté à la tête, il n'en a pas perdu son sens critique pour autant. Tout le monde a été impressionné quand il a remis Nixon à sa place sur le stand des robots de cuisine : « Franchement, quelle idiotie d'avoir un machin électrique quand on peut prendre un citron avec les doigts et le presser soi-même dans son thé !... » Il a dit ça, Khrouchtchev, et il a ajouté : « Il vous faudrait p'têt une machine pour mettre la nourriture dans la bouche et lui faire traverser le gosier. »

Embarrassé par cette blague de camionneur, Nixon s'est forcé à rire.

Le type au Pepsi est ennuyé. Il fait semblant de comprendre, mais on voit bien qu'il ne pense qu'à se débarrasser du lieutenant pour revenir à sa bacchanale américaine. Puissant est le virus de la grippe occidentale !

À défaut d'ordres en ce sens, Ivanov ne peut l'embarquer ou le convoquer ultérieurement pour approfondir sa rééducation. Ivanov note toutefois son nom, Vassili Lipkin.

— Toi, Vassili, je t'ai dans le viseur. Si jamais on retrouve des gobelets Pepsi au marché noir, on saura que c'est toi. Allez, dégage maintenant.

Que pensez-vous qu'il fait, Vassili ?... Il fait semblant de s'intéresser aux voitures, puis il se remet dans la queue pour le Pepsi.

— Tu ne viens pas goûter ? demande le capitaine Nikonovitch, qui a déjà deux gobelets de Pepsi à son actif.

— Pas question, fait Ivanov.

— Ce n'est pas mauvais, sans être bon non plus, explique Nikonovitch. Allez, je me refais un dernier. « Il faut connaître son ennemi », disait Souvorov.

Ici, pas besoin de le connaître, il est partout, sur 41 000 mètres carrés.

Ivanov récupère son groupe de fidèles komsomols pour aller signer le livre d'or de l'exposition. Chacun sent que bouillonne en lui une envie de reprendre la main, chacun a préparé une réplique. « Merci pour l'expo, mais tous vos produits sont chers et peu pratiques à utiliser », écrit Irina. « Les livres américains sont imprimés avec de l'encre de mauvaise qualité », se permet Serge. « Votre médecine est hors de prix, note Volodia. Chez nous, les soins sont gratuits. »

Quand on feuillette le résultat obtenu, on peut être fier de la patrie du socialisme. Sur le papier, les citoyens semblent faire la part des choses. « Le masque de la consommation joyeuse cache adroitement votre envie d'exploiter le prolétariat », a écrit un certain Samsonov, ingénieur aux usines Moskvitch. L'a-t-il fait spontanément, ou était-il encadré, on se le demande.

Ivanov est surpris du contraste : la lucidité du livre d'or contredit l'attitude béate de milliers de visiteurs, proprement en état de choc, la pupille dilatée, le rire haut perché, le phrasé volubile par à-coups, comme un hoquet :

— Le tissu, t'as vu le tissu, t'as vu, non mais le tissu… T'as vu ?… La jupe, non mais vise-moi le tissu de la jupe… Poussez pas, soyez mignonne, citoyennotchka, j'étais là avant !

D'autres, comme sonnés par une enclume de bonheur, errent sans but, les sandalettes soulevant la poussière de la soirée estivale.

Au café Fialka, en face du parc, Ivanov se repose et réfléchit à la difficulté du combat que mène la patrie du communisme face au mastodonte américain. Khrouchtchev a bien promis de rattraper, puis de dépasser l'Amérique – la promesse est actée dans le plan quinquennal –, bien peu de nos concitoyens ont la vertu suffisamment chevillée au corps pour y croire.

La presse soviétique, mobilisée au même titre que les services, comprend les enjeux. On a plaisir de lire dans les *Izvestia* un article consacré à l'art contemporain américain présenté à l'Exposition. La *Cathédrale* de Jackson Pollock y est qualifiée de « barbouillage puéril », le perspicace critique y voyant même le symptôme de la « dégénérescence du capitalisme ».

Espérons que ça soit vrai, et que le capitalisme, pourri à la racine, finira par se fracasser sous son propre poids, en tombant au pied du bananier. Espérons.

En attendant, la presse a beau colmater, les services ont beau éduquer, les dégâts psychologiques sont considérables.

Longtemps après Sokolniki, on retrouvera ses tickets d'entrée conservés précieusement dans les tiroirs des rêves inaccessibles. Badges-souvenirs, gobelets Pepsi, brochures Ford et Chrysler, photos couleurs de briquets Silver Match, emballages de chewing-gum…

En 1972, lors d'une perquisition chez un peintre

de l'underground, les opérationnels mettront la main sur des pages d'un livre d'art, découpées à Sokolniki sur le stand d'un éditeur américain à l'aide d'une lame de rasoir astucieusement cachée dans une bague. Quand il l'apprendra, Ivanov ressentira un léger vertige de honte. Comme s'il était personnellement responsable de la prolifération des gris-gris occidentaux dans les alcôves secrètes de ses concitoyens.

III

À Sup de K, sous l'autorité sévère et généreuse du colonel Vorontzov, Ivanov aimait beaucoup ces manuels au format poche, reliés en dur, d'une centaine de pages chacun, aux couvertures entoilées, uniformément grises ou bleu éteint. En haut à droite, en lettres capitales, on avait frappé « SECRET DÉFENSE », et chaque exemplaire du livret était numéroté pour vérifier régulièrement qu'aucun ne manque à l'appel. Il n'était pas question de les sortir de l'enceinte de l'école. On les consultait à la bibliothèque, dans une salle de lecture spéciale. On n'avait même pas le droit d'en recopier des extraits. Rien n'empêchait en revanche d'apprendre des phrases par cœur et, une fois sorti de la bibliothèque, de se précipiter vers son cahier pour les coucher par écrit avant que la mémoire ne flanche – sans le crier sur les toits. Ainsi on pouvait réviser le soir dans son dortoir, en douce, et se préparer à l'examen.

À force de pratiquer, il est parvenu à ingurgiter des textes de plus en plus longs, ouvrant des tiroirs supplémentaires dans son cerveau. Il ne se prive pas aujourd'hui de réciter mentalement certains passages, comme ce paragraphe sur les indics, tiré du vade-mecum *Le renseignement politique sur le territoire de l'URSS* : « Le recrutement des agents indicateurs s'effectue aussi bien sous la forme d'une implication progressive des personnes approchées que d'une proposition de recrutement directe. Elle peut être sécurisée par un engagement écrit concernant le consentement volontaire à une coopération confidentielle avec les services. La fiche de recrutement indique alors le surnom choisi par l'indic. »

Les indics – point fort du lieutenant. Ce qui tombe bien car une croissance soutenue de leur nombre est une des clés pour l'avancement de carrière.

Ivanov en gère une trentaine. Un travail chronophage et délicat. Il est responsable de leur formation, de la collecte régulière de l'information pertinente, du suivi de leur forme psychologique. Un indic démotivé, fournisseur de renseignements peu fiables ou inexploitables, peut faire perdre énormément de temps, voire compromettre tout le grand œuvre qu'on réalise sur une cible.

Quand Pomme-de-pin, un physicien rondouillard et affable, oublie de venir à deux rendez-vous consécutifs, le lieutenant sent qu'il est temps de le reprendre en main. On l'attend à la sortie du bureau et ils ont une conversation – la franchise est de mise avec les services compétents, comme elle l'est avec un médecin.

Pourquoi cette mine fatiguée ?... Les chaussures pas nettes ?... La tache de gras sur la cravate ?...

Et que devient la Patrie dans tout ça ?... Pourquoi ce silence radio ?...

L'haleine est normale et les mains ne tremblent pas – ce n'est donc pas un problème d'alcool.

Tout s'explique en fait par une situation familiale compliquée. Pomme-de-pin a eu la sottise d'engager une liaison avec une stagiaire de l'Institut qui menace maintenant de tout révéler à sa femme. Ménageant la chèvre et le chou, le mari volage n'a plus la tête à collecter l'information. Il ne va plus aux soirées, il ne fréquente plus le Club des jeunes physiciens, il n'a pas daigné non plus participer à la réunion des anciens copains de promo. Entièrement tourné vers son nombril, Pomme-de-pin.

— Tu aurais dû m'avertir, gronde Ivanov. On ne laisse pas ses missions en plan. On a le droit d'avoir des contretemps personnels – qui n'en a pas ? –, mais si chacun faisait comme toi, imagine, à faire passer sa petite vie privée avant son devoir, alors c'est toute la structure de l'État qui serait compromise.

Avec leur ego surdimensionné, les physiciens d'élite, comme tous les scientifiques de haut vol, sont facilement influençables par les sirènes venues de l'Occident. Pomme-de-pin est indispensable pour repérer et rapporter les premiers symptômes de la maladie. Il faut qu'il se ressaisisse, crénom !

Mais le lieutenant sait aussi rassurer son indic. Ce n'est pas parce qu'il a fauté qu'il a perdu sa valeur du jour au lendemain. Personne ne lui en voudrait s'il venait à espacer ses livraisons. On comprend qu'il ait besoin de faire la part des choses.

Pour montrer tout l'attachement des services, on lui offre deux places pour le ballet *Le Rivage de l'espoir*, par la troupe du Kirov en visite à Moscou. Un spectacle édifiant sur la vie professionnelle des travailleurs de la mer – le lieutenant s'est renseigné. Après une tempête, un pêcheur soviétique débarque sur un rivage étranger. Là, ce ne sont pas les vacances qui l'attendent. Il est torturé par des ennemis de la Révolution, puis sauvé par des prolétaires internationalistes venus manifester en masse.

Le Kirov, on ne fait pas mieux. Pomme-de-pin doit y aller avec sa femme. Par la même occasion, il pourra lui annoncer que, dès l'été prochain, si tout se passe comme prévu, ils auront droit à un séjour en Crimée, au sanatorium. Quand on est communiste, une femme traditionnelle, obtenue par mariage, c'est capital. Stabilité. Éducation des générations futures. Équilibre. Alors on recolle, Pomme-de-pin ! On recolle et on cimente !

— Je compte sur toi. Excuse-moi d'être vulgaire, mais ne laisse pas ta bite te calibrer, toi, un combattant pour la cause du prolétariat. De mon côté, je vais demander à un étudiant dévoué de calmer la petite stagiaire, au niveau du feu aux fesses. Comment tu dis qu'elle s'appelle ?

Il faut toute la patience et l'enthousiasme d'Ivanov pour trouver les mots justes, démêler les situations inextricables, et, parfois, trancher dans le vif. Rompre avec un agent définitivement. Menacer. Punir. Modeler en somme le matériau humain.

En parcourant ses fiches, Ivanov a la sensation d'être le papa d'une grande famille, avec toutes ses responsabilités, ses joies, ses peines.

Un travail payant : on ne compte plus les crimes détectés, les ennemis neutralisés grâce à ces petites fourmis dévouées.

Les indics sont incontournables dans les milieux intellectuels, là où les opérationnels pataugent.

Ce n'est pas amoindrir le mérite des services que de le reconnaître.

Comment infiltrer autrement cette aristocratie où l'on passe sa journée à couper les cheveux en quatre ?

Comment être sûr qu'un texte est antisoviétique, à moins de le lire ?

On ne peut pas être partout, tout écouter, tout déchiffrer. D'autant que certains écrivent littéraire, avec des phrases interminables. C'est inhumain.

C'est pourquoi, une fois la mission prioritaire Sokolniki terminée, Ivanov revient à ses chéris. Avec la revue *Esprit* toujours en ligne de mire, il consigne dans le dossier opérationnel le mot d'ordre suivant : « Il serait bienvenu de travailler les milieux universitaires pris au sens large (professeurs, étudiants, bibliothécaires...) pour y repérer les critiques directes ou voilées de ce que l'on appelle le réalisme socialiste. Qui s'est exprimé sur le sujet en marquant sa différence ? Noter les moqueries éventuelles. Ne pas hésiter à lancer la conversation sur ce thème et provoquer astucieusement pour faire parler. Relever scrupuleusement le nom de la personne concernée, la date et les références citées. »

Monocle se montre particulièrement intéressé par la mission – la provocation, il adore ça.

Monocle est un dandy, architecte de formation,

spécialiste de l'Asie. Il cultive un cercle étendu d'amis d'obédience libérale, où il aime briller en citant des poèmes interdits de Mandelstam, Akhmatova. Il a du succès auprès des femmes. On l'appelle Monocle car il porte des lunettes rondes à large monture. Lors de sa première rencontre avec les services, dans la lumière crépusculaire d'une fin de septembre, un verre de ses lunettes a brillé en devenant opaque – monocle ! Son identité secrète lui a tout de suite plu. Il se l'est appropriée avec délectation.

Monocle ne pratique pas la délation par idéologie. Il n'a aucune foi dans le futur radieux du communisme. Paradoxalement, ça le rend d'autant plus redoutable – il ne risque pas de paraître gauche ou insincère quand il infiltre de vrais ennemis du peuple soviétique. Personne mieux que lui ne sait feindre l'amertume de l'intellectuel frustré devant les interdictions de la censure. Il faut le voir se lamenter sur le sort de Pasternak ! Ou exprimer à mots crus le ras-le-bol du petit-bourgeois consumériste face aux rayons vides des magasins. Il entre naturellement en connivence avec sa cible. Il catalyse vers la confession, et stocke tout dans sa mémoire. Un excellent élément, cynique et manipulateur, qui prend plaisir à sentir et exercer sa puissance.

Monocle en première ligne, mais aussi Aurore boréale (une femme), Revizor ou Dickens, parmi d'autres petits soldats dévoués, sont envoyés à la pêche aux renseignements. Ivanov motive ses troupes par des bons d'achat dans le réseau du Voentorg, réservé aux officiers. On y trouve pas mal de produits déficitaires à des prix abordables – en cette fin 1959, le dentifrice hongrois y tient la vedette, à côté de bananes cubaines tellement vertes qu'il faut les accrocher sous son lit pendant un mois en attendant qu'elles y mûrissent un peu et deviennent mangeables.

Malgré le dévouement des informateurs, les résultats se font attendre. C'est que le réalisme socialiste ne passionne pas les foules. On ne cherche pas à l'étudier. À le critiquer, encore moins. L'élite éduquée l'accepte comme on accepte le froid en hiver. Le réalisme socialiste est une contrainte imposée et l'on n'y peut rien, ce serait comme frapper une montagne en espérant qu'elle se déplace. On l'ignore ou on fait semblant de l'ignorer.

— Aujourd'hui, ce serait plutôt Picasso qui fait vibrer les jeunes, rapporte Monocle.

Picasso, le nom n'est pas inconnu. Ivanov sait que Picasso est un membre du Parti communiste français, sans doute le plus illustre et le plus indiscipliné aussi – quelle mouche l'a piqué de contester la remise en ordre de la Hongrie en 1956 ?

La même année, la première exposition Picasso a bousculé Moscou. Ivanov ne l'a pas visitée (il ne s'intéresse pas vraiment aux beaux-arts, même s'il apprécie les grandes toiles d'Ilia Répine). Il est toutefois au courant de l'onde de choc. Comme avec Sokolniki, on avait la queue à n'en plus finir. Et des discussions enflammées. « Que vaut sa *Colombe de la paix*, qu'il n'a pas mis plus d'une minute à tracer ? » « Un enfant de cinq ans dessine comme Picasso ! »

Pour Ivanov, quand il a le temps d'y réfléchir, ces proportions tordues sont de la fumisterie. La preuve, le portrait de Staline par Picasso à la une des *Lettres françaises* a été une effronterie : le grand homme avait le visage poupon, de grands yeux efféminés, on aurait dit un gentil simplet. Aucune majesté, aucune profondeur de pensée chez le Staline de Picasso. Aucune ressemblance non plus – pourtant ce n'étaient pas les photos qui manquaient, dont le peintre tâcheron aurait pu s'inspirer.

En France, des camarades furieux ont inondé la publication et son directeur, Aragon, de missives enflammées. Ils avaient raison de s'indigner. Non, ce n'était pas le visage de Staline ! « La vénération, l'amour que, comme tous les honnêtes gens de France et du monde, je porte au grand disparu ont été fortement choqués par une représentation graphique qui en aucune manière ne reflète le caractère lumineux d'intelligence, de fraternité de Staline ! » écrivait une dame de Montrouge, dans une lettre publiée à côté d'un mea-culpa d'Aragon.

Et voilà qu'aujourd'hui, dans la patrie même du communisme, c'est ce Picasso qui fait tourner les têtes. Qu'est-ce qu'on lui trouve ?

— Il est l'exact opposé du réalisme soviétique, tente d'expliquer Monocle du haut de son érudition.

— Mais qu'avez-vous tous contre le réalisme socialiste ? s'interroge le lieutenant. Au moins on voit le travail, la sueur, et la maîtrise technique du métier, ce qu'on ne peut pas dire de Picasso et de son barbouillage.

Monocle soupèse les services compétents de son regard froid et méprisant :

— Picasso a une liberté intérieure. Mais je n'aime pas tout, ajoute-t-il, prudent. Parfois camarade Picasso se trompe. Trop de formalisme l'éloigne du prolétariat. Il est condamné à être incompris des masses.

— Exactement ! exulte Ivanov. Vous m'enlevez les mots de la bouche. J'ai l'impression que ce Picasso, tout camarade qu'il est, nous snobe à travers son art, alors que c'est nous qui sommes aux avant-postes de la révolution mondiale. Picasso ne se calibre pas sur nous, au niveau de la réalité historique.

Monocle se tait. Pas la peine de perdre son temps à parler esthétique avec ce lourdaud, aussi sensible aux choses de l'art qu'une bassine. Il songe à son copain d'école, André, et il se retient de pouffer. Il serait fou, André, s'il entendait ça. « Picasso ne se calibre pas sur nous », cette langue au ciment ! André, qui s'est débrouillé pour visiter deux fois l'expo Picasso et qui collectionne la moindre carte postale. Mal imprimée ou déchirée, peu importe, tant que c'est Picasso !

Ivanov, aussitôt, comme un oiseau aux aguets :

— Qu'est-ce qui te fait marrer ?

— Rien, je pensais à un vieil ami. Un picassolâtre.

Le doux dingue ambitionne de publier un livre, le premier jamais écrit en russe sur Picasso. On lui souhaite bien du courage. Monocle serait le premier étonné s'il y parvenait – quand on connaît l'épaisseur de peau et la frilosité des responsables éditoriaux « au niveau de la réalité historique », justement.

— Revenons au réalisme socialiste, suggère Ivanov. Ouvrez l'œil, tendez l'oreille. Vous êtes mon meilleur élément.

Pour motiver Monocle, pas besoin de tickets de concert ni de laissez-passer au Voentorg. Ce serait presque de mauvais goût. La flatterie, en revanche, de celle qui vient du cœur, qui fleure bon la complicité virile, ça, il en redemande.

IV

À la fin de l'automne 1959, les services apprennent la publication à Paris, dans la revue de la dissidence polonaise *Kultura*, d'une nouvelle écrite par le même anonyme. Enfin, anonyme, ce n'est plus tout à fait vrai. L'homme a maintenant un pseudonyme, il se fait appeler Abram Tertz.

Ivanov s'y colle à nouveau – cette fois c'est facile, le texte est en russe. Sous le titre *L'audience est ouverte*, on y parle de procureurs et d'adultère. Des scènes de nudité féminine fleurissent dès le deuxième chapitre. On voit aussi le mot *trotskisme* sur pas mal de pages, ce qui n'est jamais bon. Pourquoi mettre du sel sur les plaies ? Le tout se termine dans un camp, à la Kolyma. Aucun doute possible, ce récit dégoûtant n'aurait jamais pu être publié en Union soviétique.

Ce nom, Abram Tertz, est inconnu des services. Ivanov vérifie par acquit de conscience les annuaires de Moscou, Leningrad, Kiev, Kazan… Il arrive parfois que des illuminés particulièrement naïfs signent des tracts antisoviétiques de leur vrai nom.

Ce n'est pas le cas d'Abram Tertz.

Ils en discutent à la cantine, devant leur assiette de soupe au chou.

— Il faut essayer les anagrammes, suggère Koulakov. Le narcissisme des gens de l'art étant ce qu'il est, il est proprement impossible pour eux de ne pas signer leur œuvre. C'est obligé. Tertz est peut-être le nom d'un grand-père. Ou alors, ce sont les initiales, A. et T., qu'il a gardées de son vrai nom.

Chmakov s'esclaffe :

— Moi, ce que je vois surtout, vous m'excuserez d'appeler un chat un chat, je vois surtout qu'il est juif.

Tout le monde est d'accord. Abram Tertz, on ne fait pas plus juif.

Chmakov, Koulakov et Ivanov étant tout à fait russes, eux.

— J'ai remarqué un truc, dit alors Chmakov. Les spéculateurs, ceux qui traînent autour du quai Sainte-Sophie, eh bien j'ai remarqué qu'ils étaient tous juifs, dans la majorité.

— Surtout les plus riches, dit Koulakov. Ce sont les plus roublards.

Ivanov pense alors à un détail :

— Au début de *L'audience est ouverte*, le personnage du procureur tient des propos sur... (d'instinct il baisse la voix) sur Trotski. Et il remarque que Trotski est juif.

Chmakov est outré :

— Il n'était pas juif, Trotski ! C'est de la propagande antisoviétique !

Soudain, comme une ondée : ils prennent conscience qu'ils ont un peu trop parlé de Trotski, alors ils se dépêchent de finir la soupe, qu'ils entassent au bide avec une portion de kacha au sarrasin, joliment préparée avec des oignons. Une tranche de pain noir, et hop !

L'anagramme est une idée. Ivanov passe du temps à fouiller les annuaires à la recherche d'un Marbre Ztat, d'un Tabar Mertz… Sans résultat. Quant aux A.T., il y en a des millions. Et des Juifs, n'en parlons même pas !

Pendant ce temps et en quelques mois seulement, *L'audience est ouverte* a été traduite dans une dizaine de langues. Les revues littéraires occidentales en raffolent. On la publie généralement accompagnée du *Réalisme socialiste* et d'une préface où l'on décrit les risques que prend Abram Tertz à envoyer ses textes en Occident. On cite alors Pasternak, inlassablement. « Un nouveau Pasternak », entend-on. « Un homme a encore bravé les interdits soviétiques. »

Il ne manquait plus que ça. Un nouveau Pasternak !

Ivanov n'a pas lu *Le Docteur Jivago*. À quoi bon ? Il sait bien ce qu'il va y trouver – il a parcouru le résumé qu'on a fait circuler dans une note de service confidentielle. Il n'aime pas la littérature faite de noirceur et d'hystérie historique. Où sont les héros positifs ? Les victoires ? Où est la morale de l'histoire ?

Qu'on ne veuille pas publier *Docteur Jivago* en Union soviétique, c'est la moindre des choses. Fallait-il pour autant que Pasternak transmette son manuscrit à un éditeur italien ?… Feltrinelli, tout communiste qu'il est, a senti la belle affaire et ne s'est pas privé de l'accepter.

Picasso, Feltrinelli : on n'a pas besoin d'ennemis avec des camarades aussi laxistes !...

Et voilà que la réaction bourgeoise lui décerne le prix Nobel. Funeste octobre 1958...

Boris Polevoï, l'éminent membre de l'Union des écrivains soviétiques, double lauréat du prix Staline, fulmine : Pasternak est un judas du plus haut niveau de perfidie, un « Vlassov littéraire », a même dit Polevoï.

Le capitaine Nikonovitch pense que la comparaison est exagérée. Contrairement au général Vlassov, Pasternak ne s'est pas rendu aux nazis devant Moscou assiégée.

Curieux, le capitaine a pris la peine de feuilleter le maudit roman sur un exemplaire édité en Hollande et confisqué à la frontière – la facétieuse propagande impérialiste le distribuait gratuitement aux touristes soviétiques pendant l'Exposition universelle de Bruxelles.

Cinq cents pages ! Une langue difficile. Tant de personnages ! Il est allé directement à l'épilogue. Eh bien, même l'épilogue est interminable. Et pour finir, il y a ces vingt-cinq poésies. Pas mal de références chrétiennes. Beaucoup d'attente et de neige. Nikonovitch a la sensation d'être à la campagne, quand on pousse la porte dehors et qu'on se tient sur le perron sans rien faire, à humer le silence du crépuscule. Étrange.

Nikonovitch a rangé le bouquin dans un tiroir de son bureau, sous le Code pénal. Il y reviendra peut-être.

En attendant, pas un jour ne passe sans qu'ils parlent de Pasternak.

Il faut éviter d'en faire un martyr, estime-t-on dans les hautes sphères.

Chmakov est outré :

— On aurait dû neutraliser Pasternak définitivement. Au bon vieux temps… La valeureuse Tchéka… Le NKVD… Je ne comprends pas pourquoi on tolère.

Quelle brute épaisse, celui-là !

Il faut être tactiquement astucieux, affirme Pakhomov. On ne peut pas y aller à la hache quand les yeux de l'opinion internationale sont braqués sur vous.

— Je ne vois pas pourquoi, dit Chmakov.

Pakhomov le rassure en lui disant que l'on peut arrêter Pasternak à n'importe quel moment. Il suffit de claquer des doigts. Il est persuadé qu'on y a songé, là-haut. Mais il faut être plus fin que ça. Nos ennemis seraient ravis que l'on commette cette erreur – on se demande s'ils ne nous y poussent pas. Ils l'utiliseraient aussitôt pour nous dépeindre dans les couleurs de l'ordure, on perdrait de nombreux soutiens en Occident. L'attention des médias étrangers a créé autour de Pasternak un dôme de protection invisible.

Chmakov hausse les épaules, l'air de dire qu'un bon coup de marteau et bam ! le dôme !

Pakhomov est obligé de s'énerver :

— Les ordres sont clairs, camarade Chmakov !

Puis, se rappelant que la contrainte ne remplacera jamais la pédagogie, il explique pour la énième fois.

Le but ultime est quoi donc ?… La révolution prolétarienne dans le monde. Exactement. Ça veut dire partout. Y compris en France, en Italie, sur la Lune, à Pétaouchnoc, partout. Or les partis communistes français et italien sont forts, ils recrutent facilement, on peut compter sur eux. On ne voudrait pas que cette dynamique se grippe. Si on est trop dur avec Pasternak, qui est insignifiant à l'échelle de la galaxie, on risque de gêner nos camarades français, italiens. On retarderait d'autant la révolution mondiale.

— On a tout à y gagner à nous montrer humains, traduit le capitaine Nikonovitch.

Il ne faut pas exagérer non plus.

On n'a pas couvert Pasternak de bisous pour autant : il a été exclu de l'Union des écrivains. Puis on l'a travaillé à coups de presse, à pleines pages. Des lettres d'indignation tambourinent sur son échine. On les publie, on les lit en réunion publique, on les affiche dans les écoles, usines, cantines, administrations. La grêle fracasse les vitres. Les rafales de vent glacent les os.

« Les travailleurs sont scandalisés par le comportement perfide de Pasternak. Il n'a pas pris en compte notre réalité soviétique, ni l'opinion de ses camarades écrivains qui lui ont signalé les points de vue erronés. Il a calomnié notre classe ouvrière, la paysannerie des fermes collectives et l'intelligentsia : c'est un traître qui s'est vendu aux capitalistes. Il devrait être jugé comme un ennemi. » Une missive ordinaire, parmi des centaines du même gabarit. Signée par le camarade Rodionov, ouvrier rectifieur à l'usine automobile Likhatchev.

Pasternak a fini par plier. Il a refusé le prix Nobel.

— On ne lui a même pas retiré sa nationalité soviétique, râle pourtant Chmakov.

C'est vrai, quoi... On aurait pu déchirer son passeport... Même Mikhalkov en a parlé. On n'a pas meilleur phare que Mikhalkov, il a écrit les paroles de l'hymne soviétique. On peut lui faire confiance, à Mikhalkov... On aurait pu ouster Pasternak vers l'Occident de ses rêves. Bon débarras !... Au lieu de quoi, on le garde chez nous, où il continue à nous pourrir l'utopie.

La voix du peuple monte des entrailles de Chmakov.

Au fond du deuxième étage, dans le couloir séparant la septième de la huitième section, une armoire entière est désormais consacrée à Pasternak. Autour d'elle butinent une dizaine de personnes, jour et nuit.

— Vivez le Nobel de Pasternak comme une occasion de vous améliorer à tous les niveaux, a positivé le colonel Volkov.

Et l'on s'améliore, en effet : pister les gens qui lui rendent visite dans sa datcha de Pérédelkino, surtout les étrangers, permet de comprendre comment est structuré le réseau des complicités idéologiques.

Chaque lettre entrante ou sortante passe par un sas de décontamination. On déchiffre l'écriture de Pasternak, faite de coups de plume prétentieux, comme s'il dessinait la moindre lettre. On note les noms, et, souvent, on intercepte – pas question qu'il se pavane avec ses correspondants dans de l'antisoviétisme barbare.

Voyez si l'on fait bien : tout en faisant semblant

de se détourner du Nobel, Pasternak envoie des billets doux à ses éditeurs et agents étrangers. Il les félicite, il les cajole, il les bénit et… il refuse que ses droits d'auteur soient gérés par le gouvernement soviétique.

Chmakov :

— Je vous avais bien dit que c'est une engeance !

Presse occidentale :

— Malgré la terrible pression, Pasternak ne se rend pas !… Le cri de Pasternak secoue le parti et les apparatchiks !

Ils ne nous ratent pas, les journaleux bourgeois. Ils exagèrent et prennent leurs rêves pour la réalité, mais ils ne chôment jamais. Heureusement que leur mémoire est aussi courte que celle d'un moineau et qu'ils oublient facilement ce qu'ils ont écrit la veille. Une émotion chasse l'autre. Il suffit d'attendre.

Compiler, traduire et synthétiser les retombées de la presse étrangère est une tâche terriblement chronophage. À force de retaper à la machine des kilomètres d'articles français, anglais, italiens, suédois, etc., l'ennemi est littéralement connu sur le bout des doigts, qui se couvre de corne.

Tout ce travail… Toute cette science…

Là-dessus, la cellule opérationnelle rapporte enfin une bonne nouvelle : l'écrivain est trop vieux. Il est malade. On pense qu'il va crever sous peu. Un cancer des poumons. Un an maxi.

Tout le monde est soulagé. Bientôt une épine de moins !

Pasternak est malade, Pasternak se meurt.

Pasternak est mort.

Aux funérailles, le 2 juin 1960, tout ce que Moscou compte de contestataires dans l'âme se précipite à Pérédelkino, précédé par le service opérationnel qui observe tout ce beau monde, prend des photos, interroge discrètement les gens pour connaître les noms.

Le capitaine Nikonovitch a emporté une caméra. Il filme les gens en gros plan pour pouvoir les identifier plus tard. Vaste programme : il n'a que vingt minutes de pellicule. Alors il se focalise sur la porte d'entrée de la maison et ceux qui s'en approchent. C'est dans la proximité immédiate du cadavre qu'on devrait trouver les éléments les plus dangereux.

Un illuminé se met à réciter des vers de Pasternak. C'est le vieux Balachov, bien connu des services – nom de code « Lecteur ». Médiocre élément pour ce qui est de rapporter des infos délicates. Mais quelle puissance quand il se met à croasser des vers ! Nikonovitch ne peut s'empêcher de le filmer, alors que ce n'est vraiment pas le propos.

Monocle est là, lui aussi, en plein épicentre des événements. Il s'est affublé d'un brassard noir pardessus une chemise à carreaux, à l'américaine.

Ivanov l'observe de loin. Puis il le perd, tellement il y a de gens. C'est la folie !

Son intuition lui dit qu'Abram Tertz n'est pas loin.

Il est là, dans cette foule, il jouit de son anonymat, il le nargue.

Soudain, on entend le piano. C'est un pro qui joue, on peut en être certain. Chopin s'échappe de la maison grande ouverte en tirades qui n'en finissent pas.

— C'est qui, le tâcheron ? demande Chmakov.

Nikonovitch, mélomane à ses heures, s'est déjà renseigné :

— Sviatoslav Richter.

— C'est beau, quand même, la musique, s'extasie Chmakov.

Nikonovitch discute avec le major Koutilo, le référent de Richter. On les envoie faire un tour aux États-Unis cet automne. Ce sera un événement : Chicago, Carnegie Hall… Et cet abruti de pianiste ne veut pas y aller, il a peur de l'avion. On en est presque à le supplier. C'est à ne rien comprendre.

Le mystère Sviatoslav Richter…

Des gens arrivent de partout, s'agglutinent avec des fleurs. Tous sont heureux de constater qu'ils ne sont pas seuls.

Il y a comme une connivence joyeuse dans l'air – malgré la mort du poète.

Bientôt Nikonovitch ne voit plus que des nuques. Il arrête sa caméra et grimpe à un arbre pour prendre des photos à partir d'un angle plus pratique.

De parfaits inconnus se parlent :

— Salut. J'ai vu une annonce, écrite à la main et collée sur le mur de la gare, à Moscou : « Boris Pasternak, un des plus grands poètes contemporains, vient de mourir. La cérémonie civile aura lieu aujourd'hui, à 15 heures. Pérédelkino. »

— Oui, c'est ici.

— Combien crois-tu qu'on est ?

— Mille, mille deux cents !

— Moi, je dirais quatre mille !

« Pourquoi pas dix mille, tant qu'on y est, pense Ivanov. Huit cents, maximum. »

— C'est énorme.

— Le train de banlieue était plein.

Ivanov se dit que jamais, jamais les services compétents ne parviendront à les identifier tous !

Même si l'on recrute massivement des stagiaires. Surtout qu'on est en pleine réduction des effectifs.

Pour la place dans les bureaux, c'est limite aussi. Avec toute cette paperasserie qu'on est obligé de garder…

Plus tard, blotti dans l'arbre au-dessus d'un journaliste anglais qui mitraille à tout va, le lieutenant Ivanov se reprend. On ne cédera pas au découragement. Il compte et recompte, se trompe, recommence. L'océan des têtes bouge tout le temps.

Monocle repère dans la foule son copain André. Il est avec Youli, un traducteur, charmeur et bohème. Rien d'étonnant à ce qu'ils soient là, aux premières loges, les deux zigotos. André a eu une correspondance avec Pasternak, croit savoir Monocle, et il en est crâne, même s'il ne le claironne pas à la ronde. Youli écrit de la poésie, lui aussi. Il connaît par cœur des centaines de strophes de Pasternak. Monocle en connaît également un certain nombre – l'été dernier, en plein scandale *Jivago*, bravache et mielleux, il a attiré pas mal de regards féminins en récitant *Ma sœur la vie*.

Ça y est, on sort le cercueil. Des enthousiastes se relaient avec ferveur pour le porter.

Un autobus, affrété par la Maison des écrivains, propose ses services pour emmener le corps au cimetière, vite fait bien fait, sans faire de cirque devant la presse étrangère. La famille proteste. On porte Pasternak à la main, par le chemin poussiéreux, au-dessus de la foule.

— Le cercueil reste ouvert, s'étonne un journaliste suédois dans son microphone. C'est la tradition russe. Que de fleurs !

On traverse un champ. Monocle pense à rentrer le bas de son pantalon dans les chaussettes, pour ne pas salir.

Au cimetière, la foule se fait compacte, protectrice.

Un discours, pas très long. Un poème. Puis la terre lourde se met à tomber.

Les gens se dispersent rapidement – enfin une bonne nouvelle pour les services.

Mais la journée n'en finit pas pour autant. De jeunes exaltés se relaient dans le crépuscule à réciter des vers. Un type a allumé une bougie qu'il utilise pour éclairer un carnet couvert de texte. On le voit qui ânonne en ondulant du torse. Des amoureux se lancent des strophes. Au loin – le ruissellement d'une guitare.

Ivanov surveille tous ces illuminés en attendant l'ordre éventuel de les serrer, qui ne viendra pas.

— On s'en va, finit par dire Nikonovitch. On lève la contrainte et on rentre dormir.

Dans la camionnette qui les ramène vers la capitale, Ivanov songe au rapport qu'il doit rédiger le lendemain. En plus des éléments opérationnels et de la chronologie des faits, il compte s'embarquer dans une analyse bilan-perspectives.

« Compte tenu du grand nombre de jeunes

aperçus à l'enterrement, il serait judicieux que l'Union des écrivains et le ministère de la Culture renforcent leur travail éducatif auprès des étudiants et de la jeunesse artistique. Ainsi pourra-t-on combattre les humeurs malsaines et les images fallacieuses que certains jeunes (heureusement une minorité) se font de Pasternak quand ils le représentent comme un immense artiste, incompris par son époque. »

— Et si cet Abram Tertz était... Pasternak ? lance le lieutenant-colonel Pakhomov pendant une réunion de service.

Pakhomov venait de lire (en anglais, dans un livre confisqué lors d'une perquisition) une enquête d'Agatha Christie, où le coupable était le narrateur, et, pour cette raison, personne ne pouvait y songer.

L'astucieuse hypothèse est discutée.

Abram Tertz est juif, comme Pasternak. Il est érudit. Il a une connivence manifeste avec la Pologne, comme Pasternak. À ce propos, Pakhomov rappelle que les premiers extraits du *Docteur Jivago* sont publiés en 1957, à Varsovie même, dans le trimestriel *Opinie*, ce qui vaut à nos camarades polonais une sévère remise des pendules à l'heure.

Avec tout le respect que l'on doit à son supérieur en grade, le lieutenant Ivanov émet des réserves.

S'il est vrai qu'il y a une coïncidence polonaise troublante, il n'en reste pas moins qu'il y a Pologne et Pologne. Abram Tertz a été publié par une revue *émigrée* d'opposition, éditée à Paris. Rien à voir avec Pasternak, qui a bénéficié d'un consternant laxisme d'un pays « frère ».

Remarquons aussi qu'Abram Tertz ne semble avoir aucune connivence particulière avec l'Italie, alors que c'était le chemin de prédilection pour Pasternak.

La plus grosse différence est celle-ci : Abram Tertz reste absolument anonyme. Là où Pasternak parade au grand jour (ou presque), Abram Tertz se cache comme un ténia.

Il était trop sûr de lui, Pasternak.

Trop célèbre, aussi. Et vieux. Comme s'il était habité par un ras-le-bol universel.

Bref, on ne voit pas bien pourquoi Pasternak aurait pris un pseudo.

— Et que dit l'analyse sémantique des textes ? demande Pakhomov.

Elle est formelle : Abram Tertz n'a rien à voir avec Pasternak. L'anonyme montre « une tendance au pamphlet, à l'ironie », il utilise un vocabulaire « extrait de la vie quotidienne soviétique qu'il semble tourner constamment en dérision », il ne s'intéresse absolument pas aux paysages et à la nature.

Du temps passe. Ivanov est convoqué chez le colonel Volkov.

— Assieds-toi, Evgueni. Ton rapport sur les funérailles de Pasternak a été apprécié en haut lieu. Le juge d'instruction Pakhomov loue tes capacités analytiques. Ton réseau d'informateurs s'étend et se renforce. Continue, mon gars. C'est en conjuguant analyse de terrain et réflexions stratégiques de long cours que l'on construira les services compétents de demain.

Le tout, sans un sourire.

Ivanov est comme sur un Spoutnik. En plus des mots gentils, il a obtenu cinq jours de permission et un laissez-passer – un carton jaune, où son nom est écrit à la main. Valable une journée, ce petit rectangle permet d'accéder aux magasins d'élite réservés aux officiers supérieurs.

Comme quoi, il a eu raison de vouloir prendre de la hauteur par rapport à son guidon.

— N'en fais pas trop, lui conseille cependant Nikonovitch. Avoir une vision d'ensemble est une bonne chose à condition que tes supérieurs se sentent valorisés.

Tout un art.

Un bonheur ne venant jamais seul, Ivanov apprend que sa mère, Tamara Stépanovna Ivanova, qui vivait jusqu'à présent dans une pièce de huit mètres carrés d'un appartement communautaire, a obtenu un logement individuel dans un immeuble neuf.

Sa nouvelle vie est à Tcheriomouchki, un quartier au sud-ouest de Moscou, loin du centre. Au dernier étage d'un immeuble de quatre.

Pour elle toute seule ! Une surface de 27 m^2 pour elle toute seule ! Une cuisine (6 m^2), un coin toilettes + baignoire (3 m^2) – pour elle toute seule ! 2,55 mètres de hauteur sous plafond. Chauffage central. Pas d'ascenseur. Mais l'escalier est large (pas comme dans l'immeuble d'en face), et les marches ne sont pas trop espacées pour se monter sans effort.

Tamara a eu beaucoup de chance. Personne ne sait exactement comment l'appartement lui est tombé dessus. Est-ce à cause de ses faits d'armes (elle est médaillée de la Grande Guerre patriotique) ou bien des intrigues de son premier mari, un ancien diplomate ?… Avoir un fils dans les services ne pouvait pas nuire non plus, même si l'on ne sait pas à quel niveau.

Ivanov aime à penser que c'est la providence socialiste, tout simplement.

Maman s'est inscrite sur les listes d'attente dès que la possibilité s'est ouverte. Elle a coché « peu importe » pour le choix du quartier. Elle a patienté cinq ans. Et le facteur a sonné à sa porte !

Sans qu'elle ait un sou à débourser.

Pas comme dans les pays réactionnaires où seuls les très riches ont un logement.

Pendant que l'anonyme Abram Tertz se fait traduire dans une dizaine de langues et que sa calomnie se diffuse dans le monde, le lieutenant Ivanov aide sa vieille mère à déménager dans un appartement tout neuf, obtenu gratuitement.

Adieu, trente ans de vie communautaire ! Adieu Clavdia Petrovna, la folle qui repérait quand Tamara allait se laver et se débrouillait pour couper l'eau. Adieu toilettes noircies où il fallait venir avec sa lunette, tout en notant sur un papier collé à l'extérieur le temps qu'on y a passé afin de contribuer équitablement aux dépenses en électricité d'une maigre ampoule de 25 W.

Dans le nouvel appart, les toilettes n'ont ni ampoule ni électricité. La lumière y parvient par une lucarne dans le mur mitoyen avec la cuisine. On allume à la cuisine, on va faire ses besoins, on revient pour éteindre. Les économies d'énergie sont évidentes. La pénombre n'incite pas à s'éterniser sur le pot non plus.

Dans le nouvel appart, elle aura une armoire, au lieu d'entasser ses affaires sous le lit.

À propos d'armoire, au début, bien sûr, elle n'aura pas de frigo. On fera avec. Dès octobre, il fait suffisamment froid pour mettre les aliments dans le placard de rangement encastré sous la fenêtre de la cuisine. Très pratique ! Une cloison d'une demi-brique d'épaisseur seulement y sépare l'intérieur de l'extérieur : par grand froid, les produits peuvent même y geler.

Ce placard magique ne l'empêche pas d'être sur la liste d'attente pour le frigo, qui ne sera pas totalement gratuit toutefois. Avec ses bons d'achat du Voentorg, son fils est bien placé pour en avoir un, de frigo, dans des délais plus courts. La famille passe beaucoup de temps à discuter de la meilleure stratégie. Faut-il dépenser ses coupons maintenant et l'avoir plus vite ou bien attendre la providence socialiste et économiser ses bons ?

L'armoire du salon, elle, a déjà été réservée depuis avant l'été. Sur ce front, les perspectives sont alléchantes. La magasinière adjointe n'étant pas insensible au charme d'intellectuel (Ivanov a des lunettes), on lui a promis qu'il serait parmi les premiers servis dès qu'il y a arrivage de « bois potable ». Petit bémol, personne ne peut être certain du modèle qui sera livré. « Armoire », c'est déjà bien. Avec un peu de chance (on rêve un peu), ce sera tout un mur d'étagères, avec des portes coulissantes en verre. Pratique pour les livres et les bibelots en porcelaine. En cas de malchance (si les dimensions ne conviennent vraiment pas), il revendra l'armoire dans l'heure qui suit à l'un de ces quidams qui rôdent devant les boutiques, et il fera sans doute un petit bénéfice.

Elle voudrait du tout neuf, Tamara. C'est le moment de renaître de ses cendres. Elle donne à des amis le vieux tapis miteux. La table des ancêtres, avec son énorme tache d'encre qui s'est incrustée dans le bois – à la décharge ! Le lieutenant Ivanov s'occupe de tout porter, puis, après un ultime regard de nostalgie sur cette table où il a tant trimé à faire ses devoirs d'écolier, il saisit une brique et vlan ! sur l'acajou. Vlan ! vlan !... Sus à l'ancien ! Nouvelle vie, nouveaux objets, nouvelle prospérité.

Seul regret, la trappe du vide-ordures, dans la cuisine, ne s'ouvre pas complètement.

L'immeuble de Tamara est un des premiers construits à Tcheriomouchki pour faire face à l'énorme déficit de logements. Les ouvriers, les architectes se sont dépêchés. Alors pour le vide-ordures, dans l'urgence, on n'a pas songé à calibrer les dimensions de la trappe, elle coince à mi-course.

Abram Tertz, au lieu de faire du mauvais esprit, aurait pu se moquer gentiment de cette particularité du vide-ordures, résultat du je-m'en-foutisme qui gangrène les meilleures intentions. On l'aurait applaudi – une critique constructive est toujours bienvenue. On l'aurait publié dans *Krokodil*, l'hebdomadaire satirique très désopilant. Tirage : 1 400 000 exemplaires.

Cette semaine, Tamara a beaucoup ri en

découvrant la caricature suivante : à l'intérieur d'un immeuble qui vient d'être construit, l'escalier a été placé de telle sorte que le deuxième étage n'est pas desservi. Dans la légende, un fonctionnaire du ministère du Logement lève le doigt, catégorique : « Ne nous laissons pas distraire par ces détails. Livraison d'appartement validée ! »

— Tu vois, Evgueni, c'est exactement ce qu'on vit, avec le vide-ordures.

Alors quand on entend qu'on ne peut rien critiquer au pays des Soviets... Mais c'est tout le contraire ! Flagrante est la mauvaise foi de ceux qui ne veulent pas voir.

— Ne jette pas tes *Krokodil*, maman, répond Ivanov en examinant les grosses bulles sous le papier peint de l'entrée. On en aura besoin pour refaire les murs.

Le papier plus lisse du *Krokodil* est de meilleure qualité que celui de la *Pravda*. Imprégné de colle, il sera parfait pour la sous-couche. Ainsi remplace-t-on l'enduit et le plâtre, introuvables.

— Ils sont très bien, mes murs...

Tamara n'a pas envie de s'embarquer dans des travaux.

Ce serait dommage de s'en passer : à Leningrad, du papier peint polonais vient d'être livré à la branche locale du Voentorg. On peut en avoir par le père d'un copain.

De telles opportunités ne se présentent pas tous les jours.

Polonais, ça veut dire des couleurs pétantes et fraîches. Même si l'on ne connaît pas encore les teintes disponibles, elles ne seront ni jaunasses ni lavando-décolorées, comme si on les avait laissées mourir dans de l'eau stagnante.

Le motif sera plus recherché que les paniers de fleurs et les tristes guirlandes qu'on voit chez tout le monde. Un truc surprenant.

Polonais, ils ne risquent pas de se décomposer quand on les enduit abondamment de colle ou si l'on tire au moment de la pose.

Il faut se décider maintenant !

Allez, on le fait !

Ce sera grandiose !

Le samedi en quinze, comme il n'est pas d'astreinte, Ivanov vient avec ses potes Chourik et Lionia. Chacun a deux bras. Voyez comme la besogne décape. Hop ! hop ! les murs sont déjà couverts de *Krokodil*, qu'il faut maintenant laisser sécher. Chourik sort alors une bouteille.

— Sans moi, fait Ivanov, catégorique.

L'alcool, il en est persuadé, est un poison qui détruit les repères moraux. Celui qui boit est un maillon faible qui compromet les efforts de toute la nation.

C'est à cause de l'alcool que les vide-ordures ne s'ouvrent pas correctement. Sans le vouloir, le buveur fait du sabotage. Et sa faiblesse le rend vulnérable à la propagande antisoviétique, voire aux sirènes des services secrets étrangers.

— Un samedi !? s'étonne Chourik. Comment peux-tu rester la gueule sèche un samedi ?…

— Laisse-le tranquille, dit Lionia. Il a raison.

Ce qui n'empêche pas Lionia de se verser un verre. Puis un autre.

— À la conquête du cosmos ! lance Chourik.

— À nos avions de chasse !

— À notre DCA !

Ils pensent à la même chose : cet U-2 espion que l'on a abattu au-dessus de leur pays.

La preuve (s'il en fallait !) que les suppôts du capitalisme envient l'Union soviétique et cherchent à lui piquer ses secrets.

La preuve aussi qu'on n'est pas des enfants de chœur et que l'on ne se laisse pas faire !

On n'est pas cousus de main morte !

Leur technologie de pointe – boum !

Et leur pilote, Francis Gary Powers, récupéré sain et sauf, avec tout son matériel ultrasophistiqué, les films, les plans de vol, les objectifs.

Et ces USA, qui nous espionnent dans le dos, alors que, l'année précédente, à Sokolniki, avec la meilleure volonté du monde, on a organisé une grande exposition en leur honneur. Fourberie, hypocrisie, jeux de masques, faux sourires !

L'espion Powers, on l'a jugé et condamné à dix ans de privation de liberté.

Abram Tertz, quand on l'attrapera, s'en prendra aussi, de la privation de liberté – l'article 58-10 du Code pénal est là pour ça. « Propagande dans le but d'affaiblir le pouvoir soviétique. » Le minimum du minimum, c'est six mois. Le maximum n'est pas clair. Plusieurs années, sans doute. Publier à l'étranger est une circonstance aggravante.

Ça n'ira pas jusqu'à dix ans.

On voit mal comment il pourrait avoir moins de cinq.

Pendant le règne de l'Ogre, on ne se serait pas

posé de questions, on l'aurait tak ! tak !, comme dirait Chmakov.

Alors cinq ans, c'est plutôt clément.

Tandis qu'il y songe, Tamara :

— Venez voir l'immeuble en face !

Là-bas, par la fenêtre ouverte du troisième, soutenu par deux cordes de chaque côté, une longue caisse noire amorce une descente.

— Qu'est-ce qu'ils fabriquent ?

On regarde plus attentivement – c'est un cercueil !

En bas, une voiture de la municipalité attend le précieux chargement. On les voit qui dirigent les opérations : relâchez plus de corde à droite ! attention au balcon ! doucement !

Le mort est maintenant à la hauteur du deuxième étage. Les cordes sont tendues : la boîte se balance légèrement. Des curieux s'accumulent.

On finit par comprendre l'origine de la manœuvre : une porte d'entrée et une cage d'escalier trop étroites. Une fois le cercueil engagé dans le chambranle, impossible de tourner. Une planche ça passe, mais pas une boîte. Restait la fenêtre. Le camarade a dû clamser à la maison. Dieu sait combien de temps ils l'ont gardé avant de tenter l'évacuation par la façade…

Lionia, ému :

— Que la terre te soit comme duvet, l'ami !… C'est rageant de mourir dans un appartement neuf.

Il vide son verre.

Le spectacle rend Tamara fière de son escalier à elle. À tout prendre, elle préfère un vide-ordures qui ne s'ouvre pas plutôt qu'un escalier étriqué où même un cercueil ne passe pas, sans même parler d'un frigo.

Elle se demande toutefois si ce n'est pas un mauvais présage.

— M'enfin, maman, laisse tes superstitions de péquenaude dans la fange des préjugés petits-bourgeois, s'énerve Ivanov.

Là-dessus, prenant prétexte de la présence mystique d'un macchabée volant, Chourik et Lionia finissent la bouteille.

Le reste de la journée en est moins efficace, forcément. Personne n'est franchement beurré, mais personne n'a l'œil clair non plus. Sauf Ivanov. Ah, ces mauvaises troupes ! Comment voulez-vous qu'on batte les États-Unis ?

— Tu nous juges bien sévèrement, estime Chourik sans se vexer pour autant. O.K., on aime bien passer un p'tit verre pour humidifier, mais au moins on n'est pas esclaves, comme toi, du papier peint polonais.

Il marque un point.

Le lieutenant sent bien que ses préoccupations récentes avec les meubles, le vide-ordures, le frigo ressemblent à une course débridée au bien-être matériel, en contradiction avec l'homme nouveau que le parti est en train de forger. Un homme simple, qui se contente de peu.

— C'est pour ma mère ! se justifie-t-il. Nos vieux ont bien mérité un peu de luxe. Songez à leurs privations pendant la guerre.

La mauvaise conscience le travaille cependant.

C'est pourquoi, les travaux terminés, il distribue

les chutes à ses potes alors qu'il aurait pu les garder et refaire le couloir, chez lui.

Loin de se plaindre, Larissa :

— On n'est pas des tsars, on attendra du papier peint soviétique, comme tout le monde.

S'il est fier à cet instant d'avoir une femme comme Larissa !

Ils dégustent une soupe au chou en s'extasiant sur leur veine récente, l'appartement de Tamara Stépanovna, les félicitations du colonel Volkov, l'affectation de Larissa dans une école à deux pas de leur domicile.

Quand les étoiles sont à ce point alignées, c'est un signe.

Un coup à se mettre au lit pour faire des enfants.

Ils y pensent pendant que Larissa débarrasse, frotte la vaisselle, range dans le buffet.

Ils éteignent la lumière, ils s'y mettent.

Même s'ils ont maintenant un logement à eux, ils font le moins de bruit possible – pas de couinements déplacés, de soupirs embarrassants. On n'est pas des animaux ! L'habitude de la discrétion a été prise dans les premières années de leur couple, quand leur vie intime se labourait derrière le paravent d'un appartement communautaire, chez les parents de Larissa.

Voilà un homme et une femme qui maîtrisent totalement leurs instincts.

Le sommier aussi ferme son clapet.

Quand c'est fini, pour masquer leur gêne et oublier ce qui vient de se passer, ils parlent politique internationale.

— Le Congo belge est sorti de sous la botte impérialiste, observe Larissa.

Un certain temps plus tard :

— Il l'a mauvaise, le roi des Belges !

Alors Ivanov :

— Patrice Lumumba est un héros !

Larissa, lucide, malgré la fatigue :

— Il reste le Katanga et la marionnette capitaliste Moïse Tshombé, vendue aux exploiteurs.

— Une tronche de cannibale ! plaisante Ivanov.

Il allume une cigarette Droug, et joue dans le noir à secouer une boîte d'allumettes.

Le Katanga excepté, ils conviennent aisément qu'avec l'accession à la pleine indépendance de l'Afrique équatoriale française, l'exploitation colonialiste a du plomb dans l'aile.

— Le Ghana aussi est libre du joug anglais !

— Un château de cartes, l'Afrique !

V

Monocle a une surprise désagréable. La brochure sur Picasso de son copain André est parue chez le très sérieux Znanié. Ce n'est pas vraiment un livre (80 pages seulement) et la couverture est souple. André en est coauteur avec Igor Golomstock, un critique d'art que Monocle a croisé plusieurs fois et qui a toujours été imperméable à ses tentatives de charme – comme s'il sentait l'esbroufe.

Le tirage est conséquent (100 000 exemplaires) sans être un raz de marée – dans ce pays, tout ce qui tire à moins de 300 000 est difficile à trouver dans les librairies.

Dans les cercles intellos où tourne Monocle, le livre fait l'effet d'une petite sensation : ce serait le signe que le pouvoir se réchauffe.

La quatrième de couverture tente la quadrature du cercle. Il s'agit de montrer que la modernité n'est pas incompatible avec l'orthodoxie soviétique : « Les auteurs s'efforcent d'expliquer la complexité et les contradictions de l'œuvre de Picasso qui défend un point de vue politique progressiste même s'il l'exprime à travers un art qui nous est étranger par son formalisme. »

Chaque mot ici vaut son pesant de transpiration.

On imagine les va-et-vient entre les rédacteurs de Znanié et le censeur pour valider ce tissu de compromis.

On sent aussi comme une vulnérabilité. Il aurait suffi d'un rien pour torpiller le projet.

Mieux vaut tard que jamais, pense Monocle.

Tout en claironnant à qui veut l'entendre que la période bleue du grand peintre est meilleure que la rose (preuve qu'il s'y connaît, et pas d'hier), il prend sa plume et écrit une lettre enflammée à la direction de Znanié.

« Picasso n'est pas de l'art, c'est du charlatanisme ! Au moment même où la lutte pour des idéaux prometteurs est particulièrement tendue, notamment en Afrique, nos jeunes critiques glorifient l'art bourgeois décadent. »

Et il signe d'un nom inventé : « Boris Stépanov, fraiseur. »

La voix du prolétariat est comme une trompette de Jéricho.

Monocle n'est pas le seul. D'autres lecteurs s'indignent de bonne foi.

Chacune de ces lettres est comme une épingle au curare. S'il y en a de trop, des têtes vont tomber, c'est obligé.

Avec une dizaine de lettres reçues, chez Znanié, on est coincé. Il faut prendre les mesures qui s'imposent. Mieux vaut prévenir que guérir. Quelques jours après sa sortie, le premier livre jamais écrit sur Picasso n'est plus distribué à Moscou, et il n'aura pas eu le temps d'arriver jusqu'à Leningrad. Le tirage moisira dans une annexe de l'imprimerie. Puis il passera au pilon.

André tire la gueule :

— C'est déjà bien que le bouquin existe...

— Tu peux en être fier ! s'enthousiasme Monocle. Ton Picasso est maintenant une rareté recherchée par les bibliophiles. Près de l'Arbat, j'ai entendu qu'on donnait 3 roubles pour un exemplaire.

— Anciens ou nouveaux ? ne peut s'empêcher André.

C'est que, depuis le début de l'année, une réforme monétaire a mis son nez dans le portefeuille. Tout a été divisé par dix : les prix, les salaires.

— Nouveaux, bien sûr !

Belle plus-value pour une brochure dont le prix officiel est de 19 kopecks.

— Si tu as des exemplaires d'auteur en trop, c'est le moment de les refourguer, veinard.

Piètre commerçant, André n'est pas tenté.

Déjà qu'il a du mal à s'habituer aux nouveaux billets. Ils sont tellement petits ! On dirait des emballages de bonbecs.

Sur les grosses coupures, Lénine est toujours là. André remarque qu'il s'est figé de profil dans un bas-relief qui exagère la proéminence de sa mâchoire.

— Un fossile, ce Lénine ! s'exclame Monocle. Un fossile qui refuse de regarder les citoyens dans les yeux.

La provocation ne prend pas – André hausse les épaules.

On le croirait trop préoccupé par les conséquences pratiques de la réforme.

Il a jusqu'au 1er avril pour changer son argent mais tout le monde sait (allez savoir pourquoi) qu'on a intérêt à se dépêcher. Dès le 2 janvier, des files de plusieurs heures se sont formées devant les caisses d'épargne.

Les gens attendent, s'énervent.

En plein hiver, avec des températures de – 10 °C.

Bienheureux celui qui n'a pas d'argent liquide de côté !

C'est le cas du lieutenant Ivanov qui a fini l'année 1960 en claquant ses économies dans un buffet neuf pour sa mère.

En bois massif clair, provenance Hongrie, il a deux étagères en verre et trois compartiments de rangement en bas, dont l'un est fermé à clé (qui s'est égarée, il faudra forcer la serrure). Hauteur 1,51 m, largeur 1 m, profondeur 45 cm. Sa devise : « Un meuble moderne doit avoir des formes simples. » Disponible sur réservation, pour 350 nouveaux roubles et un temps d'attente estimé à douze mois, on peut l'avoir plus rapidement à condition de connaître Zina, la responsable de l'approvisionnement au rayon meubles du Vneshtorg.

Chez le même fournisseur, Ivanov espère décrocher l'acquisition d'un tapis (130 roubles) qui sera parfait pour décorer un mur et s'isoler ainsi du bruit des voisins – sa mère se plaint beaucoup des cloisons trop fines. Moyennant un pourboire, Zina veut bien le mettre de côté. Il sera définitivement acquis à condition qu'aucun acheteur prioritaire, de rang supérieur à Ivanov, ne se manifeste.

Pas évident de trouver le temps de faire toutes ces courses pendant le service. Surtout en ce moment, avec la pression ! Le passage aux nouveaux roubles est un bazar sans nom qui mobilise tout le monde.

L'ingéniosité des escrocs n'a pas de limites et frôle l'abnégation. On signale ainsi de fausses coupures de 25 roubles entièrement dessinées à la main aux crayons de couleur. Ce sont de véritables œuvres d'art dont la réalisation a visiblement nécessité plusieurs jours de travail d'orfèvre. (L'enquête se focalise sur les retraités de l'Académie des beaux-arts.)

D'autres malins font tremper les nouveaux billets de 10 roubles dans une solution chimique qui ramollit l'encre. Puis, par un double pressage contre une feuille plastifiée, ils impriment littéralement un nouveau billet. (L'enquête s'oriente vers les facs de chimie.)

Il n'y a pas que les billets. Les pièces aussi sont un casse-tête. Celles de 1, de 2 et de 3 kopecks de l'ancien modèle restent en circulation à leur valeur nominale. Les matheux en déduisent immédiatement que leur pouvoir d'achat va automatiquement être multiplié par dix. Pour faire fortune, il suffit de convertir ses anciens roubles en très petite monnaie et d'attendre un peu. Résultat, du jour au lendemain, plus une seule de ces pièces ne circule dans le pays.

On raconte qu'une clocharde de province, qui a eu la bonne idée d'accumuler de la ferraille pendant dix ans dans des bidons à lait, s'est retrouvée à la tête d'un patrimoine.

On exagère, on invente, on fantasme.

N'empêche, combattre les spéculateurs est une priorité.

Mobilisation générale !

L'urgence : toute personne que l'on trouve en possession de plus de cent piécettes à la maison ou dans ses poches est verbalisée. La monnaie est confisquée. Elle est restituée une fois convertie au cours officiel.

Le temps qu'on perd à ces petites tâches ! C'est usant. Mais c'est un tout. Si on laisse se développer le goût du profit, aussi petit soit-il, alors... alors... le futur ira à vau-l'eau.

La spéculation, ennemie du travail véritable, n'a pas sa place au pays du socialisme.

Soudain, on ne peut plus l'ignorer, on le voit, il est énorme ! Le marché noir crève les yeux. On ne parle que de lui. Est-ce la réforme monétaire qui a servi de révélateur ? Ou les parasites sont-ils devenus trop arrogants à force de se complaire dans l'impunité ?

Toujours est-il qu'une foule roublarde se presse sur les quais, autour des grands hôtels, à l'aéroport, dans la rue Gorki – ça deale à tout va.

Les étrangers sont systématiquement abordés par de jeunes audacieux qui leur proposent toutes sortes de trafics. On leur achète écharpe, cravate, chaussures, chaussettes, slip, briquet, Bic, tube de rouge à lèvres (même entamé), restes d'eau de Cologne, n'importe quelle camelote. Le touriste occidental est un grand magasin à lui tout seul. S'il le voulait, en quelques minutes, il pourrait vendre tout ce qu'il a sur le dos, littéralement, et rentrer à poil dans son pays.

Une folie : les devises. Les spéculateurs les achètent à un cours imbattable, bien supérieur à celui de l'État. Ils les revendent aux Russes qu'on a autorisés à voyager (artistes, sportifs) et qui, officiellement, ne peuvent changer plus de trente dollars.

— C'est toujours trente dollars de trop, juge Chmakov. Ils n'ont pas à désirer ces youp-là-là-tsoin-tsoin qu'on produit à l'étranger avec la sueur des prolétaires.

Quand ils ont commencé à en prendre conscience, la surprise, l'énorme surprise des services compétents a été l'étendue, la profondeur de la gangrène.

Dans la rue Gorki n'opèrent que les petits branleurs, les « coureurs ».

Les dollars qu'ils achètent sont revendus à des gars plus expérimentés, les « chefs ». Qui revendent à leur tour aux « marchands ». Les « rois » étant au sommet de la pyramide. Ils ne se déplacent pas pour moins de dix mille roubles.

Ces sommes dépassent l'entendement.

Quand on sait qu'Ivanov gagne 120 roubles par mois !

Il bénéficie en prime de bons d'achat chez des distributeurs exclusifs et confidentiels, de réductions pharaoniques pour les vacances, d'un logement gratuit, d'une carte de transport, d'un justificatif rouge qui lui sert de coupe-file…

Il n'est pas à plaindre.

Paradoxalement, c'est le roi qui est coincé, avec tout son argent. Au pays du socialisme, le luxe est une donnée très relative. Les appartements, les voitures ne s'achètent pas en deux coups de klaxon comme en Occident. Quant aux magasins, ce n'est pas qu'ils sont vides, c'est qu'on ne sait jamais à l'avance ce qu'on peut y trouver.

S'empiffrer comme des moissonneuses-batteuses aux tables très chic du National ou de l'Aragvi, ça oui. Pour pousser la porte de ces endroits mythiques, il faut être un boss du parti ou un acteur-footballeur-joueur-d'échecs-directeur-du-cirque. Le lambda se fait sévèrement éconduire à moins d'arroser d'un bifton de 25 roubles le physionomiste. Prévoir aussi un autre 25 roubles à la serveuse si l'on souhaite un service sensible et sans arrogance. En montrant discrètement son petit livret rouge, Ivanov peut y entrer quand il veut. Mais l'endroit est saturé de VIP qui picolent beaucoup : l'ambiance peut dégénérer rapidement et finir en saucisse pour un petit gradé comme lui.

Nikonovitch est formel : il faut éviter d'y mettre les pieds, à moins d'être colonel (c'est le minimum) ou d'être en mission.

L'argent ! On n'en a jamais assez, mais, quand on en a de trop, on a du mal à le dépenser – que ce pays est bien fait !

Si l'on veut vraiment claquer son blé, on paie un larbin qui fait la queue dans les magasins à votre place. Pour du lourd (télé, frigo), quand le temps d'attente se mesure en mois, on négocie le numéro d'un camarade en tête de file. Sans jamais être sûr d'avoir la marchandise convoitée.

Chmakov en est ravi :

— Le connard aura beau mettre un lingot d'or sur la table, la berline Volga ne se fabriquera pas plus vite à l'usine qui manque de tôle !

Le lingot d'or est une façon de parler, bien sûr, car un citoyen qui ferait ça ouvertement serait aussitôt signalé aux services compétents. On s'occuperait de lui au microscope, et sans anesthésie, vous pouvez croire !

Quant aux devises… C'est simple. En avoir chez soi sans pouvoir le justifier par un emploi à l'étranger est un crime.

Les « rois » sont obligés de conserver leur fric dans des valises qu'ils laissent à la consigne de peur de se faire prendre lors d'une perquisition.

Comme Yan Rokotov. Cet individu, qu'on a rapidement identifié en infiltrant le réseau et en engageant des filatures, est un « roi ». C'est même le roi des rois.

On l'a arrêté au moment même où il récupérait une valise à la consigne (le délai de garde expirait).

En tout, le gars avait pour 16 000 dollars en or, bijoux, devises.

Une somme incommensurable.

En Union soviétique, il est plus facile de faire un salto arrière que de dépenser ne serait-ce qu'un dixième de cette somme.

C'est pourquoi ce pays est moralement supérieur à la société capitaliste. Et ses athlètes, acrobates, danseurs sont les meilleurs du monde.

Ici, tous les riches finissent en Midas, noyés sous leur or.

Son procès, Yan Rokotov l'a abordé avec

nonchalance. Il risque huit ans maximum. Alors il répond volontiers aux questions du juge. Il nargue le procureur. Il déclare : « En ce qui concerne la société communiste, je pense que celle-ci ne serait pas construite avant deux mille ans, ce qui veut dire jamais. En d'autres termes, je ne crois pas à l'idée de construction du communisme. »

Avec ses deux complices, il prend le maximum, forcément. Huit ans de camp, en effet.

Chmakov est furibard :

— C'est du foutage de gueule ! Justice laxiste ! Huit ans, c'est un pet de cafard !

Le capitaine Nikonovitch tente d'argumenter :

— C'est le max prévu par le Code pénal. On ne peut charger la barque davantage que ce qui est écrit dans la loi.

Chmakov ne veut rien entendre :

— Il refuse de travailler comme nous tous. En d'autres temps… Couic !

Khrouchtchev est exactement sur la même longueur d'onde. Des ouvriers métallurgistes lui ont écrit une lettre qui l'a bouleversé : « Huit ans de camp, c'est trop peu ! Nous, simples Soviétiques, vous demandons de manière solennelle de vous montrer sans pitié pour ces ordures, ces misérables dégénérés, ces immondices, dont les âmes viles sont vides, mais qui ont gagné en arrogance et ont cessé de respecter le système soviétique. Ils sont pires que des traîtres, ils sont des cadavres depuis longtemps, et nous vous demandons pour l'exemple de condamner tout ce gang criminel à la peine capitale. Afin qu'ils ne salissent plus la réputation incorruptible du peuple soviétique, qu'ils ne respirent plus le même air que nous, et qu'ils ne puissent plus s'appeler citoyens de l'URSS. »

Le capitaine Nikonovitch, qui connaît bien la rhétorique khrouchtchévienne (il est chargé de faire un *digest* pour le service après chaque laïus du Comité central), se demande si le secrétaire général ne l'a pas pondu lui-même, ce texte qui sent le bûcher. Nikonovitch n'en souffle mot à personne, évidemment.

Qu'ils existent ou non, ces ouvriers, on peut les comprendre.

Monte la colère populaire contre les « cadavres » qui sont encore bien vivants.

Vite, les magistrats récrivent la loi : maintenant c'est quinze ans qu'on peut prendre. Le ministère fait appel et Yan Rokotov, déjà jugé et condamné d'après une loi antérieure, voit sa peine passer à quinze ans.

Chmakov grince des dents :

— Il a eu une putain de chance.

Quinze ans, c'est mieux que huit, mais c'est moins bien que la peine de mort.

Khrouchtchev est furieux : « Pour de telles peines laxistes, il faut juger les juges eux-mêmes ! »

Le message est reçu cinq sur cinq.

En catastrophe, une deuxième fois on récrit la loi. Yan Rokotov est condamné à la peine de mort.

Khrouchtchev reçoit sa demande de grâce, écrite d'une main tremblante.

« Je suis condamné à être fusillé. Mon crime est d'avoir spéculé avec des devises étrangères et des pièces d'or. Deux fois la force rétroactive de la loi m'a été appliquée. Je vous prie de me laisser la vie sauve. Je me suis trompé à bien des égards. Maintenant je renais et suis une personne complètement différente. J'ai trente-trois ans, je serai une personne utile pour l'État soviétique. Après tout, je ne suis pas un meurtrier, pas un espion. Maintenant que mon esprit s'est clarifié, je veux vivre et construire le communisme avec le peuple soviétique. Je vous prie d'avoir pitié de moi. »

Il rêve !

On le fusille. Ses copains aussi.

Rétroactivement et « à titre exceptionnel ». Pour l'exemple.

Ça jette un froid chez les spéculateurs en devises.

Un goût de sang se répand dans les services.

Malgré tous les arguments tournant autour de l'opinion publique occidentale qu'il ne faudrait pas contrarier (dixit Nikonovitch), il arrive qu'Ivanov, contaminé à l'enthousiasme de Chmakov, se demande pourquoi on n'a pas fait la même chose avec Pasternak.

— Pour de la littérature ? s'étonne Larissa.

Elle a fini de repriser les chaussettes. L'ampoule électrique, dont elle se sert pour tendre le tissu en l'insérant à l'intérieur, rejoint la boîte en fer-blanc de l'astucieuse ménagère.

— C'est sévère, admet Ivanov. Mais logique. Au moins, on n'aurait pas eu Abram Tertz.

— Ça ne court pas les rues, les Abram Tertz. Il est seul, pour ainsi dire. Alors que les vendeurs de devises sont des centaines. Allez, ne sois pas bougon. Je sais bien que tu n'es pas un ogrillon assoiffé de sang. Autrement je ne t'aurais pas épousaillé.

Ivanov fait semblant de ne pas être d'accord.

— J'ai, moi aussi, des zones d'ombre. Des fois, ça me démange de… On vient d'apprendre un détail croustillant pour Abram Tertz.

— Stop, intervient Larissa. Tu ne dois rien me révéler de l'enquête. Secret défense.

— On sait enfin d'où vient ce nom, Abram Tertz. Un juteux spécialisé dans les droits communs vient de nous éclairer. Il y aurait une chanson de voyous d'Odessa qui commencerait comme ça : « Abrachka Tertz, pickpocket très légendaire, et Sonia-la-pute, elle brille dans tout l'pays… »

Un pickpocket. Une pute. Ce type qui ose critiquer le réalisme socialiste a choisi son pseudo dans une chanson d'apaches des rues.

En voilà un qui a sûrement fait du camp dans le passé. Pour connaître ces chansons-là, il faut une biographie adéquate. On tiendrait là une piste. Hélas pour les enquêteurs, dans un pays qui vient de vivre l'amnistie poststalinienne et le retour massif des forçats, ce ne sont pas les anciens taulards qui manquent.

On couche ces réflexions dans un calepin. À côté des mots « Pologne » et « Juif », on ajoute « ancien zek ». « Odessa » aussi, suivi d'un point d'interrogation.

VI

Les missions des services compétents sont claires.

Elles ont été rappelées noir sur blanc dans le protocole n° 200 du 9 janvier 1959, rédigé après la réunion du présidium du Comité central du Parti communiste de l'Union soviétique.

« Le KGB est un organe politique réalisant les décisions du Comité central du Parti relatives à la sécurité de l'État socialiste confronté aux attaques de ses ennemis extérieurs et intérieurs.

Cet organe se doit de surveiller attentivement les tentatives secrètes des ennemis du pays des Soviets, de mettre à jour leurs projets et de mettre un terme aux agissements crapuleux des agences de renseignement impérialistes. »

Il en découle une attitude saine de défiance envers tout le monde.

Si vous croyez que le pays où l'on vit est le plus grand du monde, détrompez-vous – l'Union soviétique est une île. Un lopin de terre perdu dans un océan hostile. Une tache de clarté dans une étendue sans fin d'eau toxique. Une eau qui monte, qui ne cherche qu'à monter, pour l'effacer de la surface du globe. Une île assiégée qui se bat contre les forces obscures de l'impérialisme mondial.

Les digues – voilà ce qui protège notre pays de l'anéantissement. Une ceinture étanche le long des côtes est essentielle à la survie. Une frontière bien gardée n'est pas un luxe. On n'entre pas au pays de l'avenir comme dans un moulin !

Là-bas, dans l'eau fétide, nagent les requins et les poulpes. Comme ils seraient heureux si l'Union soviétique venait à disparaître ! On a l'impression de sentir leurs regards avides, le souffle de leur haleine. On pourrait les croire endormis, mais ils guettent la moindre faiblesse.

Ils l'ont fait dès 1917. Puis en 1918, en 1919... Ils se sont cassé quelques dents, à l'époque. Ont-ils baissé leurs tentacules pour autant ? Que nenni ! Regardez Budapest en 1956. Une pseudo-révolte fomentée par les agents de l'Occident. Envisager de quitter le giron de la marche vers le socialisme, quel peuple sain d'esprit pourrait y penser ?... Il a fallu sévir. Envoyer de fidèles leucocytes combattre l'infection.

Les services – système immunitaire de la patrie. L'image est belle. En plus d'être assez juste. Comme des enzymes digestifs, le lieutenant Ivanov et ses camarades sont des gardiens invisibles et efficaces. Ils défendent l'organisme au bouclier, ils éradiquent ses ennemis à l'épée. Le corps sain ne se doute même pas qu'il y a ces sentinelles dévouées qui veillent sur lui jour et nuit. Le citoyen vaque à ses occupations – protégé. Il fait les courses – protégé. Il va au cinéma en sifflotant, la conscience tranquille – protégé. Dans l'ombre, le système immunitaire, lui, est toujours en alerte.

Une rencontre avec un étranger ? Un livre antisoviétique ? Une blague de mauvais goût ? Autant de portes d'entrée potentielles pour un dangereux microbe. C'est là que les services compétents interviennent. L'intrus est repéré, suivi, étudié. On assimile sa tactique. Puis on l'élimine. Tout en surveillant les métastases, toujours possibles. Dieu sait ce que peuvent donner les cellules saines qui ont été en contact avec le virus.

— Votre synthèse est excellente, camarade Ivanov, s'enthousiasme le colonel Volkov. Je dirais même qu'elle est exaltante !

Il se lève et, faisant fi du protocole, contourne la table, vient serrer Ivanov dans ses bras.

Lui qui ne se fend jamais d'un sourire !

— Je vous mets l'appréciation maximale.

Le lieutenant Ivanov est heureux. Voilà un entretien d'évaluation rondement mené.

Sur un nuage, il quitte le bureau de la gestion des cadres.

Ce n'est pas qu'il était inquiet, car il se sait apprécié de la hiérarchie, mais quand même, on n'est jamais sûr. Surtout que la « polit-prépa » est une discipline traître – il faut être au fait des dernières marottes du parti.

Toute la semaine, il a lu la *Pravda* et les *Izvestia* chaque matin, assidûment.

Le coup du système immunitaire lui est apparu

quand il a vu un usager tousser dans un trolleybus bondé. Pourquoi les autres passagers ne tombent-ils pas immédiatement malades ?

Le travail des leucocytes.

Le travail des services. Le lieutenant n'a pas dit au colonel Volkov que tout ce travail se bâtit au péril du confort personnel. Le zélé leucocyte n'a pas une vie facile. On ne compte plus les week-ends où il ne voit pas sa famille. Il a nettement l'impression que son fils, quand il naîtra, s'il naît un jour, grandira sans lui. Si sa vie de couple tient bon, c'est sans doute parce que Larissa avait un père militaire de carrière, souvent absent pour des missions prolongées dans le Grand Nord. Les séparations, elle connaît.

Et que dire de ces déplacements en province, quand on est parfois obligé de dormir dans des baraquements sans chauffage ? Et la campagne, quand on chie dehors, par – 20 °C, à même le trou de la cabane d'aisance ? Et comment ne pas s'user dans ces filatures interminables quand on lui demande de donner un coup de main aux services opérationnels, ces journées de planque où le corps s'ankylose comme une brouette qu'on aurait couchée sur le flanc ?

Une fois, comme il n'y avait pas de lit dans la bicoque qui lui servait d'abri et qu'il n'était pas question de dormir dans la boue glacée qui rampait au sol, il a sorti une porte de ses gonds et l'a placée en équilibre sur deux chaises. Avec son manteau d'officier pour tout matelas et des branches humides pour faire coussin, il avait l'air d'un ermite en hibernation.

Ivanov est fier de garder ses états d'âme pour lui.

Une semaine plus tard, le lieutenant Ivanov apprend qu'il a été nommé adjoint au juge d'instruction Pakhomov.

À la huitième section, il est maintenant parmi les lieutenants les plus en vue.

Les camarades le sollicitent pour des conseils. Les supérieurs lui demandent ce qu'il aimerait accomplir – quelle trajectoire voit-il pour sa carrière ?

Il est clair néanmoins (au vu de ses médiocres résultats au tir au pistolet) qu'il n'est pas un homme de terrain.

— M'occuper de la propagande antisoviétique me convient parfaitement, répond Ivanov. Il y a tant à faire ! Défricher, encore et encore.

Et modeste en plus !

Faudra-t-il s'étonner qu'il reçoive quelque temps plus tard une invitation pour assister à un discours de Chélépine en personne ?

— Les organes de la sûreté de l'État ont été réorganisés avec succès, dit cet homme au regard d'acier et au costume impeccable. Les effectifs ont été significativement réduits. Les éléments carriéristes ont été priés d'aller voir ailleurs. Les services ne sont plus cet épouvantail que Beria aurait voulu qu'ils soient il n'y a pas si longtemps. Nous sommes maintenant une composante du parti. Aujourd'hui les tchékistes ont la conscience tranquille. Ils peuvent regarder le parti, le peuple soviétique dans les yeux.

Le renouveau des services, c'est lui, Ivanov, assis au quinzième rang.

Le lieutenant en sort gonflé comme jamais. « Ça vaut le coup de se battre, de se donner à fond ! » Il y a comme un souffle ascendant.

Et pas seulement dans la carrière d'Ivanov.

VII

En avril 1961, la galaxie stupéfaite découvre la une de la *Pravda*, en énormes caractères rouges.

« Immense événement dans l'histoire de l'humanité ! »

Le temps s'arrête pour Ivanov, Koulakov, Nikonovitch… Le boulot se fige. Les filatures se débobinent. Les machines à écrire se taisent.

En dessous, toujours en rouge, les mots se bousculent, surgissent sans crier gare, c'est l'enivrement :

« Premier au monde, le vaisseau cosmique soviétique Vostok avec un homme à son bord, effectuant un vol autour de la Terre, est retourné sain et sauf sur le sol sacré de notre Patrie. »

Premier au monde.

Soviétique.

Le sol sacré de notre Patrie.

Puis on se calme un peu, on maîtrise l'émotion :

« Le premier homme à pénétrer dans l'espace est un citoyen de l'Union des Républiques Socialistes Soviétiques, Youri Alexeïevitch Gagarine. »

Des majuscules partout. Des points d'exclamation comme une pluie estivale à grosses gouttes.

Dans la rue, c'est l'euphorie. Les gens rient sans raison. Certains se mettent à chanter.

Une foule improvisée a bricolé des banderoles et, sans autorisation, se promène en toute liberté. « Le Cosmos est à nous ! » « Moscou – Cosmos – Moscou ! Hourra ! » « Nous sommes les premiers ! » Les jeunes crient tellement que c'est à se demander s'il ne faut pas disperser tout ça, puis les ordres tombent, formels : qu'on laisse la liesse populaire s'exprimer.

Et liesse il y a.

Une victoire indiscutable du système socialiste. Ce qu'on leur a mis, aux impérialistes ! On leur a prouvé qu'on était les plus forts ! Dans les dents ! Et ailleurs ! Jusqu'à la garde !

Déjà, il y avait Spoutnik. Maintenant Vostok.

Quand un peuple est uni par un idéal, les lois de la gravitation n'ont plus de prise sur lui. Ce peuple produit un surhomme, Gagarine en l'occurrence.

Avant de l'envoyer dans l'espace, on l'a sélectionné, puis testé et retesté. Une enquête minutieuse, dont les services se sont chargés, a exploré sa famille, ses amis. Des fois qu'il soit fils de déporté, qu'il ait des ancêtres trop nobles ou une racine juive. Car le surhomme doit être russe, surtout. Et fiable politiquement.

Son pedigree est parfait : il vient d'une famille de culs-terreux travaillant au kolkhoze. L'un de ses grands-pères était ouvrier à l'usine d'armement Poutilov, d'où est partie la révolution de Février. L'autre était paysan et charpentier. Un communiste de race.

Une femme, deux enfants. Membre du parti depuis un an – c'est essentiel.

Obéissant, serviable, souriant. Toujours prêt ! Comme un toutou qu'on sort le soir. C'est à croire que le surhomme est un peu neuneu. Il faut qu'il le soit pour accepter de se faire propulser dans une boîte de conserve chauffée à blanc.

Sa probabilité de survie a été estimée à 50 %. Pile tu meurs carbonisé, face tu touches l'énorme jackpot. Y a-t-il pensé ? Non, bien sûr, l'appât du gain n'est pas le propos pour ce garçon simple.

Il n'empêche. Le jackpot est encore plus grand que l'imagination. Une fois dissipée l'euphorie première, on se remet au travail : les services compétents sont chargés d'exécuter une note classée secret défense, issue du Conseil des ministres, intitulée « À propos de la récompense du camarade Gagarine pour avoir accompli de manière exemplaire une mission spéciale ». Il faut garantir son absolue confidentialité.

Car son contenu est explosif.

La nation reconnaissante offre au premier homme dans l'espace ce qu'elle a de plus beau, de plus rare. Une belle somme d'argent (15 000 roubles), un appartement de quatre pièces (tout équipé), une automobile Volga, un poste de télévision, une station de radio de marque soviétique Luxe (avec tourne-disque incorporé), un aspirateur. Ainsi qu'un « équipement », comme un trousseau de mariée, constitué des biens suivants :

Manteau demi-saison – 1 unité.

Manteau léger d'été – 1 unité.

Imperméable – 1 unité.

Costume – 2 unités (un clair, un sombre).
Chaussures – 2 paires (noires et claires).
Chemise blanche – 6 unités.
Chapeau – 2 unités.
Cravate – 6 unités.
Gants – 1 paire.
Mouchoir – 12 unités.
Chaussettes – 6 paires.
Slip, maillot de corps – 6 paires.
Rasoir électrique – 1 unité.

La femme du héros n'a pas été oubliée : 6 paires de bas, 2 blouses, 2 foulards, un pull… Les parents et les deux enfants non plus.

Des biens convoités par tous les citoyens.

On imagine les moqueries en Occident si cette liste, signée par Nikita Khrouchtchev en personne, tombe entre les mains d'un journaliste. La nudité criante d'un pays en déficit chronique des biens les plus basiques (chaussettes, maillots) serait exposée aux regards concupiscents de la risée internationale.

Ce n'est pas qu'on ne trouve jamais de chemises, de gants ou de cravates dans les magasins. Il y en a, en fonction des arrivages. Se les procurer au moment même où on en a besoin, aux bonnes tailles et en quantité voulue, confine au surnaturel, surtout en province.

Les services compétents se mobilisent. Il faut accompagner les fonctionnaires chargés de la chasse au trésor. On passe des coups de fil, on frappe aux portes des stocks réservés du Politburo, on compare les qualités des tissus, on palpe les cuirs. Un gars des services, ayant exactement la même corpulence que Gagarine, se tape tous les essayages. Pour la femme, les parents, on est moins exigeants. Ils pourront bien rafistoler un peu. Quand tout est gratos, on ne fait pas le difficile.

Au bout de quarante-huit heures, on finit par tout rassembler.

Mission accomplie !

Le super-héros a maintenant un rasoir électrique.

C'est la moindre des choses. Il l'a mérité. Ne serait-ce que pour avoir fait tomber les pays capitalistes de leur chaise. Jamais depuis la mort de Staline l'Union soviétique n'avait été à ce point au centre du monde, au centre du progrès. Une avalanche d'articles favorables, y compris en Amérique ! Gagarine est acclamé, il est décoré partout, il est invité en tournée mondiale. Admirateurs de tous les pays, unissez-vous !

Le moral des leucocytes s'en trouve galvanisé.

Qu'importe un Pasternak quand on a un Gagarine !

Koulakov, la mine rayonnante, découpe et accroche la une des *Izvestia* à l'intérieur de son casier. « Immense victoire de notre régime, de notre science, de notre technologie, de notre bravoure. » Tous les matins, il se ressource à cette vérité.

— Il faut qu'on se montre à la hauteur de Gagarine, prend-il l'habitude de dire en se frappant la poitrine du plat de la main.

Il a toujours été un brin niais, Koulakov.

Mais c'est avec une énergie nouvelle que l'équipe se retrousse les manches. Y compris l'Erika – on dirait que le succès de Vostok a donné du peps à ses ressorts. Jamais elle n'a tapé aussi juste, aussi rapidement.

À nous deux, Abram Tertz ! pense Ivanov en épluchant les comptes rendus de l'étranger d'où il ressort que la diffusion de *L'audience est ouverte* ne faiblit pas. Les traductions fleurissent. Plus inquiétant : un nouveau quidam apparaît sur le radar des publications antisoviétiques, un certain Nicolaï Arjak, qui publie une courte nouvelle, où ça ?... dans la revue *Kultura*, pour changer. Sûrement la même filière.

Les Mains, ça s'appelle. L'histoire glaçante d'un brave tchékiste dont les mains se mettent à trembler au moment même où il doit exécuter un pope à bout portant. Il tire, il rate, il tire, il rate. Comme dans un mauvais rêve. À la fin de l'histoire, on comprend : ses facétieux camarades lui ont fait une mauvaise blague en chargeant le Nagant de cartouches à blanc.

Quelques pages à peine, à la première personne. Et un sentiment de malaise pour Ivanov, comme si cet Arjak l'avait accusé personnellement d'être derrière la terreur des premières années de la Révolution ou de partager une connivence temporelle avec Félix Dzerjinski, le sombre génie de la Tchéka, dont le buste trône à l'entrée du bâtiment.

Comme par hasard, Kolia Arjak est un nom de voyou également. Dans sa chanson à lui, Kolia Arjak, armé d'un simple tesson de bouteille, se bat seul contre une bande de quatorze, et, forcément, se fait saigner « car il ne mérite pas de vivre ayant fait la bêtise de se promener sans couteau ».

Abram Tertz a donc fait des petits.

Même filière pour exporter la came, même typologie dans la signature : ces deux-là se connaissent. Si on chope l'un, on aura l'autre.

Tertz, Arjak : à eux deux ils auraient défini un microcourant littéraire, rien que ça, comme le prétendent les revues occidentales. Le « réalisme *fantastique* », ils l'appellent, par opposition, bien entendu, au réalisme socialiste. Il devient urgent d'y mettre un terme.

En avant, les leucocytes !

Vive Gagarine !

VIII

Emmuré vivant à l'ambassade soviétique à Paris, un verre de chablis à la main, Jean-Marie Domenach est en train de s'ennuyer en rond. Que ces réceptions culturelles sont atroces ! S'il a accepté de venir, c'est qu'il pensait croiser Ilya Ehrenbourg, cet écrivain au don d'ubiquité et à la longévité sans pareille, dont les mémoires, *Les Années et les Hommes*, sont programmés pour une parution dans quelques mois, chez Gallimard.

Ehrenbourg a traversé l'averse grêleuse du stalinisme sans prendre la moindre goutte – à croire que l'homme possède des pouvoirs diaboliques. Il a connu Modigliani, Apollinaire, Joyce, Lénine, Boukharine, et on en passe, il parle un français de haute couture, mais Domenach ne le verra pas ce soir. La faute à une mauvaise grippe, explique, embarrassé, l'attaché culturel à toutes les plumes françaises à « sensibilité de gauche » qu'on a conviées pour l'occasion.

— Ilya Grigorievitch a 39 de fièvre. Il n'a pas pu prendre l'avion.

Pour compenser, on a prévu des divertissements.

On lit des extraits d'Ehrenbourg, qu'on traduit à la volée.

Domenach, qui a une taupe chez Gallimard, en avait déjà eu connaissance. Le texte est aussi passionnant par ce qu'il raconte que frustrant par ce qu'il tait. Tant de cadavres entre les lignes, tant de fantômes au creux des lettres ! Certaines pages donnent l'impression d'une balade dans un cimetière abandonné. Bucolique et effrayant.

Une tronche au teint terreux s'approche :

— Ne vous inquiétez surtout pas, monsieur Domenach, Ilya Grigorievitch viendra le mois prochain, dès qu'il ira mieux.

Le français est rugueux mais la coupe du costume est parfaite. Boutons de manchette. Pochette. Porte-cigarettes en argent.

— Non merci, je ne fume pas de blondes, dit Domenach.

— Vladimir Vinogradov, pour vous servir.

S'ensuit un babillement où les deux hommes échangent leurs connaissances en matière de chablis et de ses climats.

— Fourchaume, dans le Premier Cru, remarquable cette année, dit Vinogradov. Hélas, un peu trop cher pour nos moyens, à l'ambassade. Ce soir, nous boire petit chablis.

— Il y a de grands petits chablis, dit doctement Domenach.

Vinogradov est totalement d'accord.

Ils prennent encore un verre. Puis encore un verre.

Ce Vinogradov est très sympathique. Il est de très bonne humeur. Il dirige les ventes des produits russes à l'export. C'est énorme.

— Le caviar et la vodka sont (comment dit-on ?) anecdotiques dans notre chiffre d'affaires, raconte-t-il. Nous vendre surtout bois, minerais, blé. Et bientôt maïs.

— Du maïs ? s'étonne Domenach.

— Priorité nationale. En Sibérie occidentale, les semailles de maïs multipliées par dix. Nouvelles terres. Grandiose. En production de maïs, on planifie (mais attention, c'est top secret), on planifie rattraper États-Unis dès 1967.

Domenach semble ébloui. Pourquoi pas le maïs, après tout ?

Un verre de chablis plus loin, Domenach en est à raconter des bonnes blagues sur Khrouchtchev.

— Alors on demande à Nikita Sergueïevitch si c'est vrai que l'on pourra bientôt, une fois le communisme en place, commander tous les produits par téléphone. Et Khrouchtchev de répondre : « Bien sûr ! Et ils seront livrés par la télé. »

Vinogradov rit beaucoup. Puis :

— Confidence pour confidence, dites-moi... Cet Abram Tertz... Très amusant... J'ai lu son petit pamphlet. Et je dois dire que j'ai été déçu. Oui, déçu. C'est un (comment dit-on ?) un canular, n'est-il pas ?

— Comment ça un canular ?

— Avouez que c'est un émigré d'ici qui a écrit le texte. Sans doute un Russe blanc. Qui se fait passer pour un Soviétique. Procédé classique pour faire publicité.

— Ah mais non ! proteste vigoureusement Domenach.

Ce Vinogradov l'accuserait ni plus ni moins de

s'être fait le complice d'une escroquerie intellectuelle.

Domenach est outré :

— Le manuscrit est venu d'Union soviétique. J'en suis certain !

— C'est impossible, rigole Vinogradov. Il y a des tournures stylistiques qui trahissent. Canular.

— Je vous assure ! s'offusque Domenach. J'en ai les preuves.

Vinogradov se crispe légèrement, tout en sourire. Ses yeux deviennent pointus. Ses oreilles se démultiplient. « Parle ! a-t-il envie de crier. Allez, parle donc, nigaud ! Dis tout à papa. Tes sources, bon Dieu ! »

Alors Domenach, avec un air de parfait couillon :

— Un matin, le manuscrit est arrivé dans mon courrier, tout simplement. Le paquet avait été posté en URSS. Leningrad, je crois.

Et il voit le visage de Vinogradov se décomposer.

— Par la poste !??

« Tu me prenais pour un âne, te voilà servi ! » jubile Domenach devant le regard désespéré de son interlocuteur.

— Ben oui, par la poste. Mais qu'avez-vous, monsieur Vinogradov, vous avez l'air perdu... Le petit chablis est traître.

Domenach n'est pas sans savoir qu'il est impossible d'envoyer une lettre vers la France sans passer par un service de censure qui ouvre et lit tout.

Vinogradov le sait également.

Ce n'est pas un service dont l'État soviétique aime se vanter.

Les plis cuisent à la vapeur dans une tour verticale, d'origine tchécoslovaque. Puis, à l'aide d'une réglette en os, on sépare facilement les rabats ramollis. Avant la lecture, il faut se laver les mains pour ne laisser aucune trace (attention aux cachets de la poste qui bavent !). On referme en étalant au pinceau de la colle postale ordinaire.

Il arrive parfois qu'une enveloppe fermée avec une colle rustique, bricolée par l'envoyeur, bloque la machine. On prend alors le temps de la donner au « chimiste », à qui rien ne résiste. Et s'il faut un peu déchirer pour ouvrir, eh bien on déchire ! Puis on frappe l'enveloppe d'un cachet bleu : « Pli endommagé au cours du transport. Recollé au bureau de poste. » En français, s'il vous plaît. Car le français est la langue officielle de l'Union postale universelle.

Les lettres en langue étrangère sont regroupées par pays concerné et soumises à la sagacité d'employés bilingues.

Règle de base : mieux vaut qu'une lettre se perde plutôt que de laisser des traces d'ouverture visibles.

Un jour, pensant berner les services compétents, un farceur a passé sa lettre à la machine à coudre, liant l'enveloppe et son contenu par un enchevêtrement de fils. Impossible d'ouvrir l'enveloppe à la va-vite sans tout déchiqueter. La curiosité des agents a été d'autant plus titillée. Ils ont pris le temps d'enlever chaque ligature : deux jours d'opération chirurgicale. Ils ont étudié le contenu et jeté la lettre à la poubelle – impossible de la reconstruire à l'identique.

Tout ça, Vinogradov le sait.

De deux choses l'une. Soit Abram Tertz est réellement arrivé en Occident par la poste – ça paraît impossible, mais pourquoi pas, on n'est pas des machines. Un coup de chance inouï.

Soit ce type, Domenach, se paie sa tête.

— Bon je dois y aller, dit Domenach avec un grand sourire. Au plaisir !

Le soir même, Vinogradov fait son rapport, potentiellement explosif. « Est-il possible que la poste de Leningrad travaille aussi mal ? » s'interroge-t-il.

À Moscou, chez les personnes autorisées, le rapport soulève pas mal de sourcils.

Une enquête est rapidement lancée. Cent plis à contenu subversif sont postés dans cent boîtes aux lettres de la région de Leningrad. Direction la France. Combien seront pris dans les filets vigilants ?

Une semaine plus tard, on est rassuré. Tout indique que le travail est fait correctement, dans ses grandes lignes. Le taux d'interception est absolu : tous les plis litigieux ont été repérés et ouverts. L'analyse du contenu peut encore s'améliorer toutefois. Si la grande majorité a été bloquée, douze lettres n'ont pas été dûment analysées jusqu'au bout (laxisme, je-m'en-foutisme) et ont été autorisées à poursuivre leur voyage.

Abram Tertz n'est pas passé par la poste, vraisemblablement.

Reste la provenance même, Leningrad. Domenach, croyant se moquer des services compétents, a livré un indice capital.

Le lieutenant Ivanov part pour Leningrad. Il y séjourne le temps nécessaire à réactiver ses indics.

Patiente, la petite abeille rend visite à toutes les fleurs de son jardin.

Le juge d'instruction demande de concentrer sur Leningrad l'essentiel des efforts. Sur le dessus de la pile, on met donc les dossiers de tous les profs, écrivains, scientifiques ayant séjourné en Pologne ou ayant eu des contacts avec des Polonais. Une centaine de noms (en priorité ceux d'origine juive) font l'objet d'un suivi soigné.

Le traitement commence toujours par un examen de proximité : on interroge discrètement les voisins, les collègues. On dresse une carte des cercles fréquentés, des centres d'intérêt.

L'exercice peut paraître fastidieux, mais il est toujours payant à long terme. Et l'on découvre de ces choses ! Tel éminent ethnographe conserve chez lui plusieurs exemplaires du *Docteur Jivago* – qu'il loue à la semaine pour arrondir ses fins de mois. (Quatre ans de camp.) Telle doctorante en histoire, d'origine polonaise, se permet de mener une enquête personnelle sur les massacres de Katyn, et compile dans un cahier fétiche des témoignages de paysans biélorusses. (Exclusion immédiate de l'université. Son père, doyen de la faculté de musicologie, est révoqué dans la foulée.)

Parfois, en regardant un schéma où les noms des citoyens potentiellement coupables sont entourés de rouge, le lieutenant Ivanov se sent l'âme d'un éleveur de chèvres. Il sélectionne les bonnes bêtes, élimine les gâtées, veille à la sécurité de son cheptel. C'est un devoir, une responsabilité. « Quelle belle ville, Leningrad ! » écrit-il à Larissa au dos d'une carte postale de l'Institut Smolny, quartier général de Lénine. Elle lui répond avec une illustration de Goundobine, « La leçon de philatélie ». On se verrait bien à la place de ce grand-père idyllique, à la bonté solide et moustachue, qui montre sa collection de timbres à deux adorables bambins... Ainsi, entre deux épouillages caprins, le cœur du lieutenant se serre de tendresse.

IX

En attendant son arrestation, Abram Tertz assiste à un séminaire soporifique au prestigieux IMLI, l'Institut de la littérature mondiale, à Moscou.

Tout en faisant semblant d'écouter l'intervenante qui évoque le succès des auteurs soviétiques à l'étranger, Cholokhov bla-bla-bla, le dangereux voyou compte les années de liberté miraculeuses. Cinq ans et deux mois depuis ses premiers envois en Occident. Deux ans et sept mois depuis *Esprit*. Et toujours rien, aucune convocation chez les services compétents. À croire qu'il n'a rien fait.

Loin de savourer un sentiment d'impunité et de se pavaner dans l'arrogance, Abram Tertz se liquéfie périodiquement dans une bouffée d'angoisse. Pour lui, grand connaisseur de Dostoïevski, c'est *Crime et châtiment* tous les jours.

Il est lucide : il sait que l'inéluctable lui pend au nez.

Si la justice n'a pas frappé hier, elle le fera aujourd'hui.

Ou demain.

Sa vie pépère de professeur et de critique littéraire s'arrêtera.

Ilya Ehrenbourg a eu beau parler de « dégel » dans son roman éponyme publié après le trépas de l'Ogre, Abram Tertz ne sent plus ses orteils, tellement il a froid.

Dégel de mes couilles, oui !

Ce n'est pas que *Le Dégel* soit mauvais, c'est surtout qu'il est écrit dans une prose qui pue la bureaucratie soviétique, même si on y trouve, en effet, de timides allusions aux « excès » des années glaciales.

Si le dégel consiste à ne plus exécuter des innocents par centaines de milliers, alors certainement dégel. Voire canicule.

Sauf que… Aucun dégel ne suppose que l'on soit gentil avec le coupable, frissonne Abram Tertz. Sûrement pas ! Le coupable, dégel ou pas, doit être attrapé et puni.

Coupable, Abram Tertz l'est certainement.

Jugez par vous-mêmes, citoyens honnêtes, cet incroyable splash d'orgueil qui l'a conduit à vouloir montrer ses textes à un autre lecteur que le tiroir de sa table de travail !

Voyez comment le criminel transmet deux manuscrits à son amie française, Hélène Peltier, avec mission de les exfiltrer de son pays.

Hélène est aussi intelligente que totalement dévouée. Des yeux pétillants de malice, une grâce naturelle et un port de tête qui enivrent. Comment ne pas en tomber amoureux ?… En 1947, Hélène est venue cultiver sa passion pour la littérature russe sur les bancs de l'université de Moscou. Fille d'un attaché militaire à l'ambassade de France, coincée en Union soviétique tant que son amiral de père y manœuvrait, elle avait vingt-trois ans – celui qui n'était pas encore Abram Tertz en avait vingt-deux.

Fallait la voir briller au milieu des filles russes, si gauches, si rugueuses et complexées ! Le moindre de ses gestes avait l'élégance exotique et légèrement incongrue d'un flamant rose. Quand, dans une soirée, on s'apercevait qu'on manquait de chaises, elle, décontractée, faisait tournoyer sa jupe et s'asseyait par terre au milieu de nos gars subjugués, comme si c'était la chose la plus naturelle au monde.

Hiver 1947… Ce froid mordant…

Elle ne s'y est pas fanée.

Avec le dégel, elle est même revenue.

Entre-temps, Abram Tertz s'est marié – deux fois ! Un voyou, décidément.

En août 1956, Hélène prend les manuscrits pour les emporter en France. Consciente des risques, elle mobilise toute son astuce, sans jamais sous-estimer son adversaire, qu'elle sait retors et qui jouit d'une cape d'invisibilité.

Elle a toujours des contacts à l'ambassade. Une amie dont elle est sûre. Elle lui transmet une enveloppe scellée qui quittera le pays par valise diplomatique.

En récupérant le colis à Paris, au lieu de se précipiter dans les rédactions, elle prend le temps de choisir ses interlocuteurs. Saint-Germain est tellement bavard ! Tellement complaisant avec l'Union soviétique ! Pas question de risquer l'existence de son Abram Tertz en mettant les mauvaises personnes dans la confidence.

Une certitude : si on la repère comme étant la mule, Abram Tertz est fichu. Il suffira aux services d'éplucher le dossier d'Hélène Peltier : ses fréquentations y ont été dûment consignées. On ne laisse pas une fille d'attaché militaire français se balader à Moscou sans une étroite surveillance.

Elle mettra deux ans à approcher Domenach et à le disséquer. Peut-on faire confiance à cet homme qui ne vous regarde jamais quand il parle, tout en surarticulant ?… Pour le tester, elle lance des noms, « Pasternak », « Ehrenbourg », et note les réactions. « Si la réalité sanguinaire du régime a changé avec la mort de Staline, sa nature répressive et son rapport à l'idéologie n'ont pas évolué d'un iota », lui dit Domenach. Et aussi : « Ehrenbourg est un faux-cul. Le dégel est un masque. Voyez les crocs et la queue grise qui dépassent. » Bien peu d'intellectuels ont cette clairvoyance.

Ce sera donc Domenach. Hélène lui montre le texte, il est enthousiaste. Ils se mettent d'accord : on se camoufle. Le manuscrit du *Réalisme socialiste* arrivera à la revue *Esprit* par la poste comme si de rien n'était – ainsi personne, pas même la préposée au courrier, ne se doutera que la source est un contact personnel de Domenach. Le nom d'Hélène ne sera mentionné nulle part, et il n'y aura pas d'adresse retour sur l'enveloppe.

Pendant leurs conversations, quand ils parlent d'Abram Tertz, Hélène insiste exprès sur le fait que c'est à Leningrad que tout se passe. « Quand j'étais à Leningrad… » « Tertz adore l'art. L'Ermitage est comme une seconde maison pour lui. » « Vous êtes déjà allé à Leningrad ? »

Ils en avaient discuté avec Abram Tertz, dans une ambiance de conspiration, parlant à mi-voix dans un jardin public, les aisselles trempées.

— Lançons des paillettes pour désorienter l'oiseau, avait-il dit.

Si l'on veut avoir une chance de durer, il faut envoyer l'ennemi sur de fausses pistes, l'occuper, l'embrouiller.

Un leurre géographique : Leningrad. Un leurre culturel : on fera croire qu'il a un rapport avec la Pologne. Enfin, le plus puissant de tous, un leurre ethnique. Il sera juif ! Totalement, absolument juif. Jamais un Russe ne s'est fait passer pour juif, c'est du domaine de la perversion dans un pays où l'antisémitisme est endémique.

Dans le passeport d'Abram Tertz, comme dans celui de tous les Soviétiques, après les nom, prénom, patronyme et date de naissance, une cinquième ligne indique son origine ethnique. Et quand on est « juif » dans cette terrible cinquième ligne, on est discriminé à l'école, à l'université, au travail, partout où un « Russe » d'un niveau comparablement inférieur pourra être préféré.

— Dans ce pays, c'est un honneur d'être juif quand on est russe, décrète Abram Tertz.

Quant à la Pologne, c'est l'occasion qui fait le larron. Hélène s'est mariée au sculpteur polonais Auguste Zamoyski. Une famille d'une noblesse sans tache, qui a des contacts à *Kultura*, la revue des dissidents polonais. Ce sont des personnes de confiance, qui connaissent la valeur de la discrétion. On pourrait leur proposer un texte en priorité, ce serait une excellente porte d'entrée.

Le crime a donc été prémédité et mûrement réfléchi. À côté de Tertz, criminel à sang froid, Raskolnikov est un amateur impulsif.

C'est bien parce que le crime a été pensé en amont dans ses moindres détails qu'Abram Tertz est toujours en liberté.

Voyez le scandale : il est assis au deuxième rang, entouré d'une vingtaine d'autres écrivains.

Sur l'estrade, une brune pénible ânonne sa conférence. Basse sur pattes dans une robe à grosses fleurs ternes qu'on dirait découpée dans un vieux couvre-lit – « comme elle ressemble à notre littérature actuelle », pense Abram Tertz. « Fade, ras du sol, lourde du mollet, écrasant tout sur son passage. »

La brune amorce d'une voix sans relief le rapport d'activité de l'année passée. Thème du jour : les succès commerciaux du label URSS appliqué aux belles-lettres. Comment se diffusent nos écrivains à l'export ? Pas un mot sur Pasternak, évidemment. Cholokhov, en revanche… Abram Tertz étouffe un bâillement. Quand soudain :

— Avec un peu de retard et à toutes fins utiles, on signale la parution en Occident d'un détestable pamphlet. *Le Réalisme socialiste*, ça s'appelle.

Comme une épingle dans l'omoplate !

Le coupable a soudain le visage en feu et les oreilles qui clignotent – une sensation de vertige.

« Mais non, voyons, calme-toi !… Personne ne se doute que c'est toi. »

La conférencière ne le fixe pas spécialement. On dirait même qu'elle l'ignore.

Alors qu'il est là, devant elle, tel un furoncle qui aurait surgi sur la paume de la main, tremblant et… exalté.

Sans rien remarquer de suspect, la brune continue :

— L'auteur se cache sous le pseudonyme d'Abram Tertz. Le pamphlet a été repris par une dizaine de revues réactionnaires, dont *Esprit*, *Kultura*, *Encounter*…

« Mazette, *Encounter* aussi ! C'est dingue, dingue ! »

Il a été mis au courant pour *Esprit* et *Kultura* par une carte postale qu'Hélène avait envoyée avec ce texte au verso, énigmatique pour tout le monde, sauf pour eux : « Paris est à nous. Et Varsovie aussi ! »

Il comprend : ça y est, il est publié en Occident !

« La fuite d'eau du cinquième a fini par atteindre le premier, pense-t-il. Admirez maintenant la rosace au plafond ! »

Recevoir en pleine poire une confirmation officielle de sa nature criminelle, en séminaire public à l'IMLI, ça vous secoue.

— Il faudra, chers camarades, en tirer les conséquences, prévient la brune.

Sous-entendu être vigilants. Ouvrir l'œil. Se tenir prêts à riposter au traître et à ses marionnettistes occidentaux par des articles bien sentis où l'on se lèverait tous comme un seul homme pour défendre la Patrie calomniée.

Mais on n'en est pas encore là.

— Il est possible que ce soit une manipulation. Un faux, fabriqué en France par un émigré. Plusieurs hypothèses sont envisagées. Les services compétents y travaillent. Pour vous donner une idée du texte, en voici quelques citations significatives.

Et la voix d'Abram Tertz, qu'on a traduit du français, lui-même traduit du russe, revient vers son auteur après un périple de cinq ans. Il peine à reconnaître ses phrases, comme on peine à reconnaître des cousins qu'on a perdus de vue, mais pas de doute, c'est son œuvre.

À la fin de la lecture, tout le monde est excité. On envisage les possibilités. Est-ce un faussaire ? Combien de temps avant son arrestation ?

— Moi, je parie que c'est un journaliste occidental, fait un crâneur. On le voit à ses expressions, comme « moustaches mystiques » en parlant de Staline. Jamais un écrivain de chez nous ne dirait ça. Il faudrait qu'il ait une liberté intérieure inouïe.

— J'y crois pas, fait un vieux singe. Croyez-en mon expérience, c'est un gaillard de chez nous. Ils n'auraient pas fait autant de bruit, autrement. Tout ce bazar, cette lecture d'extraits… C'est pour que l'on soit prêts. M'est avis que les services concernés l'ont déjà repéré. Ils ne vont pas tarder à le… couic !

À cette perspective peu réjouissante, Abram Tertz prend congé de ses camarades en affectant un air détaché. Rester neutre, immobile, banal comme un mur ! Sur le chemin vers la maison, il court presque.

La nuit, il dort mal.

Il n'est pas le seul.

Le lieutenant Ivanov est rappelé d'urgence pour une astreinte imprévue.

— Le devoir n'attend pas, dit-il sobrement à Larissa.

Un bisou à sa femme, et hop !, il est en bas de son immeuble où une voiture l'attend déjà, avec le sergent Gladkov au volant.

— Que se passe-t-il ?

— Il faut remplacer Grichkine qui était de garde aujourd'hui, chez nous, à la huitième section, mais qui a été convoqué d'urgence par le commandant de la neuvième.

La procédure est pour le moins inhabituelle. L'ordre a dû venir de très haut.

— On a envoyé Grichkine à la neuvième ?

Il y a de quoi s'étonner, en effet. La neuvième est une section d'élite qui s'occupe de la sécurité des membres du gouvernement. Il faut avoir un physique d'athlète (Grichkine boit trop), dix sur dix aux deux yeux (Grichkine a des lunettes) et une bonne culture générale pour faire la conversation (Grichkine n'aime pas les livres).

— Oui, mais c'est le seul ici à savoir coudre, dit Gladkov. Il se débrouille à une vitesse ! Tu l'as déjà vu rapiécer un vêtement ? Avec ses grosses mains... C'est à peine croyable.

Le lieutenant Grichkine a donc été mobilisé à la neuvième, en pleine nuit, parce qu'il sait coudre.

C'est absurde.

Et pourtant le général Zakharov en personne, commandant la neuvième, l'a eu au téléphone pour confirmer ce point précis.

— On me dit que tu sais coudre.

— Affirmatif, mon général, a dit Grichkine.

— Alors ramène ta fraise immédiatement. Affaire d'État. Tu prends du fil, une aiguille et tes couilles. On t'attend au mausolée, sur la place Rouge.

— Quelle couleur, le fil, mon général ? Quelle épaisseur ? C'est pour recoudre quoi ?

— Ta bite ! aboie Zakharov.

Il est sur les nerfs. Grichkine se dépêche.

La place Rouge n'est pas vide.

Tout le périmètre est bouclé. On répète la parade du 7 novembre, pour la révolution d'Octobre, comprend Grichkine.

En fait, pas du tout.

On dirait que oui, mais c'est pour donner le change. Le cœur de la place est protégé des regards par de grands panneaux de bois. Grichkine passe le contrôle et s'approche du mausolée. Quelle est cette agitation ?

Des soldats perchés sur des échelles déplient une longue bannière blanche « LÉNINE » qu'ils fixent sur le marbre noir au-dessus de l'entrée.

Il y a comme un truc qui manque.

Où est l'autre ? Où est « STALINE » ?... On s'est habitué, depuis 1953, à les savoir tous les deux au mausolée, couchés ensemble pour l'éternité. Lénine, Staline. Staline, Lénine. L'un ne va pas sans l'autre.

On fait descendre Grichkine dans le tombeau. Un escalier latéral mène au laboratoire de chimie. Là, sur une table de travail, sous un éclairage puissant, il voit un sarcophage ouvert. C'est Staline.

Il y dort paisiblement, nullement incommodé par toute cette lumière, embaumé par les meilleurs spécialistes au monde, ceux qui ont fait Lénine. Un procédé unique. Une alchimie ! Le teint respire. La moustache est en pleine forme. Il y a comme une tension dans le visage.

Dites, et s'il ne dort pas ?... Et s'il nous observe en douce ?

C'est absurde, mais on dirait que ses paupières ne se joignent pas entièrement. Il ferait semblant d'avoir les yeux fermés, comme quand on triche à colin-maillard, tout en épiant son monde... Mieux vaut ne pas regarder... Pas vu, pas pris...

Grichkine remarque qu'il n'est pas le seul à détourner la tête.

Deux gardes saisissent le corps et déménagent Staline dans un cercueil banal, en bois recouvert de tissu noir. Comme la boîte est un brin trop étroite, on appuie sur les épaules, on tasse.

— Vous avez tout ce qu'il faut pour coudre ? demande-t-on à Grichkine.

— Affirmatif.

— Alors on y va.

Le commandant du mausolée s'avance, livide. Il ne traîne pas. Il décroche l'étoile de Héros du Travail Socialiste qui décore la poitrine de Staline, puis, sortant un canif, il coupe les boutons en or de l'uniforme.

Lui aussi a les chocottes, devine Grichkine. Des fois que papy Staline l'attrape par le bras.

Son affaire faite, le commandant tend une boîte. Dedans, cinq boutons en laiton.

— Dépêche-toi de tout recoudre à l'impeccable.

Jamais Grichkine n'avait bougé aussi vite.

Autour de lui, écrasés par l'ampleur de la tâche, devant un Staline qui pourrait mordre, personne ne pipe mot.

Une fois les nouveaux boutons en place, on ferme enfin le couvercle.

— Les clous !... Qui a les clous ?

Dans la précipitation, on a oublié les clous !

Pas question de laisser ouverte la porte de la mort.

Alors le commandant en personne part au petit trot vers les ouvriers de la place Rouge, rapporte des clous, et bam ! bam ! bam ! bam !

Ça y est, le plus dur est fait.

Six hommes emportent ensuite le cercueil vers le mur d'enceinte du Kremlin, où une fosse a été creusée.

« Il aura bien froid », pense Grichkine.

Fini, le mausolée douillet !

Plus tard, Grichkine apprendra que l'exil de Staline est le résultat d'une décision prise une journée plus tôt, au XXIIe congrès du Parti. La vieille sorcière bolchevique Dora Lazourkina, membre du parti depuis 1902, autant dire depuis le Pliocène, y a pris la parole avec des trémolos dans la voix :

— Notre merveilleux Vladimir Ilitch, l'homme le plus humain qui soit, ne peut rester en repos éternel à côté de celui qui... Camarades ! Je porte en permanence Ilitch dans mon cœur, et c'est pourquoi j'ai survécu, camarades, même dans les moments les plus difficiles, parce que j'avais Ilitch auprès de moi et qu'il me guidait. Hier, j'ai demandé conseil à Ilitch, comme s'il était devant moi, en chair et en os. Et il m'a dit : « Il m'est pénible de me trouver à côté de Staline qui a causé tant de malheurs au parti. »

Dix-huit ans de camp, un mari exécuté en 1938, ça laisse des traces.

Lazourkina se tait, et c'est un mur d'applaudissements. Khrouchtchev se lève d'un bond :

— Exactement !

Aussitôt, tout le monde est debout. Bravo !

Les moustaches mystiques sont condamnées à déménager.

L'opération est délicate. On touche au sacré. Le général Zakharov vient contrôler lui-même :

— Je veux deux grosses plaques en béton juste au-dessus du cercueil.

Histoire d'être sûr que l'Ogre ne se relève pas, par une nuit sans lune, pour revenir dormir chez Lénine.

Le commandant, tout tremblant, a un doute :

— Le béton risque d'écrabouiller le cercueil comme une crêpe. Et le corps de camarade Staline avec.

Zakharov réfléchit. Veut-il vraiment rester dans les annales comme celui qui a pris sur lui la responsabilité de détruire la sainte relique ?

— Regardez-moi ces tarlouzes ! grince le général. Le mec est mort depuis huit ans, et ils se pissent encore dessus, tellement ils ont peur.

Il finit par céder. Le courage aussi a ses limites. Autrement il ne serait pas général.

On se passera des plaques en béton.

Sur le dessus de la tombe, on pose un fin rectangle de marbre : « J. V. Staline – 1879-1953. »

Un monticule de rien du tout. Ni statue, ni fleurs, ni buste.

Rentré à la maison avec les nerfs à vif, le lieutenant Grichkine ne peut s'empêcher d'entamer sa réserve de petites bouteilles blanches.

Il boit seul, dans la pénombre, en répétant l'énigme du jour : où sont passés les boutons en or du camarade Staline ?

Le lendemain, à l'heure où les enfants partent à l'école, Abram Tertz est réveillé par les cris des gamins, dans la rue, sous ses fenêtres :

— On a jeté Staline du mausolée ! On l'a foutu dehors ! Le macchabée a pris le large !

Aussitôt, des adultes affolés interviennent :

— Vous êtes inconscients avec vos jeux à la con ! Fermez-la ! Si quelqu'un vous entend... Vous ne vous rendez pas compte ! Dispersez-vous immédiatement et bouclez-la !

La stupéfiante nouvelle se confirme pourtant dans la journée. Abram Tertz n'en croit pas ses oreilles. Le lieutenant Ivanov non plus. Impossible d'aller vérifier, la place Rouge est toujours bouclée.

Les deux sont plutôt satisfaits.

« Il aurait mérité une fosse à purin, pense l'un. Mais c'est toujours ça de pris. »

« Il faut savoir tourner la page, pense l'autre. Le parti a toujours raison. »

X

— Larissa, on a un ennui au bureau, un putain d'ennui.

Un demi-regard suffit à Larissa pour être rassurée. Le putain d'ennui ne les concerne pas directement.

— Ne jure pas, Evgueni. Et je te rappelle pour la énième fois que tu ne dois pas parler de ton boulot, même à moi.

— Si, justement, insiste Ivanov. Tu as ce regard extérieur plein de bon sens. Il s'agit du lieutenant Grichkine. Il boit.

Larissa hausse les épaules : montrez-moi un seul Russe adulte qui n'ait pas de problème d'alcool. De ce point de vue, avec Evgueni, elle a tiré le gros lot – jamais une goutte de trop, même au nouvel an.

— Il boit et ça s'aggrave, raconte Ivanov. Depuis qu'il a touché le corps de Staline… C'est comme qui dirait une pente savonneuse… Il est venu au bureau mal rasé : il a oublié qu'on avait une inspection ! Nikonovitch lui a sauvé la mise en le coinçant dans le couloir pour remettre ses joues d'équerre avec son rasoir... Et son haleine... On lui a fait boire du jus de cornichon.

— Excellent, le jus de cornichon, approuve Larissa. Il n'y a rien de meilleur pour faire passer une gueule de bois. Et aussi pour faire briller le métal. Contre les coups de soleil aussi, ça marche.

— On a donc ce problème. Parti comme il est, Grichkine finira comme le capitaine Tropinine, en moins bien.

Tropinine – une légende.

Au tir, lors des séances d'évaluation au pistolet à une main, quand le bras est en extension, Tropinine était catastrophique. Une tremblote de vieux débris. Mais seulement quand il était à jeun. S'il avait bu dans la demi-heure qui précédait, c'était tout le contraire, il se métamorphosait en tireur d'élite. Incroyable interpénétration de la dépendance alcoolique et des capacités physiques de concentration. Connaissant son point faible, Tropinine trimbalait toujours une fiole sur lui. Comme les diabétiques avec leur insuline. Comment faisait-il pour échapper à l'œil averti des supérieurs ? Mystère.

Malgré les dénonciations et les fouilles intempestives des inspecteurs dans ses affaires, on ne l'a jamais pris en flag, avec de l'alcool sur lui.

Et il ne sentait jamais l'alcool non plus. Comme si sa gorge avait la faculté de recycler les vapeurs coupables.

Il s'est tué en tombant dans une cage d'ascenseur.

Énervé d'attendre un ascenseur qui ne venait pas, Tropinine a fracassé la porte en métal – il était fort comme un tracteur –, et, ayant mal anticipé la résistance du battant, s'est projeté dans le précipice.

Un bon camarade, Tropinine. Jamais tire-au-flanc. Toujours partant pour faire une gentille ânerie. Rien ne lui faisait peur. Parfois violent avec le suspect. Ancienne école. Et les blagues qu'il racontait… Les fameuses blagues de Tropinine…

— Grichkine n'est pas le premier poivrot de Russie, et ce ne sera sûrement pas le dernier, analyse Larissa.

— Oui, mais il a l'alcool immoral, se lamente Ivanov. Il en est venu à tromper sa femme.

Avec une indic, qui plus est.

Aurore boréale a la cuisse légère – c'est aussi pour cette raison qu'on l'a recrutée. Tout ce que Moscou compte d'intelligentsia dévergondée est passé par elle. Une mine d'informations, Aurore boréale ! Et aussi un moyen de pression que l'on peut, éventuellement, utiliser post-coïtum pour rendre un homme plus coopératif, surtout s'il est marié par ailleurs.

Il lui tardait d'avoir une Mata Hari dans sa panoplie – il se demande maintenant s'il n'a pas eu une approche trop romantique de son métier.

Ce n'était sûrement pas l'intention d'Ivanov de semer la zizanie dans la vie conjugale de Grichkine. Il l'avait prévenu : « Méfie-toi d'Aurore boréale, elle saute sur tout ce qui bouge. » Grichkine, qui enquêtait sur un commerce de jeans à la faculté de médecine, n'a rien voulu entendre.

L'infidélité est contraire à l'idéal soviétique. Le communiste véritable ne trompe pas sa femme

– non seulement c'est malhonnête, mais en plus ça pompe les forces vitales et occupe l'esprit qui devrait être tout entier tourné vers le succès de la Révolution.

Grichkine a fauté, il a doublement fauté, en tant qu'homme, en tant qu'officier d'un corps d'élite.

Il est du devoir d'Ivanov d'avoir une conversation avec son camarade. Le remettre sur le droit chemin. Mais honneur aux dames. Aurore boréale d'abord.

— Qu'est-ce qui t'a pris ? fulmine Ivanov quand ils se retrouvent au lieu habituel pour le compte rendu mensuel.

Aurore boréale plante une papirossa dans son porte-cigarettes. Une ceinture à large boucle ton sur ton souligne sa taille magnifique. Au-dessus de sa tête, les cheveux blonds sont montés en une pâtisserie sophistiquée.

— Je ne vois pas où est le problème, dit-elle. Je couche avec qui je veux. On s'aime, Kolia et moi.

— C'est impossible, proteste Ivanov. Le lieutenant Grichkine est marié. Sa femme s'appelle Eléna.

Ils restent un moment silencieux devant cette réalité.

Aurore boréale se fend d'un petit rire méprisant :

— Ce que tu peux être réac… Fidélité, tu dis. Vertu. La famille est sacrée… Bla-bla-bla. Ta vision de l'amour est d'un rétrograde. Ferais-tu venir le pope avant chaque rapport sexuel ?… Sais-tu seulement que Lénine avait une maîtresse, en plus de Nadejda Kroupskaïa, sa femme ?

Elle n'a même pas baissé la voix pour énoncer son postulat blasphématoire.

— Pourquoi crois-tu qu'Inès Armand a eu l'honneur de se voir inhumée dans le mur du Kremlin ?... Avec des obsèques nationales... Elle et Lénine – tu vois ce que je veux dire ?

Ivanov sent comme une moquerie.

Associer le saint nom de Lénine à la débauche, et justifier par là son propre comportement répugnant ! Cette femme n'a donc aucun garde-fou ?

— Faudra t'y faire, à la réalité féministe, camarade Ivanov. Écoute seulement les paroles d'Alexandra Kollontaï, cette femme qui nous a aidés à nous débarrasser des préjugés bourgeois en matière d'amour possessif : « Le refus de la structure familiale traditionnelle libérera la femme du travail domestique désagréable, créera les conditions de son développement professionnel, et contribuera à la formation de la conscience collectiviste. » Oserais-tu contredire Alexandra Kollontaï ?

Cette créature est redoutable.

Plus jamais je n'embaucherai de femmes dans mes indics, pense Ivanov.

— Ne t'avise pas de briser le couple Grichkine, dit-il simplement. Il y aura des conséquences.

Il prononce cette phrase sur un ton glacial afin que cette vipère sente les dangers des courants sous-marins.

— Je ne risque pas de briser quoi que ce soit, cela fait des mois qu'ils ne baisent plus.

Gros contraste entre la beauté raffinée de cette femme et sa langue sans limitation de vitesse.

Il va falloir sauver la peau du lieutenant Grichkine.

— Faut en rapporter au colonel Volkov, décide Larissa.

Ivanov s'y colle.

Parfois, être un copain, un copain responsable, c'est dénicher la contrainte extérieure la mieux adaptée.

Ivanov expose donc la situation.

Il ne cafte rien sur l'alcool.

Le colonel Volkov a des qualités humaines indiscutables. Et stratège avec ça ! Son analyse est limpide :

— Quand il s'est trouvé bloqué en Russie tsariste, Vladimir Ilitch a émigré : ça s'appelle le contournement d'obstacle. Une fois les conditions de la révolution en place, il est revenu en pleine forme. Pour Grichkine, on va faire pareil. On prendra un autre chemin. On va l'éloigner du fruit défendu.

Qu'ont-ils tous à citer Lénine sur le dos de ce petit Grichkine ?

Un ordre de mission temporaire est aussitôt émis.

Le bizness du jean étant un sport national, on envoie Grichkine en province, à mille bornes de Moscou, sur une plaque tournante.

— Six mois à Novotcherkassk lui feront le plus grand bien. Il fera le point sur lui-même.

— Et sa bonne femme ? s'inquiète Ivanov. Aurore boréale est formelle : ils ne baisent plus.

C'est encore Larissa qui trouve la solution :

— Il faut les inviter à la maison, pour un repas

entre collègues. Je me charge d'en parler à Eléna. Entre femmes.

Zéro alcool à table.

Au dessert, salade de fruits.

La veille, coup de chance, Larissa est tombée sur des oranges brésiliennes qu'on vendait sur la place Dzerjinski dans de grandes caisses frappées d'une étiquette multicolore. Une trentaine de minutes de queue plus tard, son cabas en ficelle rapportait à la maison deux kilos de soleil – le maximum qu'on vendait par personne, afin qu'il y en ait pour tout le monde, c'est-à-dire jusqu'à midi.

Dans la rue, on l'arrêtait : « Où les avez-vous trouvées ? »

Un malin, prétextant un banquet de mariage, a même essayé de les racheter au double de leur prix.

Larissa ne s'est pas laissé embobiner.

Le jour convenu, elle a tranché les oranges et les pommes, dans une proportion d'une orange pour cinq pommes. Une cuillère à soupe de cognac de Géorgie. Des raisins secs qu'on laisse s'imbiber au fond du saladier. Un peu de sucre en poudre.

Pour les pommes, c'est Ivanov qui en avait trouvé il y a un mois, au Voentorg, de qualité parfaite – des polonaises !

À l'entrée, salade de betteraves, pommes de terre, chou et petits pois en boîte, assaisonnée à l'huile de tournesol. Conserve de poisson à la sauce tomate. Salade de patates et oignons.

— Dis donc, c'est l'abondance, siffle Grichkine.

Ses yeux parcourent la table à la recherche d'une bouteille – en vain.

— Chez nous, on ne boit que du thé, prévient immédiatement Larissa.

Faut-il s'étonner alors que Grichkine reste taciturne ?

Ivanov l'interroge sur son boulot du moment, les jeans. Il n'y a pas de chantier plus pressant. Une traînée de poudre, les jeans, une épidémie. Certains vendraient un œil pour en avoir.

— Le cerveau, ils l'ont vendu depuis longtemps, peste Ivanov.

Grichkine confirme. 200 roubles pour une paire de jeans, mais comment font-ils pour ne pas voir toute l'indécence de la chose ? Un pantalon reste un pantalon.

La preuve qu'on n'est pas en déficit : tout le monde en a. Montrez-moi un seul homme qui se promènerait dans la rue sans pantalon ! Dans ces conditions, pourquoi vous faut-il un jean ? Ridicule !

Ivanov se souvient comment il chassait le zazou, avec ses copains de section, quand il était jeune komsomol. Ces dégénérés pullulaient autour de la rue Gorki, qu'ils appelaient « Broadway ». On en repérait un, avec un pantalon teint en rouge ou des plates-formes à ses chaussures, on le coinçait contre le mur, et on lui faisait un joli découpage aux ciseaux. « Tulipe », on disait alors. Tulipe, à cause des bouts de tissu qui pendaient comme des pétales... De vraies gonzesses ! Ces blancs-becs avaient dépensé une fortune pour s'habiller à la mode occidentale, ils chialaient maintenant leurs yeux devant les fringues déchirées... suppliaient... proposaient de l'argent...

Un blaireau, il s'en souvient encore, pendant qu'ils découpaient au rasoir son pantalon trop moulant, a pris une pose de martyr narquois, puis s'est mis à scander une sorte de poésie : « Les jlobs promènent leur peau épaisse, ayez pitié du jlob. » Puis, directement au visage d'Ivanov : « À vos ordres, mon jlob !... Petit jlob, jlobik, jlobouchka, jlobounette, jlobulon, jlobtchik, jlobocrate... »

Ils ne lui ont pas cassé la gueule, car les komsomols ne se comportent pas comme des brutes, mais ce n'était pas l'envie qui manquait.

Qu'est-ce qu'ils ont, tous ces gens, à vouloir faire leurs intéressants ? Qu'est-ce qui pousse les zazous ou cet Abram Tertz à se croire au-dessus du lot ?

Grichkine raconte à son tour comment ils démantèlent les réseaux de jeans.

D'abord, il y a jean et jean.

Il y a le jean véritable. Levi's, Wrangler ou Lee, si on veut un pur-sang. Mustang, c'est moins bien. Hyper dur à trouver quand même. Moins cher, beaucoup moins cher : le jean bulgare, de marque indéfinie. Pas évident à dénicher non plus.

Le véritable fléau est le jean contrefait. Pour le reconnaître, il faut le frotter avec une allumette mouillée : s'il y a de la couleur bleue au bout, c'est un faux. On en fabrique à partir de la toile de jute récupérée sur des sacs postaux qu'on fait ensuite mijoter vingt-quatre heures dans une baignoire où on a vidé une bouteille d'encre bleue.

Lors d'une perquisition, la salle de bains est le premier endroit où Grichkine met son nez.

— L'encre bleue pénètre dans les rayures. Ça fait comme des veines sous l'émail.

Pendant ce temps, à la cuisine, autour du plat de nouilles qu'elle fait dorer au four sous une nappe de fromage râpé, Larissa entreprend Eléna.

Comme quoi il faut en donner, à son mari. Qu'on le veuille ou non, tel est le lot de nous autres, pauvres femmes. Chez les hommes, c'est physiologique – à un moment, il faut que la sève sorte ! Sinon, gare à l'effet boomerang. Ce n'est pas la mer à boire, une fois par semaine. Il est soulagé dans son estime de soi, il travaille mieux, il s'investit davantage, le couple se cimente. Pour éviter d'avoir des enfants, il ne faut pas compter sur l'homme pour qu'il se retire. On peut faire des calculs sur l'ovulation. Il existe toutefois une autre méthode, à prendre avec des pincettes. Une méthode dont a parlé leur vieille voisine quand ils habitaient encore dans l'appartement communautaire. Il paraît que penser à des images de contes qui font peur (« Ma mère-grand, que vous avez de grandes dents ! »), pendant l'acte ou juste avant, peut faire fuir les enfants, et donc empêche la fécondation. Larissa n'y croit pas trop cependant. De toute façon, elle, en ce moment, c'est avoir des enfants qu'elle voudrait, alors elle pense plutôt à des images de princesses heureuses et de dragons vaincus – sans résultat pour l'instant.

Face à toute cette science, Eléna est sceptique. Avoir des enfants ? Ce n'est pas le propos.

Ce n'est pas qu'elle y met de la mauvaise volonté, mais Grichkine est en panne depuis des mois. Il a l'esprit ailleurs. L'alcool n'arrange pas les choses.

Une nuit, elle a voulu toucher son… pensant que ça le stimulerait.

— Avec la main ? demande Larissa, incrédule. Quelle idée dépravée !

— Ce n'est pas que ça me faisait plaisir, se justifie Eléna. Je voulais faire au mieux. Une copine d'enfance un peu fofolle s'est vantée qu'elle l'avait fait. Alors j'ai tenté…

Elle n'aurait pas dû. Grichkine a bondi du lit, l'a traitée de pute. « Comment tu oses !… Toi, la mère de mes enfants !… » Il était outré.

Bref, il faut attendre que ça vienne tout seul.

Pour que le miracle ait lieu, un remède peut aider, suggère Larissa. Son mari n'étant pas spécialement chaud lapin non plus, avec tous ses soucis au bureau et ses responsabilités devant le pays, elle utilise une mixture scientifique, la Spermocrine, obtenue d'après la méthode de l'académicien Kravkov à partir de testicules de taureau. Elle a trouvé des fioles dans un vieux stock d'avant-guerre : Zoïa, une amie de la fac, qui bosse maintenant au laboratoire central de Mitchourinsk, a bien voulu lui en céder à prix d'ami. Dix gouttes par-ci, par-là, dans le repas du soir. Ni vu ni connu.

C'est équipée comme une sorcière qu'Eléna rentre à la maison.

La semaine suivante Grichkine est à Novotcherkassk.

Ils ne se reverront plus.

Des années plus tard, Ivanov retrouvera sa trace dans les archives.

XI

Les événements de Novotcherkassk de juin 1962 vont secouer les services compétents et, indirectement, avoir une conséquence sur le destin d'Abram Tertz.

Le vertige commence le premier jour du mois. Dans les magasins en déficit chronique, les prix de la viande, du beurre, du lait font un bond de 30 %.

Le même jour, les ouvriers de l'usine de locomotives de Novotcherkassk apprennent que les normes de production pour pouvoir toucher leur paie augmentent de 30 % également.

Il y a comme une double contrariété maléfique.

Un rassemblement spontané se forme devant la grille de la direction.

Le directeur de l'usine, énervé : « Si vous ne pouvez pas vous permettre d'acheter de la viande, allez bouffer des pirojki aux abats. » Marie-Antoinette n'aurait pas fait pire. Kourotchkine, il s'appelait, le directeur. Kourotchkine, ça veut dire « à la petite poule ».

Exacte ou pas, la malheureuse étincelle n'entre pas moins dans la poudrière de l'histoire.

Une inscription à la craie surgit dans le couloir : « Salut à la classe ouvrière ! Khrouchtchev à l'abattoir ! »

Un doigt impatient enclenche la sirène.

Ça y est, le courant est coupé. Au pays du socialisme triomphant, une grève d'ouvriers ! L'usine est arrêtée, les gens sortent, bloquent les trains de la gare toute proche. Ils sont cinq mille. La milice tente de repousser la foule, une bagarre éclate, trois miliciens sont molestés.

Le soir, la situation empire. Il faudrait couper le gaz à toutes les usines de la région, suggère un gréviste. Occuper le bureau de poste ! Sectionner le télégraphe ! Lancer un appel à tout le pays pour que la révolte se propage !

En face, les services compétents sont mobilisés mais débordés.

On réquisitionne tout ce qui traîne : la section de Grichkine est appelée en catastrophe pour évacuer les cadres dirigeants séquestrés à l'usine. On extrait Kourotchkine en le déguisant en ouvrier : casque de chantier sur la tête, bleu de travail.

Khrouchtchev est prévenu. Le ministre de la Défense, le maréchal Malinovski, passionné de photo et de jeu d'échecs, donne quelques ordres.

La nuit, on fait venir des chars, des soldats.

Ils occupent les points stratégiques de la ville : l'immeuble de la banque, la poste, les commissariats, la mairie.

Dès le matin, ça chauffe. La foule se rassemble sur la place centrale, puis on se met à lancer des cailloux.

Des ouvriers grimpent sur le balcon de la mairie,

agitent le drapeau soviétique, brandissent le portrait de Lénine, tout en réclamant une hausse des salaires.

Ils pensent que Lénine est avec eux, qu'il les protège. Drôle de réflexe d'aller dans les jupes de Vladimir Ilitch au moindre bobo.

En bas, ça pousse, ça hurle. Un cri, au-dessus des autres : « À bas la milice ! »

Et fusent les insultes ! Et mouillent les crachats ! Une bouteille de vodka (vide) prend son envol. Ce sera pour le pif d'un soldat.

Effrayés, une cinquantaine de gardes armés de mitraillettes, postés devant la mairie, tirent en l'air.

— Ce sont des cartouches à blanc ! crie-t-on.

Tu parles !

Deuxième sommation.

Un gamin, qui a grimpé dans l'arbre pour mieux voir le spectacle, s'écrase au sol, le poumon perforé.

Personne ne le remarque.

Un ouvrier a senti l'odeur de la poudre, bien âpre, comme quand il a fait l'armée.

— Les enculés, ils tirent pour de bon !

Trop tard.

— Feu !

… … …

Vingt-cinq cadavres. Une trentaine de blessés.

Les gens finissent par comprendre. Faut voir comment ils se mettent à courir ! C'est la panique. Comme un coup de vent, la place est vide ! Des chaussures abandonnées, un filet à provisions, des journaux, des casquettes, des lunettes, des bigoudis…

Le nettoyage commence aussitôt. On dirait un malentendu qu'il faut oublier au plus vite.

Grichkine et sa section sont à pied d'œuvre.

D'autres gros bras arrivent de Rostov.

On se dépêche !

Les cadavres sont évacués et enterrés dans plusieurs cimetières de la région. Les familles sont tenues à l'écart. Quand elles demandent des nouvelles, on leur dit : « Pas savoir. Pas savoir. Pas savoir. » Ou on leur crie dessus. « Vous n'aviez qu'à mieux surveiller votre fils ! » Un réflexe : on les isole les unes des autres. Personne ne doit communiquer avec personne.

Il ne s'est rien passé à Novotcherkassk le 2 juin 1962. Il faisait chaud – une belle journée ensoleillée. Votre mari a disparu ? Ne vous inquiétez pas, les autorités ont la situation sous contrôle. Il aimait boire, votre mari ? Il lui arrivait d'être violent ? Pas étonnant qu'il soit tombé dans une mauvaise histoire. Il y en a qui n'hésitent pas à créer la zizanie en entraînant les autres.

C'est un accident, un horrible accident.

Qui vous a dit qu'il y a eu des coups de feu ?... Son nom ?...

Les blessés sont regroupés à l'hôpital, où, un par un, on leur fait la leçon : voilà ce qui arrive quand on laisse des éléments provocateurs s'infiltrer parmi de braves gens. Tout ce sang, c'est de votre faute ! Vous n'aviez qu'à être plus vigilants et moralement solides pour résister à la provocation. Ce n'est pas en protestant comme des abrutis que l'on construit l'avenir.

À d'autres on dit : des coups de feu, oui, il y en

a eu. Des hooligans ont tenté d'arracher une arme, les soldats ont répondu.

Autre explication : ce sont les manifestants eux-mêmes, par la voix de leurs représentants, qui ont crié « feu ! ». Oui, parfaitement ! Pourquoi auraient-ils fait ça ? C'est limpide : ils ne voulaient pas que des individus chelous, acoquinés sans doute à des puissances étrangères, récupèrent le mouvement à des fins de propagande antisoviétique.

Ainsi personne ne sait exactement.

La place devant la mairie est lavée à la lance à incendie et frottée à la brosse. C'est les soldats qui s'y collent. Ils ont sali, ils nettoient. Le soir, inspection du haut commandement : si le sang est parti, il reste les trous des balles.

— Refaites l'asphalte !

On fait venir une polisseuse. La petite vérole des impacts couvre la statue de Lénine, les façades... On cache avec des échafaudages. On couvre au plâtre et on repeint.

Rarement a-t-on vu des ouvriers en bâtiment travailler aussi rondement. Ça pulse !

La ville est en couvre-feu. Il se murmure que Novotcherkassk sera rasée comme Carthage. S'ils ont été capables de tirer dans la foule à la mitraillette !

Le soir du drame, les arrestations commencent – il y en aura plus de deux cents. Quel boulot !

On embarque les gens en pleine nuit, comme à la belle époque. On cherche les meneurs.

L'organe malade est isolé : autour de la ville, des barrages routiers sont installés, la gare est fermée.

Nouvelle hygiène de vie : il est interdit de marcher ou de stationner dans la rue par groupes de plus de trois personnes.

Par crainte qu'un radioamateur s'amuse à émettre des infos vers l'extérieur (vers l'étranger !), on fait venir de puissantes stations de brouillage qu'on installe autour de la ville.

Une fois le nouvel asphalte posé, on organise une soirée festive à l'endroit même où le sang a coulé – il ne s'est rien passé, on vous dit. Dansez !

Sans chicaner sur leur temps, les services compétents ont une conversation privée avec chaque habitant qui a vu quoi que ce soit. Les infirmières de l'hôpital, le salon de coiffure juste en face de la mairie, les mômes qui étaient dans les arbres...

Et, bien sûr, les soldats, les miliciens.

À ceux-là on fait signer le papier suivant :

« Moi, untel, soldat du régiment untel, certifie par la présente que je m'engage à remplir la mission gouvernementale qui m'a été confiée. Une fois cette mission remplie, je m'engage à en conserver secrètes toutes les circonstances. Si je venais à trahir ce secret d'État, je serais passible de la plus haute sanction possible – la peine de mort. »

Les ouvriers rescapés ont assimilé la leçon. Dès le samedi suivant, la norme de production est largement dépassée. On travaille comme des as maintenant ! On se bouscule même pour faire du volontariat, les dimanches, et compenser pour les trois jours où l'usine a été bloquée.

Un mois plus tard, un procès exemplaire. Sept gars sont condamnés à mort. Motif : « Tentative de coup d'État contre le pouvoir soviétique. »

Cent cinq autres se prennent de lourdes peines de camp.

Le doigt qui a branché la sirène de l'usine – dix ans de camp.

L'artiste qui a fabriqué la pancarte « Viande ! Beurre ! Hausse des salaires ! » – douze ans de camp.

Le dégourdi qui a décroché le portrait de Khrouchtchev de la façade de l'usine – dix ans de camp.

Un jeune idéaliste de dix-neuf ans, Nicolas Stépanov, ose demander au juge : « Votre honneur, qui a donné le droit aux soldats d'employer des armes contre une population pacifique ? » Quinze ans de camp pour ce féru de droit !

Sinon, il ne s'est rien passé en juin 1962, à Novotcherkassk.

D'ailleurs, si l'on posait la question à ses habitants cinq, dix ans après, ils diraient tous, unanimes : « Un beau mois de juin qu'on a eu, un temps magnifique, ça je m'en souviens ! »

Les ouvriers plisseraient leur front : « Non, je ne me souviens de rien. Mais en décembre, on a eu une prime. Et une bouteille de cognac pour le nouvel an. »

Grichkine, lui, ne dirait rien.

À peine la mise au pas de l'usine est-elle achevée qu'il se noie, en état d'ébriété avancée, dans la rivière Touzlov.

Pour Grichkine, trop d'émotions à gérer, trop de traces à maquiller.

Cet homme avait une fêlure intérieure.

C'est à se demander s'il a réellement fait partie de la grande famille.

Reconnaissons toutefois qu'il n'a pas été le seul à être secoué par les événements.

Il y a comme une décharge dans les services compétents, qui n'ont rien vu venir. Un soulèvement populaire au pays du socialisme, comment est-ce possible ? Cet irrespect… « Khrouchtchev à l'abattoir ! » Qui leur a mis cette liberté dans la tête ? Où sont les garde-fous, les repères moraux ?… C'est très inquiétant.

Des gradés haut perchés ont des insomnies.

Est-ce que tout fout le camp dans ce pays soumis à la propagande occidentale intense ?

Non, on n'a pas le droit de se résigner !

Nos aïeuls, qui ont fait la glorieuse Révolution et connu bien des sacrifices, ne le méritent pas !

Debout, les gardiens des acquis sociaux !

Les fragiles neurones de Novotcherkassk ont sans doute été rongés par un discours antisoviétique qu'il convient de repérer et d'abattre.

Vite, une armure !

Tandis que les orages de l'été lavent la statue de Lénine du centre-ville, on dévisse et revisse le Code pénal, en y bricolant l'article 70, qui sera désormais l'alpha et l'oméga du bouclier idéologique. Sont visés les « actes de propagande menés dans le but de saper ou d'affaiblir le pouvoir soviétique », la « diffusion aux mêmes fins des fabrications calomnieuses discréditant l'État et le système social soviétique » ainsi que ceux qui créent ou conservent ce genre de matériau subversif.

Celui qui se mange l'article 70 voit sa vie abîmée : la punition prévue monte jusqu'à sept ans de camp. Le champ d'application de la nouvelle épée d'airain est plus large que pour l'ancien article 58-10, et les contours plus flous. Le filet de pêche aux criminels est ainsi plus maniable et les zones drainées plus vastes.

Abram Tertz ne lit pas le Code pénal – il n'a pas envie de se tordre les nerfs. Mme Tertz, elle, s'est procuré un exemplaire, selon l'adage « ne sois pas pris au dépourvu par ton ennemi ». Elle le bouquine le soir pour s'endormir.

Tout comme le lieutenant Ivanov et le juge d'instruction Pakhomov.

Chacun se demande où est la lettre et comment elle sera appliquée.

Ainsi, des deux côtés de la loi, le voleur et le gendarme se tortillent dans leur lit.

Bonne nuit, les petits !

XII

Pour s'encanailler et se sentir vivre, Monocle aime s'échapper en pique-nique à la campagne. Il s'installe pour quelques jours avec ses amis dans une grande bicoque en bois à moitié défoncée. Au programme : promenades le long de la rivière Oka, dégustation de tord-boyaux fait maison chez le péquenaud du coin (le fameux *samogon*), corvée d'eau (qu'il faut aller chercher au puits dans des seaux en zinc), lecture de poésies interdites (Pasternak, Tsvetaïeva, Mandelstam), grand feu de bois où l'on fait brûler tout ce qui traîne.

Gleb a apporté des conserves à la sauce tomate qu'il a miraculeusement dénichées grâce à la filouterie de son beau-frère, comptable dans une usine de poisson en Crimée. *Sultanka* et *verkhogliad*, tels sont les deux vertébrés que l'on s'apprête à consommer – personne n'en a jamais entendu parler.

On se passe les boîtes, on les examine, on n'ose les ouvrir.

Sur l'étiquette, un *verkhogliad* observe tout ce monde avec ses petits yeux haut perchés, tandis que ceux de la *sultanka* sont gros comme des soucoupes imbibées d'alcool.

On finit par les ouvrir.

Si l'odeur n'est pas désagréable, elle n'est pas bonne non plus.

Bah, il faut bien quelque chose pour faire passer les boissons.

Gleb se fabrique un improbable canapé avec beaucoup de choucroute.

Les grosses pommes de terre, bleuâtres par endroits, sont mises à bouillir.

Le soir, pendant qu'on dévore tout ça, Tolik branche un poste de radio, déploie l'antenne.

C'est pour ça qu'ils sont venus, en fait.

En ville, on ne capte rien à cause du brouillage. De gros émetteurs déployés tout autour de Moscou balancent du bruit sur toutes les fréquences utilisées.

À la campagne, c'est différent, on respire.

On tourne le gros bouton, on cherche les ondes courtes.

On n'obtient que brouhaha et soupe de radio. Bzzz ! Brrrr !

— Il faut surélever le poste, suggère un connaisseur.

— L'éloigner de la cuisinière, surtout.

— Ils ont modifié la fréquence.

— Non, c'est le temps changeant qui nous gêne, avec ses basses pressions.

Ça y est ! Ils captent les notes du générique, puis une voix de femme, en russe :

— Ici *Radio Svoboda*. Nous poursuivons nos programmes.

Aussitôt tout le monde se tait, comme si l'on était à un concert du philharmonique de Moscou.

En bruit de fond, on les entend quand même, les brouilleurs. Comme un essaim d'avions qui volerait en permanence au-dessus des têtes.

— On va lire un texte, c'est paru dans la revue *Reporter*, un texte qui nous vient d'URSS, dit la dame. Vous allez voir, c'est spécial.

Alors une voix d'homme, posée et distante, comme à la radio soviétique officielle, annonce :

« Ici Moscou. Nous transmettons l'oukase du Comité central de l'Union des républiques socialistes soviétiques. En raison de la croissance du niveau de vie, allant au-devant des demandes des travailleurs, il est décrété que le mercredi 10 août 1960 sera la Journée des meurtres autorisés. »

Un bout de *sultanka* s'échappe de la bouche grande ouverte de Monocle. Ça par exemple !

La Journée des meurtres autorisés – Monocle en a déjà entendu parler, oh que oui !

La Journée des meurtres autorisés, c'est son idée, à Monocle ! Il l'avait eue il y a quelque temps déjà... Il se rappelle : à une soirée, on faisait les cons et l'on jouait à inventer des journées commémoratives improbables. Dans le calendrier soviétique, il y avait bien une Journée du garde-frontière (le 28 mai), une Journée de l'inventeur et du rationalisateur (le dernier samedi de juin), et une flopée d'autres, plus ou moins incongrues. Alors Monocle a crié : « Et pourquoi pas la Journée des meurtres autorisés ? »

« En cette journée, tous les citoyens d'Union soviétique âgés de seize ans et plus obtiennent le droit de tuer n'importe quel autre citoyen, à l'exclusion des personnes mentionnées au point un des annexes au présent oukase. »

Gleb se met à rire nerveusement.

— Chuuuut !, lui fait-on avec les mains, les yeux, les pieds.

« Annexes. Point premier. Il est interdit de tuer : a) les enfants de moins de seize ans, b) les militaires en uniforme et les agents de la milice, c) les travailleurs des transports dans le cadre de leurs fonctions. Point deux. Un meurtre commis avant ou après la plage temporelle indiquée, tout comme un meurtre commis dans le but de voler ou résultant d'un acte de violence contre une femme, sera considéré comme un crime pénal et sera poursuivi en fonction des lois existantes… »

La suite est à l'avenant. C'est loufoque, noir et profondément dérangeant, d'autant que la langue employée dérive du patois officiel, parsemé d'expressions figées.

Une parodie ! Une incroyable insolence !

La voix de la dame reprend la main :

— Vous avez entendu un extrait de la nouvelle *Ici Moscou*, de Nicolaï Arjak. Rappelons qu'Abram Tertz et Nicolaï Arjak sont les pseudonymes de deux écrivains soviétiques, représentant un courant interdit en URSS, le réalisme fantastique.

Ils écoutent encore les nouvelles internationales : la disparition de Marilyn Monroe, l'attentat raté du Petit-Clamart contre le général de Gaulle, la mort de Peter Fechter, dix-huit ans, abattu alors qu'il tentait de franchir le mur de Berlin, pas loin du checkpoint Charlie.

Autour de la table personne ne connaît Marilyn Monroe.

Tolik, pigiste à *L'Écran soviétique*, a déjà entendu ce nom mais n'a jamais vu de film.

Il en ressent comme une honte, Tolik.

Puis le vent tourne, les nuages se déplacent, et c'est fini, on ne capte plus. *Radio Svoboda* est broyée sous le bruit.

Rien n'y fait, pas même le branchement hasardeux de l'antenne sur le paratonnerre.

À défaut de Marilyn, comme de Gaulle n'intéresse pas plus que ça, la conversation s'attarde sur Berlin et ce fameux mur, dont chacun comprend qu'il appartient à la même catégorie que le brouillage radio : un combat perdu d'avance, une preuve matérielle de la faillite idéologique du système, incapable de résister à la propagande capitaliste par la seule force de ses arguments.

Monocle ne participe pas vraiment.

Il pourrait lancer quelques idées provoc, mais à quoi bon ?

Il se rend compte, ennuyé, qu'il n'a personne à piéger dans cette assemblée. Tout ce fretin est menu : *verkhogliads* de médiocre valeur existentielle, *sultankas* pataudes ! Voyez Tolik, qui tente de frimer en racontant qu'il connaît quelqu'un dont l'oncle connaît quelqu'un qui a pu voir *Certains l'aiment chaud* au cinéma lors d'un séjour en Belgique. Voyez Irina, qui se souvient d'une autre émission de *Radio Svoboda* (ou était-ce *Voice of America* ?) où l'on a mentionné Abram Tertz.

— Quelqu'un a-t-il déjà lu quelque chose de Tertz ? demande-t-elle, timidement.

Monocle tend l'oreille.

Non, personne.

Tertz, Arjak, voilà des gars qui ont la classe.

« Ça aurait pu être moi, Arjak », pense alors Monocle.

Tout de même, quelle coïncidence, cette idée de la Journée des meurtres autorisés !

À moins que ce ne soit pas une coïncidence.

Arjak devait être dans les parages quand Monocle a eu son incroyable idée, il a tout entendu et il s'en est inspiré.

Une bonne idée, une drôle d'idée, bien noire et tout.

Antisoviétique aussi. La preuve – elle est diffusée maintenant sur les ondes ennemies.

Il ne s'est pas gêné, Arjak. Il a pris chez Monocle sans demander la permission, et il cueille maintenant des lauriers sur *Radio Svoboda* et auprès d'Irina.

— N'empêche que c'est mon idée, la Journée des meurtres autorisés, dit soudain Monocle.

Stupeur chez tout le monde.

— C'est toi, Arjak ? demande Irina d'une petite voix d'oisillon.

Dans ses yeux – l'incrédulité. Une certaine admiration aussi.

Pendant un instant, Monocle se demande comment se la jouer. Usurper la gloire d'autrui ne l'aurait pas dérangé, si ce n'est que c'est dangereux.

— Non, non, ce n'est pas moi, dit Monocle à regret. Mais le sujet, c'est moi qui l'ai trouvé.

Il raconte alors comment ils ont joué à inventer

des journées commémoratives absurdes. C'était en 1957 ou 1958...

— Mais alors, tu le connais, Arjak ! s'exclame Gleb.

Tout le monde se tait soudain, comme épinglé par la même pensée : il suffirait que l'un d'entre eux toque à la bonne porte, et Monocle sera convoqué, interrogé, peut-être même accusé de complicité.

Monocle en arrive à la même conclusion.

Et aussi : oui, il connaît Arjak. Plus exactement, Arjak le connaît.

Il suffit de se souvenir. Qui était là, à cette soirée ?

Allez, on se concentre...

C'était le cercle des architectes, il lui semble. Beaucoup de monde. Chez le professeur Lebedev. À moins que ce ne fût la fac d'histoire de l'art... Ou les deux. Oui, les deux. Car, maintenant qu'il y pense, il avait trouvé sa Journée des meurtres autorisés tellement sensass qu'il l'avait étalée dans tous les écosystèmes qu'il avait fréquentés à l'époque. Les gens ouvraient de grands yeux, rougissaient, pouffaient de rire ou s'enfuyaient. La provoc idéale !

Ne me dites pas que lui, le manipulateur-né, l'informateur très astucieux, s'est trouvé à côté d'Arjak, et qu'il n'a pas compris (il n'a pas compris !) qu'il avait à portée de main un gangster dont la tête serait mise à prix.

Réfléchis, bon sang !

Ou alors procédons par exclusion.

C'était à Moscou – ça, il en est certain.

S'il a pensé à cet instant contacter les services, Monocle rejette l'idée aussitôt. Que dira le lieutenant Ivanov quand il saura que Monocle a été à l'origine de l'idée scabreuse qui fait maintenant les choux gras de *Radio Svoboda* ?... C'est délicat.

Sentant comme un malaise, Gleb, Tolik, Irina changent de conversation.

Il est indiscutable néanmoins que l'aura de Monocle est soudain devenue plus dense.

Tolik lui sert à boire plus rapidement.

Irina, en fin de soirée, lui fait comprendre qu'elle n'est pas insensible à son humour impudent. Monocle n'en oublie pas qu'il est marié (il a même un fils) mais ce pré-flirt n'est pas désagréable.

— Fais un effort, insiste Irina le lendemain. Qui c'est, Arjak, d'après toi ?... On pourrait l'encourager... L'aider matériellement...

Cette perspective de connaître l'interdit l'excite terriblement.

Si Monocle était Arjak, elle se jetterait sur lui immédiatement, on dirait.

Il en est dégoûté.

D'autant qu'il n'arrive pas à se rappeler...

Il dresse des listes mentales de suspects potentiels, il réfléchit.

Son problème, c'est qu'il connaît trop de monde.

Il va falloir lancer des filets, se dit-il. Procéder par fines provocations et faire des recoupements. D'abord les architectes, oui. Et les historiens d'art. Il va s'y mettre dès demain.

Tolik, lui, fort des infos glanées à *Radio Svoboda*, se rend au comité de rédaction de *L'Écran soviétique*. Là, il fait remarquer que la mort de Marilyn pourrait être anglée comme l'ont fait les collègues de *L'Humanité* : c'est le système capitaliste de Hollywood qui l'a tuée.

Bien vu : on lui confie une colonne, à la rubrique « Nouvelles du cinéma mondial ».

« Les gens qui entouraient Marilyn Monroe ne l'ont pas aidée, écrit Tolik. C'est la raison pour laquelle ses nerfs n'ont pas supporté un combat trop inégal. Les lois capitalistes cruelles de l'industrie du cinéma ont eu raison des forces de l'actrice. »

Pour l'illustrer, on découpe une photo noir et blanc dans *Cinémonde*, l'hebdomadaire français, précieusement conservé dans l'armoire du rédac chef. On retouche pour rendre la bouche moins brillante, on enlève le grain de beauté, on dilue les contours du visage.

Pendant des années, ce modeste papier sera le seul qu'on aura écrit sur Marilyn. Tolik ne se privera pas de s'en vanter.

L'article en question, bien que modeste, ne passe pas inaperçu : les femmes ne manquent pas de trouver l'actrice vulgaire (« cette bouche entrouverte ! ces yeux mi-clos ! »), tout en se demandant ce qu'elle porte comme faux cils pour les avoir aussi longs et élégants. Les faux cils soviétiques qu'on trouve parfois dans le commerce ressemblent à un pneu de voiture explosé.

Quant à la coupe de cheveux… Des diablesses se mettent à l'imiter.

La coupe Marilyn se porte moins cependant que la coupe dite « Babette », sorte de choucroute désinvolte qu'on dirait catapultée au shaker sur le dessus du crâne. Son incroyable audace architecturale a été révélée aux Moscovites par Brigitte Bardot dans *Babette s'en va-t-en guerre* – le film devient culte du jour au lendemain.

Curieuse, Larissa y traîne son mari, dont le justificatif rouge fait coupe-file. Ils en sortent agacés, tant par l'attitude dévergondée de l'héroïne que par la hardiesse de ton, ce je-ne-sais-quoi d'insolent qui fait entrer leurs compatriotes en pâmoison.

— Pas question que je m'installe cet échafaudage sur la tête ! déclare Larissa.

Elle échange cependant avec ses amies les astuces indispensables pour réussir le tour de force – il paraît que Bardot enduit ses mèches de salive.

Pendant ce temps, Ivanov, comme tous ses camarades de bureau, s'occupe à imiter la démarche chaloupée de Yul Brynner dans *Les Sept Mercenaires*, l'autre carton au box-office. Un concours officieux est organisé. C'est Koulakov qui gagne – pour arriver à ce roulement inimitable des fesses, il s'est coincé une pièce de 5 kopecks près du trou de balle.

Le numéro est une franche rigolade qui contribue à l'esprit de corps.

Puis ces pitreries cessent. Le colonel Volkov, averti on ne sait trop comment, a trouvé l'exercice indigne des services et moralement douteux.

— Quand vous tortillez ainsi du cul, on dirait des vers de terre après une averse. Laissez ces pitreries aux dégénérés de Hollywood et occupez-vous à montrer l'exemple !

Sa saine colère remet les mauvaises troupes dans le droit chemin.

XIII

Une lettre reçue par la huitième section nécessite soudain un traitement d'urgence. C'est une plainte d'un touriste français, un certain Pierre Soupirault, communiste d'Isère en visite de groupe à Moscou. Le brave homme a été outré par ce qu'il a pu observer dans les rues de la capitale, et il n'a pas manqué de le signaler à la direction d'Intourist, qui a fait suivre dans la hiérarchie.

« Ça a commencé dès le bus après l'aéroport, écrit Soupirault. Le chauffeur a marqué un arrêt et un jeune homme bien habillé en costume est monté. Il nous a rapidement expliqué en français et en anglais qu'on pouvait échanger nos devises contre des roubles à un cours beaucoup plus avantageux qu'auprès de la banque officielle. Il était très souriant et poli. Certains membres de la délégation se sont laissé tenter. Il a procédé à un échange rapide, et il est descendu en cours de route.

La même scène s'est déroulée à l'hôtel, tandis qu'on attendait pour la clé. Une jeune femme a discrètement proposé d'échanger nos francs. Comme je me suis étonné de cette manière de faire, contraire au civisme car lésant l'État soviétique, donc tous les citoyens, elle m'a répondu que tout le monde faisait ainsi, que c'était dans l'ordre des choses.

Plus tard, après la visite du Mausolée, la guide de l'Intourist a emmené mon groupe sur les quais, en face du Kremlin. Là, en l'espace d'une heure, nous avons été sollicités une vingtaine de fois, et je n'exagère pas. Quand ce n'était pas des chewing-gums qu'on nous demandait, c'était des vêtements (et peu importe la taille). Marie Trouard, de la section grenobloise, s'est vu proposer de vendre sa trousse de maquillage (alors qu'elle se maquille à peine !). On lui a aussi demandé des journaux français, genre *Marie Claire*, et même des stylos à bille et des piles ! La guide a passé son temps à chasser ces importuns, et je dois souligner ici sa fermeté, digne des plus grands éloges.

Quelle image déplorable ces jeunes gens donnent du pays ! On dirait que l'Union soviétique manque de tout. Surtout, on pourrait croire la population bêtement attachée aux biens matériels les plus dérisoires, tandis que se joue la plus grande aventure humaine que l'Histoire ait connue, celle de l'émancipation des classes opprimées. Non, vraiment, une grande déception. »

Ivanov mène sa petite enquête – il n'est pas question de laisser une missive de ce genre sans un suivi adéquat.

Le dénommé Pierre Soupirault, encarté au PCF depuis 1953, n'a pas menti.

Svetlana, la guide d'Intourist, confirme point par point les mésaventures. Dans son compte rendu confidentiel d'encadrement, remis aux services à l'issue de sa mission, elle signale en effet que Soupirault a tenté d'avoir avec elle une conversation au sujet des acheteurs à la sauvette. Il semblait vraiment contrarié.

N'étant pas de service le jour de leur arrivée, elle ne peut confirmer l'incident du bus.

En revanche, elle attire l'attention sur le dénommé Fournier, lequel, contrairement à Soupirault, n'a pas hésité à parler avec les jeunes gens des quais, et à leur vendre un livre que, selon toute vraisemblance, *il avait fait exprès d'emporter avec lui de France.*

Quel livre ? s'interroge Ivanov.

Svetlana ne peut répondre à cette question.

À bien y réfléchir, elle n'est même pas sûre que c'était un livre.

Fournier a préparé son coup à l'avance. Il a pris soin de tout envelopper dans du papier journal. Quand Svetlana l'a interrogé après coup (en le grondant gentiment d'avoir encouragé le comportement peu civique des spéculateurs des quais), il a nié les faits – contre toute évidence ! Il a refusé catégoriquement de dire quel ouvrage a ainsi changé de mains.

— Tu aurais dû te montrer plus persuasive, regrette Ivanov. Quelle taille, le paquet ? Quelle forme ?

Ce n'était ni une boîte à chaussures ni un truc mou, genre vêtements. Plutôt carré.

— Des 45 tours ! comprend Ivanov.

Renseignements pris, ce n'est pas la première fois que Fournier se rend en Union soviétique.

Au lieu d'échanger ses devises, il prend avec lui quelques disques de Gilbert Bécaud qu'il livre discrètement à des inconnus sur le quai Sainte-Sophie.

Pas besoin de rendez-vous. Il met sa main en conque autour de l'oreille, se cambre un peu, sursaute... Il est aussitôt abordé. Les affamés de Bécaud sentent l'odeur de leur plat préféré.

— Je ne comprends pas, se lamente Svetlana. D'habitude les Français sont parmi les plus obéissants. Les Anglais, eux, se croient tout permis. Ceux-là, il faut les avoir à l'œil ! Mais les Français !... Aragon ! Éluard !

Faut croire que l'influence d'Aragon et d'Éluard ne fait pas le poids face aux perversions du système capitaliste.

Et encore, Bécaud, ce n'est pas ce qu'il y a de pire. Il y a le jazz – qui n'est que bruit. Et il y a cette perversion nouvelle, directement sortie d'un cerveau de babouin qu'on aurait branché sur une prise électrique à 127 volts, ce qu'on appelle le « rock'n'roll ».

On ne peut même pas danser correctement.

D'ailleurs les danses capitalistes ne sont que trémoussements indécents. À croire qu'elles ont été inventées exprès pour que la classe populaire oublie l'oppression dont elle est l'objet dans un déchaînement de besoins copulateurs.

Heureusement, il y a Soupirault.

On fera passer une note favorable à sa section grenobloise. Si jamais Soupirault se sent prêt à des responsabilités dans le parti, on pourra songer à appuyer sa candidature.

— Sauf qu'il est sot comme une souche, tempère Svetlana. Il veut tout, tout de suite. Il ne comprend absolument pas que le communisme est en phase de consolidation qui ne sera pleinement achevée que dans vingt ans. Sa critique n'est pas constructive.

Il est pénible, ce Soupirault.

À cause de lui, il va falloir dératiser d'urgence.

On planque une équipe d'opérationnels dans chaque navette d'aéroport.

Au début, sans résultat.

On comprend rapidement que les conducteurs sont de mèche.

Quelques arrestations finissent par s'organiser. Des morveux sans réseau. Des avortons de feu Rokotov. Rien d'impressionnant.

D'autres opérationnels déguisés en étrangers se baladent sur le quai Sainte-Sophie, avec là aussi un succès mitigé. Les dealers ont un sixième sens, on dirait. Ils ne mordent pas à l'hameçon. C'est qu'il ne suffit pas de porter un jean pour passer pour un Occidental, constate Ivanov. Les étrangers ont quelque chose d'inimitable. Dans la manière de marcher, de tenir une porte, de regarder une femme. Une émanation. Un filigrane infalsifiable.

C'est un puits sans fond : quand on attrape un dealer, deux autres prennent le relais.

Les services compétents n'ont pas les moyens de tout surveiller, de tout infiltrer.

Alors on fait venir les *droujinniki* à la rescousse. Ces étudiants, issus de formations sportives ou paramilitaires, sont volontaires pour faire du prêchi-prêcha musclé et éradiquer les mauvaises herbes.

Attention, on ne touche pas aux étrangers.

En revanche on course les spéculateurs.

Armés d'un vertueux sadisme, les *droujinniki* cassent les disques, brûlent les chewing-gums, écrasent les rouges à lèvres, vident les bouteilles de parfum, tranchent les blousons au rasoir.

Il arrive souvent que des poings caressent les côtes.

À la fin de la journée, les poings se desserrent, les doigts se déplient, attrapent un stylo et font un rapport hebdomadaire aux instances supérieures. Combien de disques cassés, de jeans déchirés ?

À l'arrivée, chez les services compétents, ça en fait du travail !

La France est décidément une engeance. Le lieutenant Ivanov tient entre ses mains un livre à couverture blanc crème : ce sont les *Nouvelles fantastiques* d'Abram Tertz, éditées à Paris par Instytut Literacki, l'Institut de littérature polonais.

Le texte est en russe. En russe ! Le livre est destiné aux émigrés, mais pas seulement. Diverses institutions s'acharnent à l'offrir aux Soviétiques autorisés à voyager en Occident – et certains citoyens moralement instables ne résistent pas à la tentation.

C'est le cas de Dimitri Maltsev, professeur à la faculté de mathématiques de Moscou, avec ses cheveux grisonnants, sa scoliose et ses yeux affolés.

Il est assis tout fébrile devant le juge d'instruction Pakhomov.

— Nous n'avons rien contre vous personnellement, le rassure Pakhomov. Vous êtes la partie émergée de l'iceberg. Facile à repérer, vous signalez par votre présence les forces nuisibles dissimulées. Vous nous rendez service, en somme.

À voir la tête du professeur Maltsev, on pourrait en douter : on n'y décèle aucune fierté d'avoir été pris la main dans le sac.

On lui reproche d'avoir accepté le livre fallacieux, puis de l'avoir fait entrer sur le territoire de l'Union soviétique.

— J'ignorais ce dont il s'agissait, tente Maltsev. Vous savez, moi et la littérature... À Copenhague, à la sortie de la conférence sur la topologie des corps compacts, on ne s'attend pas... Je pensais...

— Mais comment donc, sourit Pakhomov. Vous avez été très habile. Vous avez faussé compagnie au surveillant-accompagnateur en prétextant une écharpe oubliée au vestiaire. Là, vous avez pris le livre qu'un provocateur distribuait (nous avons des témoignages en ce sens) et vous l'avez planqué dans la poche de votre veste. Sans rien dire au surveillant. Lui qui se décarcasse à faire le voyage avec vous, justement, pour vous protéger des provocations ! Passons. Plus tard, à la question de l'agent en gare frontière de Brest, vous avez certifié que vous n'aviez rien à déclarer.

— Comment aurais-je su ?... Il paraît tout à fait ordinaire...

— Bien entendu. C'est pourquoi vous avez passé votre temps à le lire en douce, dans les toilettes du train, et l'avez gentiment proposé à votre collègue, Vladimir Lipschutz… Au fait, il a tout avoué, Lipschutz. Nous avons ici son témoignage.

Pakhomov caresse un dossier.

Le professeur Maltsev a l'impression que des doigts glacés ont attrapé son mollet et le tirent vers le bas, dans un lac où il n'a d'autre choix maintenant que de couler.

— Vous voyez, nous savons tout. Et même davantage. Car nos naturalistes vous ont observé pendant… un certain temps. Non content de faire entrer sur le territoire un livre à contenu antisoviétique, vous avez fait le tour de vos amis aussi déficients spirituellement que vous pour leur proposer de goûter au fruit défendu. En termes juridiques, ça s'appelle diffusion. Facteur aggravant. Vous connaissez l'article 70 ?… J'ai ici la liste de vos amis… leurs témoignages… Paradoxalement, ne le prenez pas mal, mais vous nous avez rendu service, comme je le disais : on ignorait que le milieu des matheux fût à ce point vulnérable. Avec toute la rigueur intellectuelle qu'on vous supposait !… « La dérivée de la fonction exponentielle est une fonction exponentielle également. » Vous voyez, il m'en reste des choses, en mathématiques… Il va falloir resserrer tout ça.

On le cuisine encore un peu. On lui décrit l'article 70 et ses conséquences. Déjà, à court terme, on annule son voyage à Zurich, prévu depuis deux ans.

Ce qu'on ne lui dit pas, cependant, c'est que les services hésitent.

Quel intérêt à s'acharner sur un prof vieillissant ?… Le crime n'est pas énorme, il n'ira pas en taule. D'autant qu'il a des appuis à l'Académie des sciences. On peut le mettre en préretraite… On peut aussi le laisser à l'enseignement, à condition qu'il accepte de rapporter. Alors que la faculté de chimie est bien quadrillée, en mathématiques, justement, on manque de repères.

— Allez, rentrez chez vous, on vous recontactera… Ivanov, tu me prendras ce type sous ton aile. Vois ce que tu peux en faire.

Étendre son réseau c'est bien, attraper Abram Tertz c'est mieux.

Les services ne peuvent que constater la diffusion croissante de son œuvre. En russe désormais !

Ce qui veut dire : n'importe quel citoyen soviétique peut le lire.

Vous imaginez le danger ?

Le lieutenant Ivanov se bouche le nez et plonge à son tour dans le livre défendu.

Les nouvelles sont odieuses, en effet. Dans l'une, Tertz raconte l'histoire d'un devin capable de voir le passé et l'avenir dans une sorte d'omniscience totale (mais incapable de prévoir l'avènement du communisme). Dans une autre, le héros est un écrivain médiocre, graphomane monstrueux, obsédé par la production maladive de textes, que rien ne semble pouvoir arrêter.

Pas un seul personnage positif : tous semblent petits, hargneux, grotesques. Aucune référence aux défis industriels ou agricoles auxquels doit faire face le pays. Aucune foi dans le progrès, qu'il soit social ou scientifique. Partout, d'affreux appartements communautaires à la plomberie qui fuit. Cet écrivain fait sa cuisine avec le repoussant, le difforme, le faux. Non, ce n'est pas l'Union soviétique où vit le lieutenant !

Ivanov n'est certes pas un expert en littérature (à chacun son métier), mais, devant ces textes horribles, pas besoin de s'y connaître !

Il faut arrêter le criminel avant qu'il n'écrive autre chose.

Avant qu'il ne métastase.

XIV

L'effrayant mystère du cancer réside en ceci : il est issu de nous-mêmes. Il n'existe pas de bactérie du cancer autre que nos tripes et il n'est pas contagieux autrement qu'en nous regardant dans la glace. Les savants disent qu'il est *endogène*. Soudain, notre intérieur perd les pédales.

Le lieutenant Ivanov sait mieux que bien des docteurs ce qu'est un cancer.

Car il arrive qu'un citoyen soviétique parfaitement sain devienne pathogène.

Malgré les tonnes de vitamines qu'on donne en prévention dès le plus jeune âge. Tous ces cours de marxisme-léninisme. Toutes ces censures antiseptiques qui sont là pour son bien.

Oleg Penkovsky est de ceux-là.

Penkovsky est la plus grande honte des services compétents, et, simultanément, leur plus grande fierté.

En ce printemps 1963, Penkovsky, tout le monde en parle sans en parler, car les détails de l'opération sont top secret.

On dit que... On raconte que...

Le colonel Oleg Vladimirovitch Penkovsky, employé au GRU, le service d'espionnage de l'armée, a trahi la confiance de la classe ouvrière en livrant aux Anglais des centaines de documents sur les fusées soviétiques.

Que la plupart de ces documents aient été obsolètes et peu fiables (au moins autant que les systèmes russes de navigation balistique) n'est pas le propos.

Il a dévoilé les circuits de commandement. L'organisation précise des systèmes d'artillerie. Il a livré les noms d'une myriade d'agents soviétiques en résidence en Occident.

Alors qu'on l'avait décoré deux fois de l'ordre du Drapeau rouge et fait chevalier de l'ordre d'Alexandre Nevski !

Un an et demi auparavant, on a fait la bêtise d'envoyer Penkovsky en mission à Londres. Sitôt sur place, Penkovsky contacte le MI6 et propose ses services. Ses nouveaux amis le baptisent « Alex » et l'équipent d'un appareil photo miniature – le célèbre Minox, modèle B, avec son corps en aluminium. Penkovsky, émerveillé, s'emploie à en mesurer les dimensions : en longueur, l'appareil ne dépasse pas trois allumettes mises bout à bout.

Sa motivation reste un mystère. L'homme a tout ce qu'il faut : un double salaire élevé, un appartement de trois pièces, la possibilité de voyager à l'étranger, des médailles plein la poitrine.

Un cancer, on vous dit !

Avec son Minox, il passera son temps à mitrailler de la doc à tout va, à commencer par les revues militaires facilement accessibles en bibliothèque.

Chaque microfilm est roulé en cylindre, que Penkovsky dissimule dans un berlingot en chocolat. Ses préférés sont les Petits écureuils et l'Ourson du Nord. L'avantage étant qu'on en trouve (presque) toujours dans les magasins – résultat concret du soutien militaire de l'Union soviétique à divers pays d'Afrique qui règlent leurs dettes en fèves de cacao.

Il livre son travail à Janet Chisholm, la femme d'un diplomate britannique en poste à Moscou. Ils se croisent dans des endroits convenus à l'avance. Aucune parole échangée. À peine un regard. Le contact ne leur demande qu'une fraction de seconde.

Janet promène son bébé dans une poussette – réceptacle idéal pour y glisser un paquet sans attirer l'attention.

Elle se doute bien qu'elle est filée par une équipe opérationnelle dès qu'elle sort de l'ambassade. Tous les étrangers remarquables le sont. C'est le b.a.-ba.

N'oublions pas que nos techniques de filature sont les meilleures du monde.

Cela fait vantard, mais quand c'est la pure vérité, il n'y a pas à rougir, il faut le dire.

Le lieutenant Ivanov se souvient de son stage à Sup de K.

« Entraînez-vous à faire deux choses à la fois et à les faire parfaitement », disait l'instructeur, le redoutable major Kobel, dit « le chien-caméléon ». « Suivre la cible ET choisir un livre en librairie. Faire la queue pour les bananes ET suivre la cible. Si vous ne savez pas quel livre vous cherchez, si vous ne faites que traîner dans la librairie, vous vous faites démasquer. Si vous ne savez pas combien il vous reste d'argent pour vos bananes, vous vous faites démasquer. Vous devez en permanence être dans le rôle. »

Il disait aussi :

« Un passant ne fait pas que passer. Chaque passant, je dis bien *chaque passant*, marche avec un élastique dans la tête qui le tire vers son but. Untel va rejoindre sa mère mourante à l'hôpital, unetelle se dépêche pour son oral à l'examen, untel a rencard avec son pote Pétia pour jouer aux échecs. Si vous ne faites que suivre la cible sans avoir un élastique dans la tête vous aussi, vous vous faites démasquer. »

Au niveau débutant, les travaux pratiques consistaient à prendre en observation un passant sur le quai d'une gare et à le traiter en continu pendant six heures.

Puis on se mettait par groupes de trois et l'on s'entraînait à se prendre en observation ou à déjouer une filature. Vingt fois, trente fois de suite.

On jouait au chat-souris-chat. Chaque élève tire au hasard le nom d'un autre élève, connu de lui seul, qu'il a pour mission de mettre en observation pendant une journée. On doit donc simultanément filer sa cible sans se faire démasquer et surveiller ses arrières pour repérer une filature éventuelle (dont on n'est jamais sûr), et ce pendant un mois entier.

Il y avait aussi « les yeux sur la nuque » : filer quelqu'un en se trouvant systématiquement *devant* lui dans la rue, sans se retourner à chaque pas et sans perdre sa cible.

Encore plus dur : « les yeux sur le pot d'échappement ». Une variante des yeux sur la nuque mais en voiture, quand tout va plus vite.

« Pour semer une filature, oubliez le coup du mec qui sort à la dernière seconde d'un train quand les portes se ferment, disait Kobel. Ce faisant, vous avez de bonnes chances de semer des débutants, mais vous dévoilez instantanément vos cartes : chacun sait maintenant que vous êtes en service commandé, et d'une, et que vous allez à un rendez-vous, et de deux. Si les morpions qui vous collent au cul sont pros, il y en a toujours un sur le quai quand l'autre est dans le train. Vous semez celui du train, mais celui du quai vous prend en chasse, et il appelle des renforts. »

Les élèves, admiratifs, disaient de lui : « Kobel mérite le Nobel. »

Si l'enseignement soviétique peut être fier d'une chose, c'est bien des techniques de filature, transmises avec passion par des as de la pédagogie.

Janet Chisholm était donc sous bonne escorte.

Oleg Penkovsky n'était pas un benêt non plus.

Il choisissait leurs points de rencontre avec un soin de chimiste manipulant des explosifs.

Il y a eu le hall d'une gare. Difficile de repérer un éventuel contact au milieu de ces gens qui courent dans tous les sens. Une fois, Penkovsky s'est placé juste derrière elle dans la queue à la caisse. Une autre, il s'est retrouvé à côté d'elle sur un escalator noir de monde.

Le square où Janet fait prendre l'air à son bébé en promenant la poussette pendant des heures (en épuisant sa filature) a donné lieu à un échange assez conventionnel : elle est venue s'asseoir sur un banc où il lisait la *Pravda*. Il en est parti aussitôt en oubliant ses gants – choisis exprès dans la couleur grise du banc pour qu'on ne les remarque pas de loin. On ne peut pas utiliser les chocolats à chaque fois.

Il y a eu aussi l'astuce du bas. Ayant acheté des bonbons elle aussi, Janet s'est aperçue en pleine rue que son bas s'est décroché. Mince alors. Comme c'est gênant ! Qu'il n'est pas pratique de marcher en comprimant le bas entre ses doigts à travers la robe ! Pour réparer les dégâts, elle se cache dans le hall du premier immeuble venu – impossible de la suivre. Le bas ajusté (et les bonbons échangés), elle ressort. Un peu plus tard, c'est au tour de Penkovsky de quitter les lieux.

C'était sans compter sur Olga, une demoiselle du service d'escorte. Olga est particulièrement douée. Est-ce son intuition féminine qui lui souffle qu'un truc cloche avec ces bas qui se défont à l'improviste ou est-ce son perfectionnisme extrême qui la pousse à garder le hall en observation plus longtemps que prévu ?

Toujours est-il qu'elle fait signe à ses collègues de poursuivre la filature de Janet – elle les rattrapera.

Et, quand Penkovsky sort à son tour, elle le prend en photo avec son appareil Ajax-12 monté dans son manteau.

Mieux que ça : elle se met à filer cet homme non identifié. De son propre chef ! Alors que ça peut lui valoir une sévère réprimande – elle est censée être sur Chisholm.

Elle suit donc Penkovsky, qui ne se méfie pas assez de cette étudiante qui a l'air de se dépêcher vers un rendez-vous galant, là, devant lui, de l'autre côté de la rue.

Voyez comme elle prend le temps de se tartiner de rouge à lèvres.

Et voilà qu'elle se recoiffe dans le reflet d'une vitrine.

Les « yeux sur la nuque » dans une réalisation impeccable !

Le parcours exclusivement militaire de Penkovsky a limité sa sensibilité technique à la filature. Il n'est pas passé par Sup de K et il n'a pas eu la chance de parfaire sa formation chez Kobel.

La demoiselle entre dans un magasin de chaussures pour en ressortir aussitôt – derrière Penkovsky cette fois. Elle a changé de coiffure, mis des lunettes et retourné son manteau. Elle fait dix ans de plus que son âge.

On dirait une employée qui rentre à la maison après une journée à crier : « La taille 43 n'est plus disponible, il ne reste que le 39 ! »

Le poisson n'a aucune chance de se savoir repéré.

Olga, elle, a la surprise de voir Penkovsky pénétrer dans un bâtiment de l'état-major du GRU.

Elle ne comprend pas tout de suite. Elle se dit que le GRU a lui aussi mis une équipe sur Janet Chisholm. Brillante tacticienne de la filature, cette femme est une piètre analyste.

Troublée, elle rapporte tout ce qu'elle a vu à sa hiérarchie, qui ne tarde pas à identifier Penkovsky.

Compte tenu de la taille de l'esturgeon, on met les meilleurs sur le coup.

Le reste est une affaire de technique opérationnelle.

On organise son absence en l'envoyant passer une visite médicale et l'on fouille son appartement pendant qu'il n'est pas là. On y retrouve son Minox, des pellicules, un radio-émetteur, des codes de chiffrement… Et une authentique épaulette de l'armée britannique, correspondant au grade de colonel.

— Еби твою мать !

Ivanov, qui ne jure jamais, ne peut s'en empêcher quand l'info top secrète parvient à ses oreilles.

« Le juron à caractère vulgaire rabaisse moralement celui qui l'emploie », disait son grand-père, et le jeune Evgueni s'en est fait une règle de vie.

Comment voulez-vous que les mots хуй, пизда, ебать, блядь puissent sortir de la gorge d'un véritable communiste sans qu'il s'étrangle ?

C'est dire s'il est bouleversé.

Il y a de quoi, en effet.

Quand il était de passage à Londres, Penkovsky a demandé à enfiler un uniforme d'officier de l'armée britannique – un fantasme de gamin. Il a paradé, tiré à quatre épingles, tout beau, tout coq, devant le miroir de sa chambre d'hôtel et ses hôtes complaisants. En souvenir de cet instant éblouissant, il a gardé une épaulette qu'il n'a pas hésité à rapporter en Union soviétique pour la planquer dans une cache sous une latte de parquet.

On imagine que le traître la sort comme une relique pour la porter à ses lèvres…

Elle ne lui a pas porté chance. Penkovsky est condamné à mort.

Le récit de la phase finale de son pistage n'en finit pas de circuler pour autant.

Penkovsky habitant sur les quais, on raconte qu'un câble de plusieurs centaines de mètres de long a été tiré depuis l'immeuble en face, de l'autre côté de la Moskova, où un groupe opérationnel surveillait son appartement au télescope. On commandait ainsi un appareil photo espion qu'on a pris soin de monter sur le balcon de l'appartement du dessus. Le câble courait sur la façade, caché dans le mur, puis au fond de la rivière, où il a été fixé par des plongeurs.

Prouesse technique.

Il est essentiel de ne pas enjoliver – la réalité est déjà suffisamment incroyable.

On raconte que, quand on l'a arrêté, Penkovsky s'est mis à chialer comme une petite fille. Il a aussi proposé un deal tordu : il continue de faire semblant de travailler pour le MI6, et il en profite pour faire passer aux Anglais des informations erronées. Les services ont fait semblant de marcher, histoire de rendre le traître coopératif, et ils l'ont condamné à mort quand même. Non mais de qui se moque-t-on ?

XV

Avec la régularité d'une goutte d'eau qui tombe sur le front d'un malheureux que l'on soumet à la torture, Abram Tertz s'échine à gâcher l'humeur des services compétents. Tous les trois mois environ, une traduction vient témoigner de la diffusion internationale de son œuvre. Japon, Pays-Bas, France…

En voici une nouvelle. Aux éditions Plon, Jean-Marie Domenach (encore lui !) a rassemblé une compil de trois cent trente pages. On y trouve les nouvelles fantastiques, *L'audience est ouverte* et l'inévitable *Réalisme socialiste.*

La traduction est de Sonia Lescaut. On se renseigne aussitôt : elle est journaliste au magazine *Arts*. Approchée en douceur à plusieurs reprises par nos contacts à Paris, elle ne sait rien, n'a pas la moindre idée de l'identité d'Abram Tertz. Elle a travaillé d'après les éditions en russe sans jamais avoir les manuscrits entre les mains.

Aux éditions Plon, on ne sait rien non plus. Ils publient un livre sans rien connaître de l'auteur. Ce n'est pas en Union soviétique que ça arriverait.

Jean-Marie Domenach pourrait nous aider davantage, mais l'homme se moque ouvertement de toutes les tentatives pour lui faire cracher le morceau. Et il s'en vante publiquement :

« Lorsque, à la fin de 1958, je reçus le premier texte d'Abram Tertz – comment il me parvint, je ne le dirai pas, car il y a des gens trop intéressés à le savoir – je connus une des plus grandes joies de mon métier », écrit-il dans sa préface.

Il est taquin.

« C'était comme si tout à coup le téléphone sonnait et qu'on vous parle de l'au-delà : une communication interrompue, et puis miraculeusement rétablie, une voix libre et fraîche venant d'un monde dont nous ne recevions plus guère que des messages de propagande et une littérature de confection. »

« Propagande », comme il y va, Domenach. Propagande n'est pas un gros mot, et d'une, quand le but est de construire une société du futur libérée du joug capitaliste. C'est une fierté, pour nous autres, les idéalistes.

N'empêche ce dithyrambe est énervant.

Ah ! on lui en ferait voir de toutes les couleurs, au Domenach, s'il venait à Moscou. On s'occuperait de lui aux petits oignons – ne croyez pas que c'est un surhomme. Il a un point faible. Tout le monde a un point faible. Les Français, c'est connu, sont en chaleur tout le temps, il suffit de trouver le bon angle, fille ou garçon, on sait tout faire, et clac ! dans la souricière.

Un *honey trap*, d'habitude on réserve ça aux diplomates, aux attachés militaires, aux grosses baleines remplies de secrets, mais avec Domenach on pourrait demander une exception.

Il arrive parfois qu'Ivanov se mette à rêvasser.

Ce qui se traduit par une perte d'efficacité.

Il ne lit pas la préface de Domenach au-delà de la première page – il faut avouer que c'est pénible quand on doit vérifier tant de mots dans le dictionnaire.

La stagiaire du service, la jeune sergente Liouba, attirée par ce livre en français, ne résiste pas à la tentation de le feuilleter.

Liouba vient de fêter ses vingt ans. Elle est née à Oufa en 1942, autant dire sur une autre planète, en pleine misère des arrières où s'entassent les évacués, à mille cinq cents bornes de Moscou. Là-bas, sa maman a servi de traductrice d'appoint à un éminent Français, qu'elle devait surveiller par la même occasion – Monsieur Maurice, on l'appelait. Maurice Thorez. Déserteur de l'armée française, déchu de sa nationalité, le dirigeant du PCF n'en restait pas moins homme. Dans ce trou à rats qu'était Oufa, où l'on mangeait les corneilles et suçait les racines, il bénéficiait de rations augmentées, réservées à l'élite du NKVD, ce qui le rendait encore plus charmant.

D'où l'inclination de la sergente Liouba pour la langue de Balzac, qu'elle a apprise par contumace, son géniteur devant retourner au pays libéré sitôt les Allemands expulsés et le danger passé.

D'où également son dévouement à la cause de la révolution internationale prolétarienne.

Irremplaçable moteur intérieur qui décuple son attention aux détails.

— Mon lieutenant, vous avez vu ? demande Liouba en accourant chez Ivanov, le livre à la main. Ce Domenach ne tient pas sa langue !

En effet, vers le milieu de la longue préface, on lit ceci :

« Que savons-nous donc d'Abram Tertz ? Qu'il est russe, qu'il est jeune et qu'il ne s'appelle pas Abram Tertz… Mais alors pourquoi ce pseudonyme d'apparence juive ? Peut-être parce qu'il est juif, peut-être parce qu'il ne l'est pas. Quand tant de Juifs se cachent derrière des noms "chrétiens", prendre un tel pseudonyme, n'est-ce pas se ranger dans le camp de la protestation sans compromis ? »

Ensemble, Ivanov et Liouba traduisent ce passage pour être certains de ce qu'il signifie.

— Abram Tertz est russe ! comprend Ivanov.

L'angle mort s'éclaire soudain.

Qu'on est cons : Abram Tertz est russe, bien sûr !

Cela faisait trois ans qu'ils étaient sur une fausse piste.

Hier Olga, la fileuse de Penkovsky, aujourd'hui Liouba : décidément les femmes remontent dans l'estime du lieutenant.

On court chez le juge d'instruction :

— Mon colonel, mon colonel ! Abram Tertz est russe !

Le premier moment de stupeur passé, le lieutenant-colonel Pakhomov se fend d'un magnanime :

— Respect pour le sagouin ! On l'a pris pour un tendre, et c'est lui qui nous mène.

Il y a dans ces propos une satisfaction non feinte

– presque une crânerie nationale. Se faire berner par un Russe n'est pas aussi humiliant.

— Jamais un Juif n'aurait eu l'idée géniale de se faire passer pour un Juif, assène Pakhomov.

La russitude d'Abram Tertz étant maintenant une hypothèse de travail, on élargit le cercle des suspects.

Une bonne nouvelle en amenant une autre, un informateur annonce qu'un certain Sacha Vesnik, étudiant en troisième année à la faculté de géologie, a été vu en possession de plusieurs exemplaires des *Nouvelles fantastiques*, dans leur édition russe.

Il se serait même vanté auprès de ses amis de pouvoir se procurer un exemplaire… *dédicacé*.

Ivanov en tombe de sa chaise. Ce serait le comble !

On imagine le criminel signant ses ouvrages, comme une vedette, au nez et à la barbe des citoyens honnêtes et des organes compétents !

Aussitôt une surveillance s'organise.

On se colle littéralement au jeune homme et l'on note les noms de ceux qui pénètrent dans son cercle contaminé. Ses amis, ses relations, ses fréquentations, tout. On élargit la surveillance à ses parents – le père est un des directeurs de Mosfilm, le studio de cinéma d'État, il faut y aller avec doigté.

Au bout d'un mois, devant l'absence de quoi que ce soit de compromettant, on convoque Sacha pour un entretien.

Sacha Vesnik n'en mène pas large. Mosfilm ou pas, les intouchables ça n'existe pas.

La stratégie est toujours la même. On met une pression forte mais floue :

— À votre avis, citoyen Vesnik, pour quelle raison vous avez été convoqué ?

Et on laisse mariner le bonhomme avec sa mauvaise conscience.

— Allons, Sacha, un étudiant aussi brillant que vous... Un papa aussi distingué... C'est étrange que vous soyez convoqué ici, pour un entretien... Vous savez bien que ce n'est jamais un hasard...

La mauvaise conscience est comme la nature, elle a horreur du vide.

Alors Sacha finit par craquer, et pas qu'un peu.

— Si c'est rapport aux séances de cinéma, je n'y suis pour rien. J'ai juste pris la carte de mon père.

Il s'effondre en larmes.

Quelles séances de cinéma ? De quoi parle-t-il ? On tend l'oreille.

Et voilà qu'on apprend que des projections clandestines de films étrangers sont organisées dans les sous-sols poussiéreux de la faculté de géologie.

Par-dessus les fossiles jaunâtres entassés là depuis des décennies, des étudiants entreprenants déroulent un écran. Un certain Lev Dodolev, dit Lev-Lev, ingénieur de son état, installe un projecteur 35 mm de marque Bauer, récupéré en Allemagne en 1945 et astucieusement bricolé avec toute la passion dont est capable un véritable amateur de cinéma.

Le laissez-passer de papa Vesnik sert à pénétrer dans la sacro-sainte réserve de Mosfilm où sont stockées les productions étrangères réservées aux projections privées des hauts dignitaires du parti

– la plupart de ces films ne sont jamais sortis et ne sortiront jamais sur les écrans soviétiques. On « emprunte » une bobine le samedi, au moment de la pause déjeuner, on la remet dans sa boîte le dimanche. Et on n'abuse pas : pas plus d'un film par semaine. Il arrive aussi que Vitia, le vieux gardien du labo, ait de la pellicule vierge en surplus : on le cajole alors avec quelque cadeau pour qu'il bricole une copie.

Il se murmure que Lev-Lev et son équipe disposent d'une collection de cent cinquante films occidentaux.

L'imagination a les yeux plus gros que le ventre : on n'en retrouvera qu'une dizaine au moment des perquisitions.

Le dernier succès du moment, *Huit et demi* de Federico Fellini, primé cette année au Festival du film de Moscou, en fait partie.

Cette daube ! s'emporte Ivanov.

Il ne comprend pas. Il est allé le voir dès sa sortie, au cinéma Rossiya, fendant avec son justificatif rouge l'immense queue qui patientait au guichet. Dans la salle bondée, coincé entre deux spectateurs en extase qui semblaient boire à l'ambroisie de l'écran, il a passé les deux heures les plus longues de sa vie – plus pénibles même que les séances d'entraînement à la surveillance statique qu'on pratiquait à Sup de K, quand il devait rester en planque dans une voiture pendant six heures sans pisser.

Il en est ressorti avec le sentiment qu'un gigantesque fossé sépare les gens normaux de ces intellectuels qui se pâment devant des choses incompréhensibles.

Heureusement que les normaux sont une large majorité. Larissa est normale. Tout comme le lieutenant-colonel Pakhomov – ce qui ne l'empêche pas d'être un grand lecteur. Toujours un classique à la main : Tchekhov, Gorki, Tolstoï.

Koulakov, lui, est archinormal, à faire peur.

Tout de même, comment ose-t-on écrire dans la presse capitaliste que la liberté soviétique est couci-couça alors qu'on a ce *Huit et demi* qui est projeté en veux-tu en voilà, en plein centre de Moscou ? Un film qui donne l'occasion aux intellectualisants d'affiner leur complexe de supériorité, sans défendre aucun des enseignements de Lénine.

Khrouchtchev non plus n'a rien compris au film.

Après qu'un jury international lui a décerné le premier prix au Festival de Moscou, on s'est affolés dans les cénacles : comment montrer ce film aux citoyens alors que Mastroianni est à l'évidence contaminé par l'idéologie bourgeoise, tandis que l'art que pratique Fellini est à l'opposé du réalisme socialiste ?

Tel un savant fou et altruiste, Khrouchtchev décide de tester le poison sur lui-même. On lui organise une séance privée. Le brave homme s'endort au bout de vingt minutes. *Huit et demi* est jugé soporifique et inoffensif.

Soulagement pour tout le monde : si le numéro un est ressorti indemne de la projection, le citoyen soviétique lambda ne risque rien.

Et l'autorisation de diffusion est accordée.

Puis, devant le succès de ce film incompréhensible, on s'est interrogés : qu'y voient-ils, les gens, qui se pressent en si grand nombre dans les cinémas ?

Alors, prophylactiquement, on arrête les frais. Le film est retiré des écrans. Mieux vaut prévenir que guérir.

Du jour au lendemain, pour Lev-Lev et ses amis entreprenants, *Huit et demi* devient le film le plus demandé.

La séance clandestine coûte le prix astronomique de 20 roubles. Le lieu est exigu et on veut rester discret : quinze places maximum. Mieux vaut avoir été coopté. Et réserver longtemps à l'avance.

Il va de soi que ce sont des « revenus non travaillés ». Un parasitage inacceptable, tandis que les citoyens honnêtes gagnent leur vie normalement.

Voilà comment la chasse au cachalot peut finir par ramener un requin.

La bande est arrêtée. Les étudiants en géologie sont éjectés de l'université. Lev-Lev, en tant que responsable et propriétaire du projecteur Bauer sans lequel rien n'aurait été possible, se prend cinq ans. Le vieux Vitia a du bol – il part précipitamment à la retraite.

La carrière de papa Vesnik s'arrête net. Il est muté dans une antenne de Mosfilm à Leningrad.

Pour ce qui est du cachalot, il faudra déchanter. Si Vesnik junior a bien eu entre les mains un exemplaire des *Nouvelles fantastiques* (un seul exemplaire), il n'a jamais cherché à le diffuser, et encore moins à le revendre.

Avec la dédicace, il s'est vanté, le petit menteur, pour impressionner les filles de la fac.

XVI

Grande est l'Union soviétique, immenses sont ses territoires, chaudes ses entrailles. C'est ce que le lieutenant Ivanov apprend à ses dépens quand on l'envoie en Ouzbékistan pour une mission ponctuelle.

— J'espère que tu seras de retour pour le nouvel an, soupire Larissa.

— Il paraît que Boukhara est une ville magnifique, dit le lieutenant en évitant de répondre sur le fond – cette fois, c'est vraiment secret.

Sa mission consiste à analyser les propos antisoviétiques qui circuleraient en Ouzbékistan, et de participer au « démantèlement des humeurs défaitistes ».

— Pourquoi Boukhara ? demande Ivanov au colonel Volkov.

— Parce que.

Il est arrivé quelque chose.

Quand il débarque sur place, on l'emmène en camion militaire à Pamuk, un bled à trois heures de route. Là, à la caserne où il a ses quartiers, il voit des soldats du génie qui courent partout et des artilleurs sur leurs canons antichars. Sur qui vont-ils tirer ?

La soldatesque sait qu'il se passe quelque chose de hors norme (on le voit aux yeux fatigués et inquiets, aux uniformes trempés de sueur et de peur), mais personne ne parle. La consigne du secret défense est bien respectée, note Ivanov dans son rapport.

Il y a le désert qui brûle, apprend-il finalement.

À vingt bornes de Pamuk, un forage de gaz a pris feu. Et pas qu'un peu. Au centre, une torche de soixante-dix mètres de haut, comme un chalumeau gigantesque. Autour, dans un rayon de cinquante mètres, le désert brûle, littéralement : des flammèches s'échappent du sol, çà et là.

À la caserne un bâtiment a été réservé aux géologues, venus en catastrophe de tout le pays.

La mission d'Ivanov est de surveiller tous ces intellectuels, dont le ministre adjoint à l'Exploration minière et plusieurs grosses pointures de la faculté.

Il y a des périodes comme ça où la géologie vous colle aux basques, note-t-il avec un certain amusement.

Ces pipelettes civiles causent plus facilement que les soldats.

Ils lui racontent l'accident :

— Imagine une aiguille à tricoter incandescente qui percerait un dirigeable.

En forant à travers une couche particulièrement dure, les ouvriers sont tombés sur une énorme poche de méthane comprimé, mélangé à du sulfure d'hydrogène, avec une pression dix fois supérieure à la normale. Des outils inadaptés : la fraise est trop molle et la tige trop fine. Une méconnaissance des consignes : quand on lit 300 atmosphères sur le manomètre, il est temps de s'affoler et de mettre en place une armature renforcée.

Le foret (qui pèse plusieurs tonnes) s'envole comme une paille. On le retrouvera à deux cents mètres de là.

Un gigantesque geyser doré attaque le ciel. La structure métallique du puits se met à fondre et s'écroule. Des poches de gaz explosent en surface et agrandissent l'ouverture. On se sent soudain si petit !

— Imagine que tu es un grain de semoule tombé de la casserole et que tu regardes les flammes du four.

Impossible de s'approcher à cause de la chaleur. Aucune combinaison spéciale ne résiste, aucun char – ce ne sont pourtant pas les courageux et les inconscients qui manquent.

On arrose avec de l'eau, on jette du sable, de la terre : autant essayer d'éteindre un volcan en crachant dessus.

Les ingénieurs font leurs calculs : la quantité de gaz brûlée chaque jour correspond à la moitié de la consommation de Moscou.

Idée ultime : souffler la torche avec une explosion. Comme si c'était une bougie.

— Sans se carboniser les couilles, souligne le ministre adjoint.

Le colonel commandant la caserne, avec son tact militaire, propose de noyer la torche sous un gros bombardement, et qu'on n'en parle plus.

Une poignée de bombardiers se feraient un plaisir. Les officiers approuvent. Il faudrait évacuer tout autour, parce qu'on ne garantit pas la précision.

Un géologue réaliste hurle d'effroi et rappelle à tous ces va-t-en-guerre que l'on risque d'agrandir l'orifice, voire de provoquer une fêlure dans la poche, et alors…

— Il y a ici des millions de mètres cubes de gaz comprimé. Comparativement, la météorite de la Toungouska vous paraîtra un pet de poney, affirme le géologue.

Un compromis est trouvé : on procédera à un tir d'artillerie. Dix canons disposés en demi-lune vont faire feu simultanément, en visant la bouche de l'Enfer. Il faut que la déflagration souffle la flamme, ou, à défaut, soulève suffisamment de terre pour obstruer le trou.

On règle les détails. Il faut une précision de rasoir, ce seront donc des canons antichars B-11, de calibre 107 mm. Problème, on a une mauvaise visibilité à cause de la distance. Les puissants mouvements d'air chaud déforment le paysage et brouillent les verticales. Quand on s'approche à moins de deux cents mètres, la putain de chaleur fait fondre les pneus. Alors on bricole au bulldozer des monticules de terre pour placer les B-11 en hauteur et avoir un tir plus tendu. Les hommes transpirent et jurent, abondamment, par tous les pores, en continu.

Le flux de mots innommables qui montent aux oreilles du lieutenant Ivanov pendant cette semaine d'affolement fait sauter le bouchon de toutes les normes humaines. Comme si une poche remplie de еби сука бля incandescents venait d'être percée, provoquant un geyser tout aussi incontrôlable que la fuite de gaz initiale. Tout le monde est à cran.

« Malgré la nervosité, le travail sur l'extinction de la torche d'Urta-Bulak se poursuit sans relâche, écrit Ivanov dans son rapport, en positivant. Le village de Pamuk est placé en régime de couvre-feu, par précaution de fuites d'informations. L'ordre de ne parler à aucun civil est respecté par les soldats. Les géologues, strictement consignés au casernement pour le moment, demandent un travail supplémentaire d'encadrement et un suivi régulier. L'expert en forages A. A. Ramenski, en plus de son penchant pour la boisson, fait montre d'un pessimisme excessif. Dans la grande ville la plus proche (Boukhara, à 136 km), personne ne semble au courant de quoi que ce soit. La population explique l'abondance de camions militaires par les grandes manœuvres, fréquentes dans la région. Au 10 décembre 1963, il n'y a aucun ressortissant étranger y séjournant. Il serait utile toutefois de placer Boukhara sous le régime de zone d'accès restreint (interdite aux étrangers) pour éviter tout risque. »

Les rapports doivent être fidèles (pas de cachotteries ou de minimisation des faits), limpides (donc courts, facile à lire et à digérer), impersonnels (tout en suggérant des solutions : pour un communiste, il n'y a pas de situation inextricable). Les noms propres, quand il y en a, sont tapés en majuscules, pour les faire ressortir immédiatement. À réception, une armée de secrétaires les recopient dans des registres, accompagnés du numéro de document. Un classement malin, à entrées multiples, facilitera les recherches ultérieures – par nom de famille, zone géographique, type d'incident, secteur militaire concerné.

A. A. Ramenski n'ayant jamais encore été mis en observation, il n'y a pas de trace de cet individu dans les services. Il ne perd rien pour attendre : le rapport du lieutenant Ivanov le cite explicitement dans un contexte ultrasensible. On se dépêche donc de lui faire l'honneur d'une fiche individuelle.

Pendant ce temps, à trois mille kilomètres de sa biographie qu'on tape frénétiquement sur le rouleau d'une Erika, A. A. Ramenski, en chair et en os, assiste au tir d'artillerie.

On a procédé aux derniers réglages, puis on a attendu qu'il fasse nuit. L'obscurité rend la torche plus contrastée et permet de viser les bords du cratère avec une meilleure précision. L'impression de chaleur est moindre aussi – c'est psychologique.

Avec tout ce noir qui l'entoure, quelle puissance que cette flamme, tout droit sortie des profondeurs !

Mais nous non plus, avec nos canons, on n'est pas des nains !

L'ingénieur sait se faire plus fort que la nature.

L'homme forgé aux alliages du progrès et de la lutte des classes est capable de réduire une montagne en poussière ! Doit-on rappeler qu'il s'affranchit de la gravitation et va se promener dans l'espace ?

Les chaînes capitalistes qui lient les mains du prolétariat sont autrement plus solides qu'un peu de gaz enflammé.

— Feu, еби сука бля !

L'onde sonore cogne les poitrines.

Un nuage de poussière, de sable et de terre brûlante masque un instant le point d'impact.

La flamme vacille sous le souffle… Et repart de plus belle.

Le ratage est complet : le tir a détruit les dernières structures métalliques, de celles qui n'avaient pas totalement fondu car elles se trouvaient excentrées.

— Comment va-t-on poser les câbles désormais ? se lamente le défaitiste Ramenski. Avant, on avait un point d'ancrage, on pouvait au moins treuiller. Désormais, avec cette chaleur, on n'a plus aucun moyen d'approcher le cratère en surface.

Le lendemain, sa face est injectée de rouge, ses yeux de porcinet sont pochés.

— Vous avez encore bu, vous, lui dit Ivanov.

— Pas une goutte ! se vexe l'effronté. Jamais en service. Et, croyez-le ou pas, l'alcool, ça m'est complètement égal. Là, au moment où je vous parle, j'en ai même pas envie. Essayez de m'en proposer, vous verrez !

Ivanov ne tente pas l'expérience.

Dès la première réunion de la matinée, quand il faut prendre les décisions, Ramenski s'endort dans son fauteuil. Pendant que les autres digèrent l'échec du tir et ses conséquences, le géologue expert roupille !

— Alexeï Alexandrovitch ! hurle le colonel. Que fait-on maintenant ?

L'autre ne sursaute même pas.

Le doyen de l'université de Sverdlovsk, ville

fermée aux étrangers, réputée pour sa faculté de géologie, prend la parole :

— Il reste deux solutions. Soit on perce un tunnel sur environ cinq cents mètres et on tente de s'approcher le plus près possible par en dessous. Puis on met une tonne d'explosifs, avec l'idée de provoquer un éboulement qui scellerait la poche de gaz. Le problème étant qu'on aura du mal à creuser dans le voisinage de la fuite. Et c'est très dangereux.

— Soit ? s'impatiente le colonel.

— Soit on perce un tunnel plus court. Et on fait péter une charge nucléaire.

Silence de mort autour de la table.

— Ben quoi, qu'est-ce que j'ai dit ?...

Le doyen est parfaitement à l'aise avec cette idée moderne. Il s'étonne que l'on se crispe. Il en est persuadé : utilisé dans des travaux d'ingénierie civile, l'atome sera un précieux allié pour le géologue du futur. Il en a déjà discuté avec le ministre. Bientôt ce sera une affaire qui roule. Éteindre une torche gazeuse au nucléaire – aussi simple que construire un pont ! Et l'on ne s'arrêtera pas en si bon chemin. Dans ses cartons, un autre projet grandiose : inverser le cours du fleuve Léna sur plusieurs milliers de kilomètres. Quelques explosions astucieuses, et l'on parviendra à créer une dénivellation suffisante pour amener l'eau de la Sibérie dans les déserts d'Asie centrale. Avec le soleil qu'il y a ici, si l'on y ajoute de l'eau, ce sera un grenier d'abondance. Fruits et légumes à volonté !

En voilà au moins un qui n'a pas les lunettes noires, ça fait plaisir.

Ivanov n'en parle pas dans son rapport – l'optimisme est censé être la composante naturelle de la société soviétique, pourquoi s'en vanter ?

On ne progresse pas en s'extasiant sur son nombril.

En revanche, Ramenski en prend encore pour son grade, avec objectivité :

« Même s'il ne tient pas de propos ouvertement antisoviétiques, son comportement crispé crée un terrain fertile pour développer une attitude négative, potentiellement glissante. »

En retour, il reçoit l'instruction classique de « recadrer Ramenski », ce qui veut dire lui faire passer l'envie de faire son intéressant.

Ils prennent ensemble le train pour Moscou.

À temps pour être chez lui au nouvel an ! C'est Larissa qui sera heureuse !

— Vous comprenez bien, Alexeï Alexandrovitch, que la moindre fuite de votre part sur l'incident gazeux auquel vous venez d'assister sera considérée comme une trahison d'État. Ce qui veut dire, soyons clairs : bam-bam !

Le voilà qui parle comme Chmakov. Puisqu'on y est, Ivanov ajoute (à contrecœur) :

— Bam-bam avec confiscation des biens. Vos enfants…

Il y a des fois où l'on est obligé d'utiliser les enfants.

— Vos enfants, disais-je, seront privés de tout et placés dans un foyer. Vous en avez deux, Sergueï et Nina, de bien talentueux bambins.

On ajoute les prénoms pour rendre l'argument plus parlant.

— Vous ne direz pas qu'on vous a pris en traître, qu'on ne vous a pas prévenu.

L'autre ne sait plus où se mettre derrière son teint livide.

Après le bâton, le réconfort, toujours :

— On aurait pu vous faire virer de l'université pour alcoolisme. S'endormir en pleine réunion de crise, non mais quelle honte !... Eh bien sachez que l'on va vous donner une seconde chance... À condition que vous cessiez de boire. Vous, qui êtes un grand savant, une sommité mondiale, vous devriez tout savoir sur les méfaits de la boisson... Allons, ressaisissez-vous ! Voyez comme on s'inquiète pour vous dans les hautes sphères. Je passerai vérifier chaque semaine, à l'improviste. Mais chut ! Ce sera notre petit secret.

Et pour finir, sur le quai, au moment de se séparer :

— Tenez, pour le nouvel an, je vous ai pris des chocolats pour Nina. Et un petit camion en tôle pour Sergueï. Il se remonte avec une clé, là. C'est dur à trouver. Un véritable Zaporojstal. C'est marqué sur le châssis. Allez, à la bonne année qui arrive ! Et mollo sur l'alcool !

On n'est pas des monstres, quoi.

Vous en connaissez beaucoup, de services compétents qui offrent des chocolats, des jouets ? Qui se battent autant pour la santé et la stature morale de la population ?

« J'aime mon métier », pense Ivanov.

Et le métier le lui rend bien : il a quelques jours de permission. Pile pour le nouvel an.

Rarement ont-ils été aussi heureux avec Larissa.

Un appartement individuel. Un sapin. Et, en haut du sapin, une pique avec une étoile rouge, comme sur les tours du Kremlin.

Larissa a sorti les jouets en verre de son père. Qu'ils sont fragiles !

Il y a le pingouin sur son pied clipsable. Le Petit Chaperon rouge. Le père Noël aux yeux bridés. La Petite Fille des neiges. Le cornichon. L'écureuil. La clochette.

Ivanov s'est procuré un Spoutnik.

— Cette année, je ne veux que des jouets en verre, décrète Larissa.

Pour cette raison esthétique, la locomotive « Staline », en papier mâché, et la grosse étoile en carton frappée de la faucille et du marteau ont été laissées dans les tiroirs.

En revanche, on a accroché quelques mandarines.

Elles sont la fierté de Larissa.

Il y a quelques jours, elle a croisé son ancienne copine d'école, qui s'est mariée à un gestionnaire des chemins de fer, section transport des marchandises. D'où le tuyau : un wagon rempli de mandarines en provenance de Géorgie arriverait spécialement pour les fêtes à la gare de Koursk. Il y aurait sûrement moyen de s'arranger, à un prix raisonnable, avec l'adjoint de l'aiguillage.

Ce qui fut fait.

Des mandarines !

Alors que le Voentorg n'en a pas vu la couleur cette année – pour ce qui est du magasin réservé aux officiers subalternes en tout cas.

Larissa a aussi des boîtes de petits pois

yougoslaves, indispensables pour la salade dite « olivier », achetées encore en juillet et gardées sous le lit. Les autres ingrédients sont faciles à se procurer : patates, carottes, œufs, saucisson cuit, cornichons demi-sel. La mayonnaise, qui sert de lien à tous ces bonheurs coupés en petits cubes, est toujours disponible au Voentorg – c'est grâce à Ivanov que les cousins de Larissa, habitants à Orel, ont aussi leur olivier sur la table du nouvel an.

Le hareng « en manteau » est au rendez-vous, lui aussi, comme chaque année. Coupé menu ou passé au hachoir, le hareng se cache au fond du saladier. On le recouvre du « manteau » fait de couches successives de patates et carottes cuites, œufs durs, oignons, pommes vertes et betteraves, le tout enduit de mayonnaise (encore).

Voici la vedette : le vin mousseux, dit champagne soviétique. Produit en flux de fermentation continue selon la méthode révolutionnaire du professeur Agabaliantz (prix Lénine en 1961), qui prévoit aussi l'ajout d'une liqueur sucrée en fin de processus pour plus de moelleux en bouche. Le meilleur champagne au monde !

Larissa a sorti du vaisselier les flûtes en cristal, préalablement frottées avec une tranche de pomme de terre pour un brillant impeccable.

Une fois par an, on a le droit.

Autour de la table, il y a aussi Chourik, Lionia, leurs fiancées et un vieux général du corps des gardes-frontières, à la retraite depuis longtemps, au visage brûlé pendant la guerre – son char T34 avait pris feu.

Il racontera l'anecdote trois fois au cours de la soirée.

C'est par la trappe ventrale du char qu'il s'est échappé. Grâce à ses hanches toutes fines, il a pu se faufiler. Son copain, une taille de pantalon de plus, y est resté.

— C'est sur notre propre mine qu'on a sauté !... On est montés à l'attaque... Soudain un déluge d'obus... On tente de reculer par la clairière... Nos sapeurs avaient miné derrière nous !

Allez, c'est l'heure ! On trinque ! On s'embrasse ! L'année 1963 se termine : une nouvelle année, un nouveau bonheur attendent Larissa et Evgueni... Un enfant, qui sait ?... Ils se le souhaitent mutuellement, par la pensée.

Partout à Moscou les verres sonnent.

Abram Tertz et Macha se regardent copieusement et trinquent à la vodka.

Une année de passée.

Une année où il n'a pas été arrêté.

Ils retrinquent.

— J'ai un cadeau pour toi, dit Macha.

C'est une petite brochure rarissime de 1908, *Les Coutumes et les Chansons des prisonniers de Sibérie.*

— Comme ça on est parés pour quand tu y seras. Toi qui aimes le folklore... L'ethnographie...

— Ça a pas mal changé en cinquante ans, j'imagine.

— Eh bien c'est ce que tu verras, mon ami.

Sur la table, du hareng, des cornichons, du pain noir, et une grosse tarte à la crème, surmontée de cinq bougies. Cela fait cinq ans que *Le Réalisme socialiste* a été publié. Et il est toujours là, Abram

Tertz, à boire de la vodka, à désirer sa femme, en toute impunité.

C'est insensé.

Miraculeux.

Ce miracle, ils le savourent dans une parfaite solitude. Pas d'amis autour d'eux. Un épagneul noir pour seul témoin.

Que leur réserve 1964 ?… Mieux vaut ne pas y penser.

Ils se feront gauler, tôt ou tard, ça ils en sont certains.

Pas question de jouer au martyr pour autant.

— Et si on faisait un enfant ? dit Abram Tertz, saoul.

Ils y ont songé bien des fois sans jamais sauter le pas. Autant ils sont inconscients dans leur jeu avec les services, autant ils se sentent responsables face à ce petit être qui surgirait du néant dans une famille où l'épée de Damoclès est accrochée au plafond de chaque pièce.

Le futur est un énorme oursin. Comment fait-on un enfant alors qu'on est en sursis de camp ?… Quelle vie on lui réserve ?…

— D'un autre côté, si on ne le fait pas maintenant, on aura un sacré problème technique une fois que tu seras pris, dit Macha.

Alors, on y va. Tu vas voir, 1964, de quelle étoffe on est faits !

XVII

Monocle aime le Manège. Ce bâtiment en forme de grosse brique jaune et blanche posé au centre de Moscou a les proportions d'une tapette à souris. Quand Monocle y pénètre, il a parfois l'impression que ses portes peuvent se refermer sans bruit, comme la gueule de la baleine sur Jonas, et plus personne n'entendra parler de vous. Délicieux frisson. Jadis écurie des tsars puis caserne, avant de devenir hall d'exposition, son style Empire, fonctionnel et tout en puissance froide contenue, est à l'image de ce pays où les gens peuvent disparaître comme s'ils n'avaient jamais existé.

Ou alors est-ce un temple ? Alors le prêtre pourrait bien s'appeler Monocle. Lui qui aime tellement s'y promener avec ses amis d'un jour qu'il éblouit de ses jugements esthétiques paradoxaux. Rien de mieux que le Manège pour lancer des provocations espiègles et noter les réactions.

Justement, il y traîne aujourd'hui entouré d'une dizaine de clients potentiels. L'exposition s'appelle « Moscou, capitale de notre patrie ». Deux mille cinq cents œuvres, plus de mille artistes venus de toute l'Union soviétique. Peinture, sculpture, eaux-fortes, etc. Les tableaux débordent de couleurs, avec beaucoup de fleurs, de ciel bleu, de gratte-ciel staliniens. Les enfants sont heureux d'y jouer à la baballe, les mamans y promènent des poussettes, des pionniers aux foulards rouges pétants sur chemise blanche y bâtissent des nichoirs à oiseaux.

Beaucoup de métier dans l'exécution. Les perspectives sont posées. Les corps correctement proportionnés. On voit que ce ne sont pas des peintres du dimanche.

— Il y a deux ans, dans cette salle, précisément à l'endroit où nous nous trouvons, a eu lieu la fameuse exposition d'avant-garde où Khrouchtchev a pété les plombs, rappelle Monocle.

Tout le monde en a entendu parler. Il y avait pas mal d'abstraction, d'expressionnisme, de visages en « art brut ».

Khrouchtchev était agacé. Dépassé par les formes. Pourquoi l'a-t-on traîné là ? Et tous ces types qui avaient l'air de comprendre, d'apprécier. Commentaires par-ci, analyses par-là... Il s'énervait tout seul. Lui, le péquenaud sanguin, a senti comme une moquerie. Un insupportable snobisme d'initié, à ses dépens.

Alors la vapeur a fait exploser le couvercle de la ploucardise :

— C'est quoi, ces tronches sur la toile ? s'est emporté Khrouchtchev. Vous ne savez pas dessiner, ou quoi ? Mon petit-fils dessine mieux que vous ! Vous êtes des hommes ou des pédérastes ? Vous avez une conscience ?... Alors moi je dis :

tout ce fatras est inutile. Le peuple soviétique n'en a pas besoin. Il faut l'extirper à la racine.

« Des hommes ou des pédérastes », texto. Les artistes présents en ont reçu pour leur grade : leur art c'est de la « merde », des « gribouillages », des « étrons ».

Résultat, il n'y a plus eu d'avant-garde nulle part. Extirpée à la racine, en effet.

Monocle montre les tableaux autour d'eux :

— Nous voici donc de retour à la case réalisme socialiste.

Boris, un admirateur de la modernité, fulmine :

— C'est catastrophique, un tel mur d'incompréhension.

Aussitôt Monocle :

— Tragique, oui ! Se fâcher ainsi avec nos talents... Pour hériter maintenant de tout cet académisme... Plus de mille artistes – pour quoi faire ? Ils se copient les uns les autres. Sentez cette pelouse... Au Manège, l'ennui a l'odeur de la peinture à l'huile.

Le groupe rougit de plaisir. Il y a chez cet homme tant de liberté !

« On dirait une jeune fille qui reçoit en secret de sa maman son premier billet cochon », se dit Monocle.

Et tout haut :

— Il faudrait se lancer, larguer les amarres et écrire quelque chose sur le réalisme socialiste. Un texte qui dise ses quatre vérités à propos de cette forme de religiosité. Oui, religiosité, j'emploie ce mot à dessein.

Laissez venir à moi les petits enfants...

Et voilà-t-y pas que Boris se vante :

— J'ai déjà lu un texte décapant sur le sujet.

« Quand le gibier n'est pas loin, il ne faut pas bouger trop vite », pense Monocle.

— Mieux vaut éviter d'en parler en public, glisse-t-il, conspirateur.

Tout en construisant mentalement des diagrammes. Les parents de Boris, que font-ils ? N'est-ce pas lui qui a un oncle à l'Union des écrivains ? Et par sa femme ? Elle connaît le poète Iossif Brodski… Elle a ses entrées chez Nadejda Iakovlevna, la veuve de Mandelstam, la femme qui a appris par cœur toute l'œuvre secrète de son mari car elle ne faisait pas confiance au papier… Nous sommes dans de hautes sphères intellectuelles… Se pourrait-il que…

Non loin de leur groupe, un bonhomme en costume élimé les observe.

Monocle a l'impression de l'avoir déjà vu quelque part.

« Qu'est-ce qu'il me veut, le cloporte ? »

C'est désagréable, à la fin, on dirait qu'ils se connaissent.

Le bonhomme le fixe en silence, à travers ses lunettes, son dos voûté, sa fatigue universelle.

Ils vont dans une autre salle. Monocle s'efforce de paraître insouciant. Du coin de l'œil, il surveille : le cloporte les a suivis. Il ne s'approche pas, il reste à distance, il regarde Monocle, il regarde frénétiquement – il le boit des yeux. Aucun geste, aucune mimique, un visage figé et des yeux noirs piquants.

Attendez, attendez… Ce ne serait pas Kabo, des fois ?

Qu'est-ce qu'il a changé !

Il a l'âge de Monocle et il en paraît quinze de plus. Ils ne se sont pas vus depuis… depuis… ce devait être en 1949.

En 1949, à l'âge de vingt-quatre ans, Vladimir Kabo a été arrêté pour activité antisoviétique et condamné à dix ans de camp, en même temps que son copain Youri Bréguel. Il en sait quelque chose, Monocle : c'est lui qui les a piégés et dénoncés.

Un excellent travail, qui a valu à Monocle un bon d'échange pour un vélo tout neuf. De marque allemande. Une tenue de route, un confort de siège inimitables. De couleur mauve (oui, mauve !).

À l'époque, devant le juge d'instruction, Kabo a beau tomber des nues, le dossier le tient à la gorge, les informations sont précises, et de première main.

— Parlez-nous donc de cette nouvelle antisoviétique que vous avez écrite.

On lui rafraîchit la mémoire :

— Il y est question d'un soldat de l'armée soviétique qui entre dans une maison abandonnée par une famille allemande. Et, à travers les livres de la bibliothèque, il se lie d'amitié avec ces Allemands qu'il ne connaît pas… En clair, il pactise avec l'ennemi cosmopolite.

Cette nouvelle, couchée dans un cahier d'écolier, Vladimir Kabo ne l'a montrée qu'à Monocle, cet esthète capable d'apprécier l'art comme personne.

Monocle l'a trouvée « profonde, humaine, astrale ». Tellement bonne, disait-il, qu'il l'a supplié de lui prêter le cahier. Il voulait la recopier car « il faut conserver les bonnes choses avant qu'elles ne dépérissent ».

Quelques jours après l'arrestation de Vladimir, Monocle rendra visite à Mme Kabo, la maman, effondrée, pour lui présenter ses condoléances et lui demander, à propos, si elle n'a pas d'autres manuscrits de son fils. « Il est si doué, votre garçon… » Histoire de compléter le dossier de l'accusation.

On reprochait aussi à Kabo et Bréguel d'avoir, sous couvert d'un club littéraire, créé une cellule terroriste visant à renverser le gouvernement.

Monocle, qui avait eu l'idée du club et insisté pour organiser régulièrement des séances de lecture, ne faisait pas partie des accusés – curieusement.

Un vélo mauve pleinement mérité, donc.

Et voilà qu'il y a un caillou dans la chaussure. Kabo se tient là, dans ses habits fripés, poussant l'effronterie jusqu'à le fixer des yeux !

« Il ne sait pas, il n'a aucune chance de savoir que c'est moi », pense Monocle.

Les services compétents n'ont pas pour habitude de révéler les noms de leurs informateurs.

Ils ne l'ont pas fait. Kabo a déduit Monocle en ruminant chaque détail de son dossier. Il y a réfléchi tous les jours pendant les années qu'il a passées à couper du bois et à charrier des pelletées de terre gelée. Il a repéré et suivi chaque petit ruisseau, et tous finissaient par se jeter dans Monocle.

Kabo et Bréguel ont été libérés après la mort de Staline. Ils se revoient, ils comparent leurs voyages intérieurs. On a eu du bol de rester en vie, se disent-ils. Quand est-ce qu'on rend visite à Monocle ?

Plus facile à dire qu'à faire. Kabo travaille à Leningrad, Bréguel est tout le temps fourré en province, loin de Moscou. Il faut organiser sa vie. Combler le temps perdu. Les fiancées à séduire. Les études à rattraper. À quoi bon revoir l'ordure ? Pour constater encore une fois à quel point on a été naïf ? Le bon Dieu n'a pas fait crever Staline pour qu'on rumine le passé.

Bréguel est un poil plus revanchard que Kabo. Il traîne à la fac d'architecture que fréquente Monocle, et ça ne loupe pas, il le croise à deux reprises, une fois à la bibliothèque, une autre à la cafétéria. Il a encore sa coupe goulag : le crâne rasé uniformément, à un millimètre. Ça se voit de loin, ça fait comme une lune qui clignote. La plupart des revenants, un peu honteux, portent des bérets, des casquettes, le temps que ça repousse. Bréguel a fait exprès de venir tête nue.

À la bibliothèque, Monocle panique, saisit ses affaires et s'enfuit.

À la cafétéria, devant tous ses amis, Monocle a le réflexe d'aller saluer sa victime comme si de rien n'était. Bréguel se détourne sans dire un mot ni lui serrer la main.

Depuis, plus de nouvelles, les années passent, les plaies cicatrisent, et Monocle pense l'affaire oubliée.

C'est sans compter sur le hasard d'une mission universitaire qui amène Kabo à Moscou, au Manège.

« C'est lui, pas de doute, c'est lui, pense Kabo. Il a une sacrée allure avec son nœud pap, sa petite moustache dandy. »

« Il m'a reconnu, comprend Monocle. Non seulement il m'a reconnu, mais il sait tout. »

Le fantôme le suit silencieusement, salle après salle, toujours sans s'approcher ni le quitter des yeux.

« Le filou fait semblant de ne pas me voir », analyse Kabo.

Soumis à son regard incandescent, la superbe de Monocle dépérit. Il n'est plus aussi fin et drôle. Soudain il se trouve fatigué, crispé et pâlot.

— Tout ce réalisme socialiste, à la longue, ça vous vide ! se justifie le maestro.

Délaissant sa cour, il finit par se retourner vers cette ombre venue d'outre-tombe.

— Ah ! Volodia, quelle bonne surprise, j'ai failli ne pas te reconnaître.

L'autre se tait.

— Que me veux-tu, Volodia ?... Je... Tu...

L'œil de Monocle est furibard, la bouche n'est plus qu'une fente.

— Je n'ai pas le temps, Volodia... Tu vois pas que tu déranges ?

La peur lui fait perdre son flegme.

— Ça va durer longtemps, cette course-poursuite ?... Tu es ridicule... Tu te donnes en spectacle...

Kabo n'est pas sadique.

Il plante Monocle là, au milieu des tableaux ensoleillés où bêchent des pionniers en sucre et frémissent les drapeaux rouges.

Il disparaît.

À plusieurs reprises Monocle croit apercevoir Kabo – au vestiaire de la fac, dans le grand escalier, et même dans une voiture sur la perspective Kalinine.

Fausses alertes.

Ce n'est pas qu'il n'en dort pas la nuit, mais une sorte de gêne l'empêche de savourer pleinement sa vocation d'informateur.

Alors qu'il tenait un pigeon prometteur avec ce couillon de Boris, Monocle se dégonfle et ne donne pas suite. Soudain il n'a plus envie de jouer avec cette souris. Une énorme lassitude ternit sa vie.

Combien de temps le cirque va-t-il durer ? Il n'avait pas goûté l'apparition de Bréguel il y a dix ans, avec son crâne rasé, pourquoi faut-il maintenant que ce soit Kabo qui revienne ? Vont-ils jamais cesser de l'importuner ?

Comme on ne peut jamais être sûr de ce qui passera par la tête de Kabo (et que Moscou n'est pas si grand pour des intellectuels qui traînent toujours aux mêmes endroits), Monocle décide de prendre ses précautions : il en parle à sa femme.

— C'était il y a quinze ans, j'étais jeune, on avait Staline, on m'a acculé, j'ai été faible, tout le monde faisait pareil, on caftait les uns sur les autres, les services compétents ont exigé. C'était ça ou… je te laisse deviner. Je suis un autre homme maintenant. J'ai beaucoup mûri. J'ai une famille. Beaucoup d'amis. Une carrière universitaire passionnante.

— Mon pauvre poussin, lui dit sa femme. Le stalinisme, dieu soit loué, appartient au passé. Tu es une victime, comme les autres. Allez, n'y pense plus. Concentre-toi plutôt sur ton doctorat. La soutenance est pour bientôt. Regarde comme ton petit Vassili est fier de toi !... Vassik, fais coucou à papa !

Avec une telle famille, on peut être serein. Le moral remonte, la guérison est en marche. Il ne voit plus Kabo derrière chaque arbre. Monocle passe à la Galerie Tretiakov – pas de Kabo non plus ! On dirait que le type a cessé de le harceler. C'est qu'il a eu le bon réflexe de l'affronter, l'autre jour, au Manège. Avec ces losers, il faut se montrer ferme. Ne pas leur laisser prendre un avantage psychologique.

Les mauvais rêves s'espacent. La soutenance, elle, se rapproche.

Nous y sommes enfin, dans la salle de l'Institut d'histoire culturelle.

Monocle, la gorge nouée, salue le jury, le public.

Kroujkov, le directeur de l'Institut, expose une courte biographie de Monocle. Des articles brillants dans de prestigieuses revues. Des voyages d'exploration en Asie centrale...

— Quelqu'un veut-il ajouter quelque chose ?... Des questions ?...

Un petit vieux se lève au fond de la salle.

— Moi, Monsieur le président.

Le débris vient à la tribune, se tourne vers le public.

Youri Bréguel !

— Je voudrais lire une déclaration, que l'on a rédigée ensemble avec mon camarade Vladimir Kabo, et qui, nous le pensons, va apporter des éléments importants sur la personnalité du candidat.

Dans un silence sidéral, il livre à la connaissance de tous ce que Monocle sait déjà.

Comment ils ont été piégés. Patiemment. Délicatement. Avec l'amour du travail bien fait.

Et les cinq ans de camp qui ont suivi.

— Regardez bien cet homme, conclut Bréguel en désignant de son doigt Monocle. Voici un délateur de la pire espèce. Un *seksot* !

Consternation générale. Jamais personne n'avait fait une chose pareille : dénoncer publiquement un *seksot*.

Le mot même, *seksot*, fait peur. Personne ne le prononce à voix haute, craignant quelque déchaînement de force occulte. Dans la salle, les candides se regardent sans comprendre : c'est quoi un *seksot* ? Y a-t-il un rapport avec *sexe*, qu'on croit entendre dans le mot ? On les met au parfum, en chuchotant rapidement : *seksot*, *SEKretnïï SOTrudnik*, collaborateur secret.

Soudain, on comprend : on a un *seksot* en pleine lumière !

Le jury ne cache pas son embarras.

La femme de Monocle sanglote.

Monocle, livide comme la statue du Commandeur, s'enroule dans ses propres bras.

Finalement, le président se décide :

— Aussi intéressant que puisse être ce témoignage, je considère que le camarade Bréguel s'est trompé d'adresse. Ici, nous parlons science, et science exclusivement.

Un membre du jury embraye :

— Il y a eu amnistie. Les camarades Bréguel et Kabo ont été réhabilités en 1956. L'affaire est close. Place à la science.

Traumatisée, la science desserre les dents et

monte à la tribune. Sonnée, le teint vitreux, elle ânonne ses thèse, antithèse, conclusion.

Monocle obtient son doctorat, à la majorité des membres du jury.

La soutenance s'est bien passée, globalement.

Sans entrain, le président le félicite. Les membres du jury serrent sa main sans vie. On ne s'éternise pas.

Personne n'est présent au pot prévu pour célébrer l'événement. L'heureux lauréat se terre dans les bras de sa femme :

— Foutue… ma vie est foutue… ma carrière est foutue… Bande de salauds !… Ils n'ont perdu que cinq ans, alors que moi… moi…

L'événement fait instantanément le tour des facs d'architecture et d'archéologie, et se propage au-delà. Monocle devient une star – on ne parle que de *ça*. Quand il s'approche un peu trop près : « Vingt-deux, voilà le *seksot* ! » Le cercle de ses amis se vide instantanément. On refuse de lui serrer la main, on se détourne dans les couloirs. Tous ceux qui ont beaucoup traîné avec lui, Gleb, Irina, Boris, font des insomnies froides en se remémorant les blagues sur le régime qu'ils ont pu lui raconter. « Putain, et moi qui lui ai parlé de ma radio bricolée pour capter les ondes courtes. » « Dire que j'ai voulu frimer en lui montrant mon *Docteur Jivago*. » « Combien d'autres individus comme lui se terrent parmi nous ? »

Chacun fait le point sur ses amitiés. On devient soudain beaucoup plus prudent, on fréquente moins, le cercle des intimes se resserre. « Dans le doute, abstiens-toi d'inviter chez toi. »

Ivanov aussi se rend compte que quelque chose ne tourne pas rond : la productivité de Monocle a chuté.

Le gars rate un rendez-vous de liaison.

Au rendez-vous suivant, il desserre à peine le bec.

Ivanov, qui a plus d'un informateur dans son sac, a tôt fait de connaître par d'autres cloches toute l'étendue du désastre.

Il n'y a pas de quoi se réjouir : non seulement un de ses meilleurs éléments est grillé, mais le précédent est catastrophique pour les affaires. M'enfin, ça ne se fait pas ! On ne délate pas un délateur ! Surtout publiquement ! Vous vous rendez compte de la mauvaise publicité ? Des difficultés qu'on aura maintenant pour recruter ?

Le lieutenant est d'autant plus choqué que Monocle est placé sous sa responsabilité directe. D'ici que l'affaire s'ébruite dans le service…

Ils sont donc deux maintenant à tirer la gueule sur le banc du boulevard Gogol.

— Kabo, Bréguel, il va sans dire qu'on va les pénaliser du mieux qu'on peut, dit enfin le lieutenant. On va guetter la moindre parole déplacée, le moindre faux pas. On est du genre rancunier. On rend les coups.

— Le professeur Jitkovski a refusé de me saluer ce matin, gémit Monocle. Et Glazounov a dit qu'il ne cosignerait pas avec moi le papier sur les origines de Samarkand. Chez les architectes, on me tourne le dos…

— Laissons le temps faire son travail, soupire le lieutenant. Tenez, et si on vous trouvait un boulot dans une autre ville, le temps que la poussière retombe ?... On pourrait même vous envoyer à l'étranger, à terme. Oui, à l'étranger, mon ami. En Allemagne de l'Est. À Dresde. Dites-le à madame votre épouse pour lui remonter le moral.

Savoir récompenser ses troupes développe la loyauté.

— Mais il faudrait se ressaisir, hein. N'oubliez pas nos chantiers : Abram Tertz, Arjak sont une priorité.

On venait d'apprendre que l'Occident s'était enrichi d'une nouvelle œuvre d'Abram Tertz, un roman, *Lioubimov*, paru en russe à Washington.

D'abord un essai, puis des nouvelles, maintenant un roman ! Ce sera quoi le prochain coup ?... Un opéra ?

L'honneur des services compétents est en jeu.

Le texte est une sacrée provocation : on y découvre une petite ville soviétique, Lioubimov, qui décide de faire sécession. Malgré la présence d'un komsomol local tout à fait dynamique et de tous les attributs municipaux d'une ville soviétique normale, elle déclare son indépendance.

Son indépendance ! On croit rêver.

Et comme si ça ne suffisait pas, voilà qu'on décide d'y bâtir un communisme utopique, où tout le monde pourrait manger du saucisson à volonté et boire de l'alcool sans ressentir d'ivresse.

Autant dire qu'Abram Tertz en appelle à un coup d'État. Grotesque, surréaliste, mais coup d'État quand même. Le diagnostic du juge d'instruction Pakhomov est sévère :

— Terrorisme par voie de littérature.

Chmakov est aux anges :

— En d'autres temps… tak ! tak ! tak !

En attendant, il court toujours, le furet.

— Allez, on se mobilise, mon vieux ! s'exclame Ivanov sur le banc du boulevard Gogol, et cette injonction s'adresse aussi bien à Monocle qu'à lui-même.

XVIII

Enfin on le tient !

Des infos précieuses viennent de tomber. Un certain Ioulian Grigorievitch Oksman, docteur ès lettres, spécialiste de Pouchkine, a été pris la main dans le sac. Il a tenté de faire passer une longue missive à Gleb Struve, professeur à Berkeley, qu'il a truffée de poèmes interdits de Mandelstam, Akhmatova, Goumilev. L'étudiante américaine en stage à Moscou qui servait de mule s'est fait intercepter par les services compétents.

Oksman a été aussitôt mis sous surveillance.

Puis arrêté car on a besoin de faire vite.

Une vieille connaissance, cet Oksman. Arrêté en 1936 pour « tentative de sabotage du centenaire de Pouchkine par moyen du ralentissement volontaire de la publication des œuvres complètes de Pouchkine, éditées en 16 volumes par l'Académie des sciences », il est parti pour cinq ans à la Kolyma. En 1941, il écope d'une autre condamnation « pour diffamation envers la magistrature soviétique », spécialement concoctée pour qu'il ne sorte pas trop vite. Quand on le libère enfin en

1946, il parvient à trouver un poste à l'université de Saratov. Réhabilité en 1956. Retour à Moscou en 1958.

Tiens donc, 1958. La veille de la première publication d'Abram Tertz en Occident.

Il ne serait pas juif, Oksman ? On dirait bien.

Lors de la perquisition, on trouve à boire et à manger : un exemplaire des *Nouvelles fantastiques* d'Abram Tertz, un exemplaire d'*Ici Moscou* de Nicolaï Arjak.

Sachant que les deux livres sont rarissimes en Union soviétique, il est troublant de tomber sur les deux *simultanément*.

Il y a comme ça des coïncidences qui n'en sont pas.

C'est aussi un lettré, Oksman. Il est du genre à aimer *Huit et demi*.

On l'aurait aperçu à l'enterrement de Pasternak, même si aucune photo ne le confirme.

À soixante-cinq ans passés, avec dix ans de Kolyma dans la colonne vertébrale, il est usé. Il n'a plus rien à perdre. Ce qui expliquerait son courage : il se tient droit dans les yeux, répond avec un mépris teinté d'arrogance, se sert de sa culture pour regarder Pakhomov de haut. Un vrai Abram Tertz.

Dans son appartement, on retrouve des lettres de Struve. Cet agent de l'impérialisme américain écrit ceci à Oksman : « J'ai préparé un document pour la publication, sans aucune indication de votre nom véritable, bien sûr. »

— Éclairez ma lanterne, ça ne serait pas *Le Réalisme socialiste*, des fois ? demande Pakhomov.

— Je ne me souviens plus, répond l'effronté. Je ne suis plus tout jeune. Dix ans de camp…

— On sait, on sait, s'agace Pakhomov.

Les interrogatoires s'enchaînent. Le suspect finit par lâcher :

— Je reconnais avoir reçu de la part de Struve des revues et des livres qui peuvent être considérés comme antisoviétiques. Mais je ne suis pas Abram Tertz.

Ou bien :

— Je reconnais avoir transmis en Amérique des poésies inédites de Mandelstam, Akhmatova, Goumilev afin que leur œuvre soit préservée. Ce sont d'immenses poètes, broyés par le stalinisme. Défendre leur mémoire n'est pas antisoviétique. Et je ne suis pas Abram Tertz.

Quelle tête de mule !

— Vous avez publié de vilaines choses à Paris, dit Pakhomov, sûr de son fait.

Il pense à un article qui a fait du bruit, « Des stalinistes toujours présents parmi les écrivains et les savants soviétiques ». Drôle de titre, explicitement revanchard et violent. Signé anonymement « N.N. », publié en août 1963 dans le journal des émigrés *La Pensée russe*, repris un peu partout, y compris à *Radio Svoboda*, il a provoqué des crises d'angoisse chez une dizaine de mouchards, cités nommément.

Comme par hasard, un carnet de notes d'Oksman, saisi pendant la perquisition, contient un brouillon de l'article en question.

— Allez, quoi. Arrêtez de faire l'autruche, insiste Pakhomov. C'est vous, derrière ce « N.N. ».

— Prouvez-le, taquine Oksman. Et il faudrait savoir : si je suis Abram Tertz, comme vous dites, pourquoi signerais-je « N.N. » ?

Oksman a la dureté tranquille. Un dégoût infini se lit dans son regard, qu'il combine avec une prudence de chat échaudé.

Une vingtaine d'interrogatoires plus tard, on le relâche faute de preuves. Les services n'ont trouvé aucun témoin pour étayer leur enquête. À part les lettres de Struve et quelques notes dans un carnet, son dossier est vide.

Or il n'est pas question de faire une erreur judiciaire.

Quand un type est coupable, on le klaxonne. Quand il est innocent, on le libère. C'est aussi simple que cela.

Ivanov s'extasie de l'humanisme du système. Vous ne voulez pas subir de perquisition, être arrêté, avoir des ennuis ? Occupez-vous de vos oignons et cessez de gangrener l'idéal de ceux qui veulent changer le monde. On n'exige pas de vous d'être un parfait communiste, mais au moins ne salopez pas les efforts des autres. Ce n'est pas qu'on vous demande de marcher sur l'eau ! Les règles du jeu sont limpides. Personne n'est pris au dépourvu.

Oksman est renvoyé de l'Institut – c'est la moindre des choses, compte tenu de la faiblesse morale dont il a fait preuve. Quelle idée d'écrire en secret à un universitaire américain en exhibant sans pudeur notre linge sale ! Comment voulez-vous lui confier l'éducation de la jeunesse ? Ce serait déplacé. On l'exclut également de l'Union des écrivains soviétiques. Et l'on efface son nom des comités de rédaction. Cet homme ne doit plus avoir de responsabilités culturelles. Ouste ! à la retraite !

La déception Oksman plombe l'ambiance du service. Est-on aussi compétents qu'on le prétend ? Jamais, de mémoire d'agent d'État, n'a-t-on mis autant de temps pour démasquer un intellectuel.

Passe encore que des assassins rustiques échappent parfois à la police – leur délit est ponctuel, circonscrit dans le moment du crime, il arrive que le hasard efface des indices et il peut ne pas y avoir de témoins. Tout le contraire d'Abram Tertz. Cet homme travaille dans la durée. Il est certain que des gens l'ont vu à l'œuvre. Sans doute a-t-il lu ses textes à sa femme, à des amis : les Russes qui se piquent de littérature aiment ces réunions où l'on partage les créations des uns et des autres. Quelqu'un a fait passer les manuscrits en Occident. Un autre les a publiés. Cela en fait du monde. Et l'on est infoutus de l'attraper !

La soupe à la désillusion barbote dans la gorge. Et, comme si ça ne suffisait pas, on apprend une terrible nouvelle : Maurice Thorez est mort.

Comme chaque été, Thorez était en vacances en Union soviétique, en mer Noire, quand soudain… La sergente Liouba est en larmes.

Le corps du grand homme est rendu à la France, mais ses funérailles spirituelles ont lieu à Moscou.

Partout, son nom, entouré d'un cadre noir.

Partout, sa photo, lourdement retouchée et imprimée en gros points noirâtres sur du papier baveux.

Ivanov, comme tous les cadres du service, est tenu de faire la gueule.

Surpris en pleines vacances d'été, les profs de français savent déjà de quoi la rentrée sera faite : il faut prévoir des exposés Maurice Thorez, un tableau d'honneur Maurice Thorez, un article Maurice Thorez pour le journal de l'école. Alors on découpe les journaux, on stocke. Qu'on n'ait pas à réinventer la roue !

Dans *Ogoniok*, on découpe : « Maurice Thorez a forgé le Parti communiste français, a fait de lui un grand parti, fidèle aux principes du marxisme-léninisme. » Dans *Moskovskii Komsomoletz* : « La nouvelle du décès de Maurice Thorez nous a chamboulés. Le camarade Maurice Thorez était un combattant passionné pour la paix. »

Ivanov, qui lit aussi *Ogoniok* chaque semaine, médite sur le témoignage d'André Voznessenski, le poète libéral, adulé par la jeunesse anticonformiste (ce qui ne le prive nullement de son autorisation de faire de petits séjours en France ou en Italie) : « Thorez aimait la poésie comme personne. À minuit passé, assis autour d'une table servie généreusement mais simplement, comme mangent les paysans français, son fils Paul, élancé, les yeux clairs, lit du Verlaine, du Hugo. Thorez lève son verre et boit à la poésie. »

Devant une telle unanimité, en plein centre de Moscou, le quai Sainte-Sophie ne peut faire autrement et change soudain de nom. Les trafics en tout genre, les deals de devises et de jeans, les propositions malhonnêtes se feront désormais quai Maurice-Thorez.

Ivanov et tous les francophones sont mobilisés pour nettoyer la zone en prévision de la visite d'une délégation du PCF.

D'aucuns jugent qu'un quai, une rue, une station de bus, cela fait mesquin pour un homme aussi immense. Alors on décide de lui dédier une ville entière. C'est Tchistiakové, bled minier du Donbass, 90 000 habitants, qui tire le gros lot. Grandiose Tchistiakové ! Immortelle cité ! Tchistiakové est morte, vive Torez !

Sur le modèle de soudure qui a servi pour façonner « Leningrad », on a failli avoir un « Thorezgrad », mais on est allé à l'épure – Torez.

Le premier torézien est un garçon (forcément !) né le 16 juillet 1964, à la clinique n° 5. On l'a appelé Maurice – avait-on le choix ?

À Torez, une délégation du PCF tire sur la ficelle d'une plaque sous l'œil vigilant d'Ivanov.

Les rues sont propres, passées au jet d'eau dès l'aube.

La racaille de Tchistiakové a été promptement nettoyée par des volontaires komsomols encadrés par du personnel compétent.

Léon Garric, délégué de la fédération des Hautes-Pyrénées, y rappelle alors quelques fondamentaux. « Le Parti communiste de l'URSS et le Parti communiste français sont unis par leur identité de vues sur tous les problèmes idéologiques et politiques fondamentaux de l'actualité. Vive l'internationalisme prolétarien ! »

Nikonovitch ne peut s'empêcher de bâiller. Est-ce vraiment utile, ce verbiage ?

Car pendant ce temps, il court, il galope, Abram Tertz !

Tandis qu'il court, un autre nom illustre s'encadre de noir.

Un mois après Thorez, Palmiro Togliatti meurt à son tour. À Yalta, lui aussi. Après avoir visité un camp d'été de petits pionniers – arrêt cardiaque. Décidément !

Et rebelote.

« Un intrépide combattant pour la paix... » « Ami fidèle de l'Union soviétique... » « Dirigeant remarquable, non seulement du Parti communiste italien, parti le plus puissant de l'Occident, mais aussi du mouvement communiste international... » « Partout on pleure Togliatti, Togliatti l'irremplaçable, a souligné le philosophe progressiste français Jean-Paul Sartre... » *Ogoniok*, *Troud*, *Moskovskiï Komsomoletz*...

Comme pour Thorez, une déferlante de baptêmes. Les rues changent de nom comme des dominos qui tombent. Des stations de bus, des places, des parcs... Une université, celle d'ingénierie et d'économie de Leningrad, se pince et se réveille... université Togliatti.

Et une ville, bien sûr ! Peut-on faire moins pour Togliatti que pour Thorez ? La grosse Stavropol est choisie. 123 000 habitants et des usines, des usines, des usines. Caoutchouc, azote, phosphore... Togliatti, la ville, sera une mâchoire industrielle.

Ivanov, Nikonovitch ne chôment pas. Comme ils ont bien géré Thorez, on les parachute aussi sur le front Togliatti. Accompagner, surveiller, encadrer, nettoyer…

Ils en ont avalé des discours !

— Je commence à saturer, avoue Nikonovitch.

Ivanov, bien que fatigué, en profite pour apprendre des rudiments d'italien. *Rivoluzione d'ottobre. Per la pace. Avvenire.*

Après chaque événement, on rend compte. Comment étaient l'atmosphère, la propreté des rues… La teneur des conversations des délégations française et italienne, mais aussi des frères bulgares, hongrois, allemands… Les traductrices d'Intourist ont-elles bien rapporté ?

On complète les fiches (déjà denses) des délégués étrangers. On doit tout savoir sur nos alliés. Les nuances d'opinion sont aussi importantes que l'orientation sexuelle – de ce point de vue, Léon Garric, des Hautes-Pyrénées, s'en sort remarquablement. Il semble hétéro (il a fait des avances à ses deux guides) et s'aligne rapidement sur le moindre souffle venu de Moscou. Il a le potentiel pour grimper au sommet. Dommage que la fédération des Hautes-Pyrénées soit à ce point négligeable dans l'appareil communiste français – ce n'est pas la Seine-Saint-Denis ou le Pas-de-Calais.

L'agitation autour de Thorez et Togliatti ne faiblit pas en septembre, rentrée scolaire oblige, et se propage même en octobre : il est prévu que deux portraits géants bordés de noir soient portés lors du traditionnel défilé militaire prévu pour célébrer l'anniversaire de la Révolution. Thorez et Togliatti seraient même placés devant les portraits habituels, celui de Khrouchtchev, de…

NOUS INTERROMPONS CE RÉCIT POUR UN COMMUNIQUÉ OFFICIEL : « LE PLÉNUM DU COMITÉ CENTRAL DU PARTI COMMUNISTE D'UNION SOVIÉTIQUE A ACCEPTÉ LA DEMANDE DU CAMARADE KHROUCHTCHEV NIKITA SERGUEÏEVITCH RELATIVE À LA DÉCHARGE DE SES RESPONSABILITÉS DE PREMIER SECRÉTAIRE DU PARTI POUR CAUSE D'ÂGE AVANCÉ ET D'UNE DÉGRADATION DE SON ÉTAT DE SANTÉ. LE PLÉNUM DU COMITÉ CENTRAL DU PARTI COMMUNISTE D'UNION SOVIÉTIQUE A CHOISI LE CAMARADE BREJNEV LÉONID ILITCH AU POSTE DE PREMIER SECRÉTAIRE. »

En ce 14 octobre 1964, les services compétents sont à l'image de tout le pays. On ne parle que de ça.

« Âge avancé », « dégradation de l'état de santé » : on comprend ce que ça veut dire. Il y a eu un coup d'État, et Khrouch, comme on l'appelle avec une certaine condescendance non dénuée d'une pointe d'affection, a été forcé d'abdiquer. Tout s'est passé en douceur : l'évincé a remis « volontairement » sa démission. Il est évident que les services ont cautionné la manœuvre.

— C'est bon pour nous, ça, estime le colonel Volkov.

— C'est mauvais pour moi, tranche Abram Tertz avec son sixième sens pessimiste.

L'hiver sera froid.

Comme beaucoup, il ne peut s'empêcher de bien aimer Khrouch – ce sentiment s'est démultiplié depuis le communiqué à la une de tous les journaux. Car il est connu que dans ce pays de malheur ce sont toujours les pires qui s'enracinent.

Si Khrouch a été viré, c'est qu'il n'était pas si méchant ou tordu. Franc, sincère et naïf, ce Khrouch ! Et donc fragile.

Khrouch, dont le diminutif sonne comme un nom de légume, en ce 14 octobre 1964, on le regrette déjà.

Malgré Pasternak, malgré la traque aux livres clandestins, malgré les « pédérastes », Khrouch, c'est le souffle de la vie. La déstalinisation. Des millions de zeks rentrent à la maison. La fin de la peur bitumeuse, celle qui colle à l'échine et vous suit partout, jour et nuit.

Khrouch, c'est aussi l'époque où Abram Tertz ne s'est pas fait attraper.

Et où il a rencontré la femme de sa vie.

Un âge d'or !

— C'est dommage que notre enfant ne naisse pas sous la bonne étoile Khrouch, se lamente-t-il.

Plus que trois mois à attendre. Le ventre de sa femme est parfaitement rond.

Là-dedans mijote un bonhomme conçu sous Khrouchtchev, c'est déjà ça de pris. Qu'il s'estime heureux. On ne pourra pas dire qu'il est entièrement brejnévien.

Brejnev, quand on voit son visage sans vie à la une des journaux !

Une tronche placide qui fige tous les élans. Un marécage.

— Moi, je le trouve plutôt beau gosse, dit Larissa. Avec ses sourcils virils.

Ivanov est agacé par cette remarque déplacée. Quel rapport ont les sourcils d'un homme avec sa droiture politique ? Il est catégorique :

— Le parti a raison, c'est Brejnev qu'il nous faut. Un fils de métallurgiste.

Dans le journal, on rappelle ses faits d'armes pendant la guerre – il était commissaire politique.

Un jour, la vedette où se trouvait le colonel Brejnev a heurté une mine flottante. Des matelots se sont jetés à l'eau pour le sauver.

Un autre jour, tandis que des Allemands se rapprochaient des positions soviétiques, il a repéré la manœuvre et a obligé les soldats à ouvrir le feu à la mitrailleuse lourde, jusqu'à ce que l'ennemi recule.

Blessé, il a été décoré de l'ordre du Drapeau rouge.

Comme tous les cadres compétents, Ivanov apprend rapidement la biographie du nouveau chef et oublie celle de l'ancien. À quoi bon ressasser le passé ? Avançons dans l'époque nouvelle ! Faisons confiance au nouvel ange gardien !

Il fait bien : l'amour fonctionne d'autant mieux qu'il est réciproque. Sitôt le nouveau maître a senti la dévotion, sitôt des moyens ont été débloqués. Les ampoules grillées sont maintenant remplacées plus rapidement. On change aussi les tapis usés. Les grooms grincheux des portes. On installe enfin des cuvettes dans les W.-C. des opérationnels. Volkov avait raison : on les chouchoute. Entre les services et Brejnev, c'est une idylle.

Ivanov a maintenant une Erika pour lui tout seul. Et les fournitures qui vont avec. Des rubans d'encre par centaines (il y a même des bicolores, noir et rouge). Du papier carbone en quantité !

De nouvelles armoires d'archivage, plus solides

et pratiques. Avec un système de dossiers suspendus, à l'occidentale.

Dans une pièce consacrée trône le nouveau copieur Xerox 914, acheté par l'ambassade soviétique à Vienne, et expédié par container spécial à Moscou.

Sept copies à la minute. Sur papier ordinaire ! Une précision diabolique.

Les haut gradés font la queue pour faire joujou avec la merveille.

Elle est tombée en panne une semaine après son installation.

On vient l'admirer quand même.

Pas étonnant dans ces conditions que le moral des troupes remonte. Oubliées les mésaventures de Novotcherkassk, le train-train épuisant de la chasse au dealer, les filatures d'illuminés qui s'échangent des poésies de Mandelstam.

On dort mieux et l'on se trouve plus beau dans le miroir.

On arrive au bureau avec l'idée de bousculer le monde.

Et l'on a plaisir à faire attention aux détails.

C'est ainsi qu'en recevant de Washington le dernier livre de Nicolaï Arjak, *Rédemption*, le juge d'instruction Pakhomov le lit avec plus d'attention que d'habitude.

Drôle de récit. Comme un air de déjà-vu. L'histoire de deux amis, Félix et Victor. Félix a été arrêté et déporté – nous sommes à la fin des années 1940. Pendant ses années de goulag, il médite (comme l'ont fait Kabo et Bréguel) et il parvient à la conclusion erronée que Victor est le seul à avoir pu le dénoncer.

Rentrant des camps après l'amnistie, Félix vient harceler Victor – comme Kabo est venu hanter Monocle. Puis il l'accuse publiquement, et livre sa version des faits à qui veut bien l'écouter. (« Quel enfoiré, ce Félix ! » pense Pakhomov.) C'est alors que le récit prend un virage surprenant. Bien qu'innocent, Victor ne proteste pas. Il sent que, comme tout le monde, il est « fautif de n'avoir rien empêché ». Il ne fait rien pour se justifier : tout le monde le croit donc coupable. Sa fiancée le quitte. Sa vie professionnelle est détruite. Il finit à l'asile. Anéanti par ricochet sur la culpabilité collective. (« Quelle lopette ! » se dit Pakhomov.)

Le juge d'instruction referme le livre et en parle immédiatement à Ivanov, car la mésaventure de Victor lui semble en prise directe avec une histoire récente dont il a eu vent.

— Tudieu ! percute Ivanov.

Le texte d'Arjak singe ce qui est arrivé à Monocle.

Sauf que les couleurs du récit semblent inversées, comme quand on regarde un négatif. Victor est innocent de ce dont on l'accuse, alors que Monocle est coupable. La fiancée de Victor ne supporte pas l'idée de rester avec un *seksot*, la femme de Monocle l'assume parfaitement. Victor veut bien être un bouc émissaire pour expier une faute collective quand Monocle est dans le déni de son vice personnel. Il est cependant évident que, dans ses grands traits comme dans les détails psychologiques, c'est la même histoire.

Impossible que ce soit une coïncidence.

Ils vérifient la date de publication : elle est

antérieure à la fameuse soutenance publique où Monocle a été abattu en plein vol. Compte tenu du temps nécessaire pour faire passer un texte en Occident et des délais techniques d'impression, on en déduit… on en déduit…

Arjak connaissait l'activité secrète de Monocle bien avant tout le monde, ainsi que le rôle qu'il a joué dans l'affaire Bréguel et Kabo.

Il faut chercher Arjak dans le cercle immédiat de Monocle.

On est sur une piste sérieuse.

— Ça ne serait pas lui, Arjak, des fois ? se demande même Pakhomov.

Ce serait le pompon.

Ivanov lui fait remarquer que c'est impossible. Les services compétents l'encadrent personnellement depuis des années. On ne compte plus les affaires lancées grâce à ses informations avisées. Notre *seksot* trouve tellement de plaisir à dénoncer ses camarades qu'on ne voit pas bien ce qui le motiverait à se saborder de la sorte.

Pakhomov n'est pas forcément convaincu, mais, dans les jours qui suivent, ils reçoivent via leur ambassade à Washington une copie du manuscrit original – un agent d'influence a réussi à se le procurer chez l'imprimeur. Une copie de qualité supérieure, faite sur une Xerox 914, où l'on distingue bien les particularités de la machine à écrire utilisée. On compare avec la machine de Monocle (ce ne sont pas ses rapports qui manquent). L'analyse scientifique le confirme : Monocle n'est pas Arjak.

Naturellement, on pense à Kabo, à Bréguel.

— Absurde, dit Pakhomov. Sachant que son

texte est déjà en Occident, quel est l'intérêt pour un Bréguel-Arjak de se payer publiquement Monocle avec son cirque à la fac si, par la même occasion, il se fait démasquer ?… Non, non, et non. Je rappelle qu'ils ont déjà cinq ans de camp dans les pattes, ça refroidit les têtes brûlées.

Ils creusent quand même cette piste, sans résultat. Kabo et Bréguel ont bien chacun une machine à écrire, mais une enquête rapide montre qu'elles n'ont rien en commun avec celle qui a servi à commettre le crime.

Ça ne décourage pas les services pour autant, au contraire.

Si ce n'est pas Kabo… Si ce n'est pas Bréguel…

— Pas question de se précipiter comme avec Oksman, leur dit le général de brigade Zoubov, quand il apprend qu'il y a du progrès.

Zoubov appartient au commandement général, il est au-dessus du colonel Volkov – c'est dire si l'affaire Tertz-Arjak est maintenant classée « A ».

— Vous y allez doucement, répète Zoubov. Et vous me cernez toute cette clique dans une mâchoire d'acier.

Poirot-Pakhomov et Sherlock-Ivanov font le point.

Ils convoquent Monocle, ils refont le film de ses fantômes. Bréguel. 1954. À la bibliothèque, il ne se passe rien, Monocle s'enfuit. Puis à la cafétéria, Monocle est allé le saluer et l'autre a refusé de lui serrer la main.

— Qui était présent ?

— Mes copains, des gens de mon groupe. D'autres étudiants. La cafète est toujours bondée.

Pakhomov, Ivanov se font pressants :

— Réfléchis, bon Dieu !

Monocle se souvient : l'atmosphère était pesante. Malaise. Besoin de se justifier devant ses amis qui l'interrogeaient du regard. Sur le ton de la rigolade, il a dû enfumer son monde : « Je ne comprends pas. Bréguel pense que j'y suis pour quelque chose, dans son histoire de goulag. Il est fou, cet homme, il est fou ! »

Soit Arjak assiste à cette scène, soit elle lui a été rapportée par un témoin direct.

Ils passent les jours suivants à puiser dans les recoins de la mémoire. Qui était autour de Monocle en 1954-1955 ? Dans quelles circonstances ? Monocle patauge. Lui qui a d'habitude une excellente habileté à retenir les phrases compromettantes de ses camarades pour les restituer à la bonne porte, ne parvient guère à se concentrer. On dirait que l'art qu'il pratique sur les autres ne marche pas quand il veut se l'appliquer à lui-même. Ce qu'on dit du cordonnier...

— Je ne sais plus, les gars... Je ne vois pas...

À la honte d'avoir peut-être côtoyé Arjak sans même s'en être aperçu, lui, le *seksot* parmi les *seksots*, s'ajoute celle de lire la déception dans les yeux de ses protecteurs.

— J'ai perdu mes moyens, constate Monocle, effondré.

Il se souvient alors qu'il a déjà réfléchi à la question Arjak. C'était il y a deux ans, après l'émission de *Radio Svoboda*. Le voleur lui a piqué son idée de la Journée des meurtres autorisés.

Pakhomov n'en croit pas ses oreilles :

— Tu as eu l'idée d'un des livres d'Arjak ? Toi ?

Monocle se vexe presque.

Pourquoi ne pourrait-il pas trouver de bons sujets ?... Comme beaucoup, il a la fibre littéraire. Une sensibilité d'artiste.

— Sauf que t'as pas de couilles, rigole Pakhomov.

Tout le monde (excepté Monocle) est d'excellente humeur. Car on sent le poisson pas loin du filet.

— N'empêche, tu aurais dû nous rapporter le fait immédiatement, s'agace Ivanov.

— J'ai cru à une coïncidence, se justifie Monocle.

Mieux vaut tard que jamais. Allez, on se met au travail, on rattrape le temps perdu.

Ils font donc des listes, ils explorent, ils éliminent.

Les listes raccourcissent, comme les jours.

— Je ne vois pas, je ne vois toujours pas, répète Monocle.

Un super-héros qui aurait perdu ses superpouvoirs ne serait pas plus effondré.

Soudain Pakhomov, qui est fin psychologue comme doit l'être un juge d'instruction, a une illumination.

— On évite de commettre un crime quand on est à côté d'une balance. C'est instinctif. Si j'étais Arjak, je chercherais à prendre mes distances avec Monocle avant de me lancer dans une activité antisoviétique.

Ils se penchent alors sur les vieux amis de Monocle, ceux qui étaient dans le premier cercle au début des années 1950, et qui se sont éloignés.

Il y a un ami d'enfance, André. Le prof de littérature, amateur de Picasso, constamment dans la lune. Ils ont été au lycée ensemble. Il porte maintenant une barbe rectangulaire à la russe, on dirait un pope.

Il y a Youli, le traducteur. Charmeur et bohème.

Les liens se sont distendus au fil du temps.

Monocle n'a pratiquement plus vu André depuis 1960. C'est étrange. Alors qu'ils étaient très proches, André a toujours une excuse maintenant pour éviter les invitations. « Trop de travail à la fac : période d'examens. » « Je suis en retard pour un papier à rendre. » « L'architecture d'Asie, ce n'est pas ma tasse de thé. » Tu parles !

Une des dernières fois qu'il l'a croisé, c'était à l'enterrement de Pasternak. Maintenant qu'il y pense, il y avait Youli aussi.

André Siniavski et Youli Daniel.

Pakhomov est heureux :

— Pasternak ? Allons regarder les photos.

Ils s'entourent d'images glanées par les opérationnels. On repère l'homme à barbe rectangulaire. Ça par exemple ! C'est l'un des deux blaireaux qui portent le couvercle du cercueil. L'autre étant... Youli Daniel.

— Je veux leurs biographies complètes, ce soir, sur mon bureau ! s'enthousiasme Pakhomov.

Élémentaire, quand on a un système de classement performant, à entrées multiples.

D'ailleurs André Siniavski n'est pas un inconnu des services. Son père, Donat, a été arrêté en 1951.

Accusé d'être un espion occidental pour avoir distribué de l'aide américaine aux affamés de 1922, il a été libéré (par on ne sait trop quel miracle) six mois plus tard.

On comprend où a pu germer l'antisoviétisme de cet homme, analysent nos fins limiers.

Un autre détail est capital : on retrouve dans les archives le nom d'Hélène Peltier, cette Française fille d'attaché militaire. En 1947, l'histoire naissante entre Hélène et André a été dûment repérée et documentée, et l'on pensait même s'en servir un jour : espionner son amiral de père par ricochet sur les amourettes de la fille. La belle s'étant désintéressée de son Russe (a-t-elle senti le danger ?), le plan a capoté. Elle n'est retournée en Union soviétique qu'après 1954.

— Je veux tout connaître des allées et venues d'Hélène Peltier dans notre pays depuis cette date.

Rien de plus facile quand chaque touriste est surveillé. En principe. Car on peut regretter un certain laxisme dans cette pratique dès lors que le pays s'est entrouvert aux étrangers, tout à son euphorie du « dégel ».

— On était en sous-effectif, plaide Ivanov devant les angles morts et les taches blanches dans le suivi de cette Hélène Peltier.

On sait qu'elle est venue à Moscou à plusieurs reprises et qu'elle manœuvrait dans l'entourage de la fac de lettres.

Le cheminement des manuscrits se précise. Siniavski en est l'élément clé. Qu'il soit Tertz ou Arjak, peu importe, l'homme fait passer sa contrebande à Peltier qui la transmet à un complice de l'ambassade de France – on a la confirmation qu'elle s'y rendait souvent. Puis la prose antisoviétique quitte le territoire par valise diplomatique.

— On met Siniavski et Daniel sous contrainte opérationnelle.

« Contrainte opérationnelle », cela veut dire qu'il y aura du boulot. On veut tout comprendre de leur réseau. On fait une enquête de terrain. On écoute les conversations téléphoniques. On lit le courrier. On place des micros dans l'appartement. Et on les file, bien entendu.

L'idéal serait de les neutraliser au moment même où ils remettent un manuscrit antisoviétique à cette Hélène Peltier.

À défaut, on accumule des faits, des coïncidences.

On peut s'aventurer à fouiller leur appartement pendant leur absence, comme on a fait avec Penkovsky.

Avantage : si on découvre un manuscrit compromettant, l'affaire est dans le sac, on peut les arrêter direct.

L'inconvénient étant que ces appartements d'intellectuels sont encombrés de papiers. Allez savoir ce qu'il faut lire dans tout ce merdier ! Autant nos opérationnels sont bons à trouver des caches de devises ou de matériel d'espion, autant ils sont perdus quand on les met devant des montagnes de textes à décortiquer. Impossible de le faire rapidement et, surtout, de tout remettre en ordre.

— On se dépêche de prendre notre temps,

décrète le juge d'instruction. Quitte à attendre que cette Peltier vienne se fourrer dans la gueule de l'ours. Maintenant qu'on les a en ligne de mire, ils ne risquent pas de s'envoler, nos zoziaux !

XIX

En novembre 1964, la contrainte opérationnelle est en place.

Rapidement on a les noms des amis du premier cercle. Il y a l'historien d'art Igor Golomstock, le philologue André Menchoutine et sa femme Lydia, le poète André Serguéev et sa femme Lioudotchka, la prof de collège Emma Chitova, le restaurateur d'icônes Kolia Kichilov… Il y a Viktor Douvakine, l'incroyable spécialiste de Maïakovski : donnez-lui une date au hasard du calendrier et il est capable de dire ce que le poète faisait ce jour-là.

On y trouve aussi le jeune Volodia Vyssotski, qui vient souvent à la maison avec sa guitare chanter des chansons de voyous.

Macha, la femme de Siniavski, l'enregistre alors sur un magnétophone.

Les services compétents enregistrent les Siniavski qui enregistrent Vyssotski.

Ce barde, ce Vyssotski, est déjà fiché comme il se doit. À peine diplômé de l'école de théâtre MKhAT, il s'est retrouvé impliqué dans d'innombrables beuveries et scandales.

Quand Vyssotski se met à gueuler ses chansons, les murs tremblent. Le micro planqué dans le lustre devient saturé. Une tempête en mer Baltique que cette voix rauque :

Une guitare est en moi – les murs, dégagez !
Enfermé pour toujours par une méchante déveine…
Tranchez-moi la gorge, tranchez-moi les veines,
Mais ne coupez pas, de grâce, les cordes d'argent !…

Les services compétents se demandent ce qu'il faut en faire. Les textes ne sont pas antisoviétiques si on les lit littéralement, et dieu sait si des experts les ont lus et relus, mais l'attitude ! Pourquoi faut-il brailler ainsi comme un alcoolique ? Quel intérêt y a-t-il à chanter tout le temps la prison, à jouer au vaurien ?

Faut dire que l'homme hurle aussi des chansons sur la Grande Guerre patriotique, et ça vous prend aux tripes, comme le fait remarquer Nikonovitch.

— Tripes, squelettes ou nerfs optiques, je ne veux rien savoir, vous m'effacez vos enregistrements dare-dare, ordonne Pakhomov.

Il ne manquerait plus que Vyssotski se diffuse dans le service.

— Dites-moi plutôt de quoi parle le suspect. Avez-vous appris quelque chose ?

Rien, pour ainsi dire, en un mois d'écoute.

Le sujet de conversation numéro un est le bébé dont la naissance est attendue pour fin décembre. Les Siniavski sont persuadés que ce sera un garçon. Ils veulent lui donner un nom simple, très russe, campagnard.

— Une bonne idée, approuve Koulakov.

— Ils devraient choisir Ivan, dit Pakhomov. On ne fait pas plus classique.

— C'est légèrement simplet, Ivan, Ivanouchka, non ? se demande Koulakov.

Le lieutenant Ivanov, qui a toujours eu un léger complexe d'infériorité à cause de la banalité de son nom de famille, tique un peu.

Par superstition, Siniavski coupe court aux conversations sur les prénoms :

— Attendons qu'il naisse, et l'on verra.

— Il a raison ! ne peut s'empêcher Ivanov.

Depuis quelque temps, avec Larissa, ils font pareil, d'un tacite accord. Car plus on désire une chose, plus on donne d'indications au mauvais sort qui, c'est bien connu, s'échine à frapper là où ça fait mal. Parfois Ivanov se dit qu'ils n'auraient jamais dû papoter autant de leur envie d'avoir un enfant…

Quand ils ne parlent pas layette, les Siniavski discutent Pasternak. Et là, nos discrètes oreilles se tendent. Sauf qu'on ne déchiffre rien à ce que les suspects racontent. Poésie, poésie, poésie… Koulakov en a la tête qui tourne. On comprend cependant que Siniavski est en train de rédiger un texte sur Pasternak.

— On le tient !

L'euphorie est cependant de courte durée. Renseignements pris, on apprend que ça n'a rien de politique. Une anthologie de la poésie de Pasternak est en préparation aux très sérieuses éditions de l'Écrivain soviétique, dans la prestigieuse série « Bibliothèque du poète ». Le plus officiellement du monde, André Siniavski, en tant que premier spécialiste de Pasternak, a été invité à rédiger une longue introduction.

— Je ne comprends plus rien, se plaint Koulakov. Un jour Pasternak est O.K., un autre c'est le contraire. Faudrait savoir.

Il n'a pas tort.

— On n'est pas là pour juger de la qualité de la poésie de Pasternak, le rassure Pakhomov. À chacun sa croix. On est là pour appliquer les consignes.

— Putain, ça charge la tête, Pasternak.

Tout le monde est d'accord.

Y compris Siniavski, qui se demande comment naviguer entre les récifs de la censure pour construire une introduction qui ne dénature pas l'œuvre de l'immense poète. S'il n'y arrive pas, la sortie du livre peut être annulée, tout bonnement. Ce qui ne doit pas arriver : ce serait la première grande anthologie de Pasternak publiée en Union soviétique, et, *de facto*, une réhabilitation du poète cinq ans seulement après sa mise à l'index et sa mort.

Il se bat sur chaque phrase, au mot près. C'est un incessant échange de courriers avec la direction des éditions, où, malgré la bonne volonté des rédacteurs en chef, chacun craint pour sa tête. Pourquoi Siniavski ne dit pas clairement que Pasternak « a été incapable de devenir un combattant actif pour le socialisme », comme on l'en supplie ? Est-ce si difficile de complaire à la ligne éditoriale classique qui ne dissocie jamais l'art de la politique ? Pourquoi ne parle-t-il pas du *Docteur Jivago* (en condamnant Pasternak comme il se doit), alors que l'affaire est de notoriété publique ? « Je dois vous signaler avec toutes les sincérité, clarté et responsabilité possibles, que la question de la publication du livre ne dépend *que* de votre bonne volonté d'inclure les changements demandés dans votre texte », lui écrit Vladimir Orlov, le chef du projet.

Le choix pasternakien est donc le suivant : soit Siniavski modifie son introduction et critique les positions « politiques » de Pasternak, soit ce livre capital pour la culture russe ne voit pas le jour.

Entrant en symbiose avec leurs oreilles, les services compétents commencent à discuter littérature.

— Je ne vois pas pourquoi il ne fait pas ce qu'on lui demande, s'indigne Ivanov. C'est une preuve de son antisoviétisme latent.

— Peut-être veut-il saboter la publication de Pasternak, ce qui serait au contraire une bonne chose, suppose Koulakov.

Ce qu'il y a de bien avec Koulakov, c'est qu'il n'a pas peur de passer pour un idiot.

Pakhomov, le plus lettré de tous, a une vision moins naïve des choses :

— C'est un roublard.

Ce Siniavski a compris qu'on ne peut ignorer Pasternak, sinon on a l'air d'un affreux régime totalitaire. L'intelligentsia du monde entier n'arrête pas de nous le reprocher : Pasternak, Pasternak, Pasternak. Alors l'autorisation a été obtenue de sortir un bouquin d'innocentes poésies. Pour pouvoir dire : « Eh quoi, Pasternak ? Tenez, prenez donc votre idole dans la gueule ! » Et Siniavski en profite pour pousser le bouchon.

— Il se nourrit de notre faiblesse, oui, se désole Chmakov.

— Pas exactement. Il a compris qu'on a besoin d'une petite dose de Pasternak, et il fait son difficile. Tu verras qu'on va finir par céder sur l'ensemble de ses exigences.

Qu'un citoyen puisse se trouver dans une position de force (toute relative) par rapport à des représentants (même éloignés) de l'État, voilà qui fait s'étrangler Chmakov, lui qui n'est qu'obéissance :

— Ce con a menacé d'abandonner le projet !

Pakhomov hausse les épaules.

— Un roublard, ce Siniavski ! C'est pourquoi il est intéressant à observer sous contrainte opérationnelle. Je me demande comment il se comportera lors de son premier interrogatoire… une fois qu'on le *tsap* ! *Tsap-tsarap* !

Et il mime avec la main la patte du chat qui sort ses griffes.

De l'autre côté du micro, Siniavski frissonne :

— J'ai vu deux chats noirs aujourd'hui. Le premier a essayé de traverser la rue devant moi, mais s'est ravisé. L'autre m'a regardé de ses yeux jaunes, du haut d'un mur. Pas bon, pas bon du tout. Je crois qu'ils m'auront, Macha.

— On le sait depuis le début qu'ils t'auront, dit Macha. On y est préparés.

Manifestement Siniavski a besoin d'un réconfortant : on entend le tintement d'une bouteille sur les lèvres d'un verre. Il boit, il boit énormément.

Pakhomov et les autres passent et repassent l'enregistrement.

Koulakov jubile :

— « Je crois qu'ils m'auront. » C'est de nous qu'il parle. S'il a peur d'être arrêté, c'est qu'il est coupable !

Pakhomov, imperturbable :

— On se calme. Il peut aussi bien parler des rédacteurs de la « Bibliothèque du poète » ou de ses cancres d'étudiants. Ce n'est pas une preuve.

Un autre jour, ils enregistrent la phrase suivante :

— Abram Tertz est un sacré funambule, dit Siniavski en remuant des feuilles comme s'il lisait quelque chose.

Et il chantonne la chanson de voyou correspondante.

Abrachka Tertz, pickpocket très légendaire,
Et Sonia-la-pute, elle brille dans tout l'pays...

— Il est bourré, diagnostique aussitôt Ivanov.

— En plus, ce n'est pas vraiment un aveu, estime Pakhomov. La moitié de Moscou, surtout dans les milieux littéraires, connaît Abram Tertz maintenant. Oksman aussi en lisait.

Puis le micro, pour une raison inexpliquée, tombe en panne.

— Il nous a repérés ! s'inquiète Koulakov.

Impossible de le remplacer : enceinte au huitième mois, Macha ne sort plus tellement de la maison.

Quand ils y parviennent enfin, ils constatent que le matériel est grillé. De la vapeur a condensé le long du fil jusqu'au cœur de l'engin. Siniavski, ayant voulu se cuisiner un œuf à la coque sur un petit réchaud portatif, a oublié d'éteindre l'eau.

Quand les écoutes reprennent, ce ne sont plus

que préoccupations matérielles et angoisses prénatales qui écrasent les conversations.

— La mienne aussi, elle balisait comme ça, avant notre premier, commente Pakhomov, heureux géniteur de trois enfants.

Ainsi filent les jours de décembre et gèlent les jambes des opérationnels dans les voitures garées sous les fenêtres.

Enfin, c'est l'accouchement !

Les opérationnels n'en pouvaient plus d'attendre, maintenant ils s'activent comme de jeunes toutous dans la première neige de l'hiver : ils photographient discrètement tous ceux qui apportent de petits mots de félicitations à la jeune mère pendant qu'elle reste coincée à la maternité.

— Ils l'ont appelé Iegor ! claironne Koulakov.

Aussitôt tout ce petit monde se découvre commère.

— C'est un prénom bien slave.

— Un prénom de simplet.

— Ça, pour être russe, c'est russe.

— « Voici venir Iegor, haut comme trois cors. »

— « Papy Iegor, ne sors pas ta bite dehors. »

— Quelque part c'est plus russe qu'Ivan.

— Pas possible !

— Si. Ça vient de saint Georges, le patron de la Russie.

— Et comment tu le sais, ça ?

— J'ai deux popes dans mon réseau. Tu peux pas imaginer tout ce qu'on apprend. D'ailleurs Youri aussi ça vient de Georges. Iegor, Youri, Georges, c'est pareil.

Au fil des jours, les moindres événements de

cette nouvelle petite vie moscovite sont dûment commentés :

— Ils n'ont pas de berceau : Iegor dort dans une valise.

— Ils ont fait venir un pope pour un baptême à domicile.

— C'est la cata : les médecins disent que le petit est aveugle. Il ne réagit pas à la lumière. Les Siniavski sont effondrés.

— Fausse alerte ! C'est juste qu'il est perdu dans ses pensées, le vaurien. Un pédiatre hypercompétent est passé : d'après lui, Iegor voit parfaitement.

— Émile Lioubochitz. Notez le nom du pédiatre, si quelqu'un en a besoin, des fois…

— Vyssotski est venu. Il leur a donné le lit-poussette de son propre fils qui est maintenant trop grand. Ils en ont profité pour faire des enregistrements. Toujours ses chansons de truands.

— Iegor est aux urgences avec une température de 40 °C. Il a une mauvaise diarrhée…

— Il est d'un fragile !…

— On ne lui donne plus le sein !

Enfin l'hiver se fait plus doux. Les déplacements de la petite famille se multiplient. Ils vont toujours dans les mêmes maisons, chez les mêmes amis. Les services compétents les connaissent par cœur maintenant. Jamais n'a-t-on vu énergumène plus facile à prendre en filature. Siniavski ne se presse jamais et avec sa grosse barbe, impossible de le perdre de vue. Il ne se méfie de rien, il laisse toujours passer les gens, on peut s'amuser à lui faire

« les yeux sur la nuque » tant qu'on veut, c'est de la tarte.

Sa femme, Maria Vassilievna Rozanova, c'est tout le contraire. Vive, fantasque, le sourire sarcastique aux lèvres, on a parfois la désagréable illusion que c'est elle qui vous suit. Capable sur un coup de tête de traverser en courant l'avenue Gorki sans faire attention aux huit files de voitures, on est bien contents qu'elle soit maintenant lestée par cet Iegor qui la ralentit considérablement.

Tous les trois déjeunent aujourd'hui chez une ancienne amie de la fac.

Le concierge, un brave gars sévèrement blessé à la guerre, sonne à la porte : un colis à livrer.

On l'invite à entrer, quand il dit :

— Et vos compères qui sont dehors, vous les laissez en plan ?

— Quels compères ?!... De qui parlez-vous ?

Il y a comme une onde de tristesse sur le visage du concierge quand il comprend.

— Venez à la fenêtre, je vais vous montrer. Doucement. Ne touchez pas au rideau. Voyez, là-bas, sous le préau. Deux types qui fument. Vous ne les connaissez pas ?... Alors j'ai le regret de vous dire qu'on vous a pris en filature. J'ai été moi-même agent de liaison dans les gardes-frontières, pendant la guerre. Je connais les techniques. Enfin, je dis ça, je dis rien. Bonne journée quand même !

C'est comme un monde qui s'effondre.

Siniavski, les jambes coupées, ne peut plus bouger du canapé.

On les a repérés. Ils savent. Finie, l'insouciance.

Rozanova, joueuse :

— On va faire une expérience amusante et vérifier l'hypothèse. Je vais aller téléphoner à la cabine, et vous, d'ici, vous observez le comportement des gugusses.

C'est tout juste si elle n'applaudit pas, tellement elle est excitée.

Enfin de l'action, après des années d'attente !

Elle descend, passe devant le préau, tourne dans la rue. Aussitôt, un des types écrase son mégot et part à ses trousses. L'autre reste sur place en observation.

Quand elle revient dix minutes plus tard, l'ombre filante fait de même. Le test est positif.

— Il faut tenir un conseil de guerre et adapter notre comportement, constate Rozanova. S'ils t'ont repéré, ils ne t'ont pas encore arrêté. Ni même convoqué pour un entretien. Cela veut dire qu'ils cherchent encore. Il faut immédiatement prévenir Hélène pour qu'elle n'aille pas mettre les pieds en Union soviétique.

Chez eux, ils font maintenant des efforts pour parler de choses anodines. Il leur arrive de piler brusquement en milieu de phrase, puis de lever un index vers les oreilles invisibles cachées au plafond : attention, on les écoute !

Ils ont un chien, un épagneul noir. Un excellent prétexte pour sortir le soir. Dans la rue, on ne peut ni les entendre ni les enregistrer.

— Pourvu que je ne devienne pas comme mon père, lâche Siniavski. Quand il a été relâché et assigné à résidence dans un bled en province, il a pété les plombs. Il s'est persuadé que les organes de sécurité parvenaient à lire dans son cerveau, à distance, dès qu'il s'approchait d'un poteau électrique. À la maison, il ne parlait plus. Ce n'est qu'en s'éloignant de plusieurs kilomètres dans la forêt qu'il desserrait les dents.

Au fil des promenades, ils élaborent une stratégie.

Nettoyer l'appartement au mieux en liquidant les traces compromettantes. On bazarde les manuscrits anciens, les notes.

— Ça tombe bien, je n'ai rien écrit depuis plus d'un an, soupire Siniavski. À part quelques pensées impromptues…

— Pas question de tout jeter à cause de ces fumiers, tranche Rozanova. On planque chez Toutankhamon.

C'est comme ça qu'ils appellent la cachette derrière la bibliothèque murale : la chambre secrète de Toutankhamon. Ils y entassent la revue *Esprit*, les éditions d'Abram Tertz, la correspondance avec Pasternak.

Rozanova éteint l'ampoule à tirette, ferme le tombeau. Elle frotte le métal des charnières au brunisseur. Plus rien ne brille, plus rien n'attire le regard. Puis elle scelle définitivement avec un clou.

Siniavski est bouche bée devant la folle énergie de sa femme. Comment fait-elle ? Pour lui, impossible de vivre sereinement quand on est ainsi suspendu au-dessus du vide. Écrire, encore moins.

Le cognac de Géorgie, en revanche… La vodka… Il y a comme une tentation naturelle. Contrairement à certains qui se mettent à déblatérer sous l'effet de l'alcool, Siniavski s'introvertit encore plus. Il repère le canapé et s'endort comme un bienheureux. À plat ventre, le nez engoncé dans sa barbe, il ronfle.

— Il exagère, s'inquiète Ivanov. Il n'a pas quarante ans, cet homme. Une vie professionnelle réussie, une belle réputation, connu dans le milieu universitaire et critique... Se détruire de la sorte... Cette faiblesse morale ! Cette complaisance !

Koulakov a une explication :

— Difficile de vivre avec le sentiment de culpabilité. Surtout quand tu as fauté contre la République des soviets.

Rozanova enrage aussi :

— Tu n'as pas le droit !... Ressaisis-toi, poule mouillée !... (Et, en baissant la voix pour ne pas être entendue par les grandes oreilles :) Abram Tertz est censé être fait d'un autre métal. Il rit au nez du danger, lui !

— Laisse-moi tranquille, je ne suis pas Abram Tertz, lui murmure tranquillement l'effronté. Je ne lui arrive pas au genou.

Et il s'effondre pour ronfler un coup.

Une autre fois (nous sommes en mai 1965), à la soirée d'anniversaire d'une vague connaissance, il perd les pédales. Après avoir été taciturne pendant tout le repas et mélangé dans son verre cognac et champagne, voilà qu'André Siniavski se lève et porte un toast à Abram Tertz. En ajoutant, avec un sourire noir :

— Car Abram Tertz, c'est moi !

La soirée se pétrifie. Personne ne rigole en pensant que c'est une blague. Il y a comme un haltère dans chaque morceau de gâteau. On en oublie de planter les bougies.

La bravade est stupide – la moitié des gens présents sont des inconnus. Or c'est une loi universelle de la société soviétique : dans une compagnie de vingt personnes que vous ne connaissez pas, il y a toujours une balance.

Coup de chance, pas cette fois-ci. Est-ce aussi parce qu'il n'était pas agréable de regarder cet homme torché se ridiculiser en public en prétendant être ce qu'il n'était pas – car jamais le véritable Abram Tertz ne serait assez con pour le clamer en public. A-t-on senti l'animal épuisé, en bout de course, qui se couche pour se laisser crever, tant et si bien que la main du chasseur n'a plus l'entrain de se lever pour l'abattre ?

Les vétérinaires des services compétents n'auraient pas eu ces scrupules. Ah ! s'ils avaient su !

À la fin du mois de mai, le fameux volume de Pasternak finit par voir le jour. Ne vous fiez pas à sa tristoune couverture bleu fadasse – c'est un pétard. Les stocks des magasins moscovites sont emportés par la déferlante. Le tirage étant de 40 000 exemplaires seulement, Siniavski a toutes les peines du monde à recevoir ses exemplaires d'auteur. Il se console en faisant la queue pour les sprats fumés, dont il finit par attraper cinq boîtes.

Ainsi ne boira-t-il pas à jeun.

Le dossier d'instruction s'épaissit, un abondant feuillage couvre ses branches, les fruits promettent d'être succulents.

Les recoupements et une enquête minutieuse sur Hélène Peltier confirment ce que Pakhomov savait déjà. Mieux, des sources proches de Gallimard se mettent à bavarder : à l'automne 1956, non contente d'aider Abram Tertz à commettre son crime, c'est elle qui a servi de passe-muraille pour un manuscrit du *Docteur Jivago* destiné à la publication en France. Elle aurait aussi participé à sa traduction. Si aucun nom de traducteur ne figure sur la page de garde de l'édition française, c'est précisément pour garder le secret sur ces intermédiaires dont la mise à nu aurait immanquablement conduit à compromettre tous leurs correspondants russes, dont Abram Tertz.

— Une petite bourgeoise de rien du tout ! fulmine Pakhomov devant une photo d'Hélène, souriante avec son collier de grosses perles. Nous faire chier à ce point !

On caresse alors l'idée de la faire venir en Union soviétique, pour ensuite *tsap* ! *tsarap* ! On monte une manifestation culturelle bidon, tous frais payés, avec de la poésie de Pasternak au menu et de prometteurs « échanges interlittéraires », mais, curieusement, Hélène Peltier ignore le bout de gruyère. Relancée sur le sujet par un confrère de l'université de Toulouse, elle ne daigne même pas répondre.

— On ne l'aura pas, conclut Pakhomov. Elle est sur ses gardes.

Voilà qui est étrange.

Les services ne manquent pas non plus de noter que, depuis quelque temps, on n'apprend rien de nouveau sur Siniavski. Il voit toujours les mêmes personnes – Golomstock, Menchoutine, Kichilov… Un peu moins Daniel – comme s'ils s'évitaient. Ses conversations privées sont d'une banalité éblouissante. Il promène souvent son épagneul accompagné de sa femme, parfois jusqu'à cinq fois par jour.

Pakhomov sursaute :

— Cinq fois par jour ?... Vous êtes sûrs ?...

— Affirmatif, mon colonel.

— Cinq fois, c'est beaucoup trop pour un chien. Ils ont compris qu'ils sont sur écoute !

Il n'est que temps d'agir.

XX

Les opérationnels chevronnés le savent bien, le mercredi est le meilleur jour pour cueillir un suspect important. Les vendredis, les jeudis sont à proscrire – le week-end est trop proche. Avec son lot de bureaux fermés, de congés posés, d'esprit vagabond, qu'on le veuille ou non, le rythme de l'interrogatoire baisse. Il n'y a plus la même pression. On donne l'occasion au suspect de reprendre son souffle, alors même que le choc de son arrestation l'a rendu vulnérable. Le bonhomme risque alors de s'entêter, et la garde à vue peut s'enliser, faisant perdre du temps à tout le monde.

Dans cette optique de pression maximale, les lundis et les mardis ne sont pas de mauvais jours, bien sûr, mais il se trouve que le début de la semaine est parfait pour fignoler la paperasserie et finir de monter l'opération. Expédie les affaires pénibles dès le premier jour de la semaine, dit le philosophe. Prends le mardi pour rêver au succès de l'intervention dans les moindres détails, agis le mercredi, travaille le jeudi, le vendredi et le samedi. Savoure le résultat dimanche. Situé idéalement, le mercredi est ce jour pivot où l'on passe à l'œuvre.

Ça tombe bien. Les mercredis matin, Siniavski donne un cours de littérature à de futurs acteurs, à l'école de théâtre du MKhAT – c'est là qu'il a sympathisé avec le jeune Vyssotski. Il quitte son appartement vers 9 heures. Dans la rue, il est seul, sans femme ni enfant dans les pattes. C'est l'idéal. Pas de scène pénible, pas de « ouin ouin ». On limite le traumatisme émotionnel – pas seulement pour le suspect, les opérants aussi perdent de leur lucidité dans ces moments délicats. C'est pourquoi, contrairement à ce que pense le néophyte, une arrestation à domicile n'est pas spécialement pratique. Nous ne sommes plus sous (vous savez qui), quand on passait tard le soir ou la nuit, en tapant dans les portes à grands coups de bottes, à faire sursauter l'immeuble. Dans la rue, en plein jour, en plus d'être efficace, l'arrestation est moderne.

Siniavski se dirige vers la station de trolleybus. Il est en retard, il presse le pas. Prévoyante, notre voiture, couleur crème, est déjà garée sur la place Nikitskié Vorota. Le voilà qui s'approche, avec sa cigarette. Deux opérants en civil se sont incrustés parmi les usagers et font semblant d'attendre le trolleybus, eux aussi. Siniavski regarde sa montre. Il ne se doute de rien.

— André Donatovitch Siniavski ?

La meilleure manière de procéder est de s'approcher par-derrière et d'interpeller le suspect par son nom. Il est conseillé de mettre une chaleur amicale dans la voix, comme quand on croise par hasard une vieille connaissance ou son prof de fac.

Il se retourne, surpris. Il est en léger déséquilibre. Comme par magie, la voiture couleur crème s'est matérialisée à quelques centimètres de lui. Et là, nos opérants n'ont plus qu'à le pousser gentiment vers la portière grande ouverte.

— Venez avec nous, André Donatovitch. Une affaire importante.

Fermement et poliment. De l'intérieur de la voiture, des mains serviables attrapent son cartable, comme pour l'aider à grimper. En un clin d'œil, on le place sur la banquette arrière. Deux opérants le coincent de chaque côté. La portière claque, l'oiseau est pris. La voiture démarre – surtout, sans précipitation. On n'est pas au cinéma. Ici, le temps nous obéit.

Sans brutalité mais avec la détermination d'une plaque de béton, les opérants maintiennent les bras du suspect sur ses genoux. Histoire de lui montrer qui est le maître. Ce n'est pas qu'il aurait l'idée de se sauver, non. On lui enlève la clope du bec, on la jette par la fenêtre.

— Il est interdit de fumer dans cette voiture, André Donatovitch.

Ce n'est pas entièrement vrai – il y a des mégots plein le cendrier. Le capitaine Nikonovitch fume comme une usine. Il a le droit, lui. Pas le suspect. Il faut bien comprendre cette nuance, assez élémentaire au demeurant. Le suspect a perdu le contrôle de son existence, voilà tout. Sa vie ne lui appartient plus. Désormais c'est nous qui décidons où, comment et à quelle heure. C'est pourquoi la consigne est d'éviter de parler. La voiture roule en silence. L'opérant Vassiliev fouille le cartable de

Siniavski, ouvre les fermetures éclair des poches, consulte les papiers.

Ça doit gamberger tous azimuts dans la caboche du suspect. « Que savent-ils ?... » Mais tout, mon vieux, tout ! Et ce que l'on ne sait pas, tu vas nous le dire, car la fête de l'impunité est finie.

— C'est une erreur... tente Siniavski d'une voix éteinte. Il me semble que... Je suis arrêté ? Vous n'avez pas le droit, sans mandat. Vous avez un mandat ? Montrez-moi le mandat...

C'est marrant : tous les prisonniers, comme un seul homme, s'essaient à la bravade. Ce doit être un réflexe. Alors que le sol se dérobe sous leurs pieds, que le trouillomètre est à zéro, ils tentent encore de faire illusion. Genre ils connaissent la loi. Genre ils n'ont rien à se reprocher. Et qu'ils n'ont pas peur. Auprès de qui pensent-ils faire illusion ?

— Ta gueule ! aboie l'opérant Vassiliev. Tu parleras quand on te le demandera ! Ici, tu n'es pas à l'école du MKhAT !

Cette réflexion provoque l'hilarité générale.

Quelques minutes plus tard, c'est une voiture bien silencieuse qui se gare devant l'entrée de la Loubianka.

Que de monde pour l'accueillir !... De tous les bureaux, de toutes les sections, les curieux sortent leurs têtes : les gars, on amène Abram Tertz ! Même pour Rokotov, on n'avait pas connu pareille agitation. Quant à Penkovsky, c'est tout juste si quelqu'un l'avait remarqué.

On a fini par l'avoir ! Montrez-le ! Quelle tronche il a, l'écrivain ?...

Pour sûr, il n'est pas ordinaire avec sa barbe rectangulaire. Ses yeux qui louchent. Ses doigts jaunis par la cigarette.

— Allez, ce n'est pas le cirque, ici ! commande Pakhomov, pas mécontent au fond de l'effet produit par son nouveau « protégé ». Que chacun retourne à son poste ! Entrez, André Donatovitch, je vous en prie.

Ne restent que les intimes. Ivanov, Koulakov, Nikonovitch.

— Nous sommes contraints, André Donatovitch, de vous garder avec nous quelque temps. Vous comprenez ?... Pour vous, ce n'est pas vraiment une surprise, n'est-ce pas ?... Vous savez bien pourquoi vous êtes là... Allons, ne faites pas l'enfant.

Au début, comme d'habitude, on ne dit jamais clairement au suspect la raison de sa « convocation ». On attend. On le laisse mariner avec sa conscience. Avec ses peurs.

— Quelles seraient d'après vous les raisons pour lesquelles on viendrait arrêter un citoyen respectable, un professeur remarquable, un critique littéraire en vue, comme ça, en pleine rue ? Dites-nous, André Donatovitch. Expliquez-moi. Car je ne comprends pas.

Cette première phase est assez amusante. D'ailleurs, Pakhomov est de très bonne humeur. Il surjoue le type omniscient.

Une heure passe. On tourne toujours autour du pot.

— Il vaut mieux tout nous déballer, André Donatovitch. Je vais vous dire un secret. Quand le suspect se livre spontanément, ça fait des circonstances atténuantes qui peuvent grimper jusqu'à annuler la punition initiale… En principe, je ne devrais pas vous le dire, mais vous m'êtes sympathique. Vraiment. J'ai même assisté à un de vos cours. C'était sur Maïakovski, notre grand, notre immense poète. J'étais au fond de la salle, vous ne m'avez pas remarqué. J'aime lire, voyez-vous. Tolstoï, Tchekhov…

Trouver un lien de connivence pour faire semblant d'entrer en empathie.

Siniavski s'offre alors son premier sourire intérieur : il a toujours trouvé Tolstoï lourdingue, moralisateur, coincé du cul. Quant à Tchekhov… Il peut en parler pendant des heures. C'est l'occasion !

— La dynamique du récit, chez Tchekhov, repose souvent sur un artifice : l'imminence du départ d'un personnage en voyage… D'ailleurs, dans *La Dame au petit chien*, si vous vous souvenez…

Ce texte étant un classique du programme des lycées, on est certain que Pakhomov l'a lu.

Mais, contrairement à ce qu'il a laissé entendre, ce n'est pas Tchekhov la véritable marotte de Pakhomov. Et nous ne sommes pas dans une salle de conférences de l'Institut. Siniavski semble ne pas remarquer que son docte monologue tombe à plat.

Une heure passe.

Et encore une heure.

Ivanov, Koulakov, Nikonovitch sont partis faire la perquisition. Il est temps d'embrayer.

Devant le silence de Siniavski, le juge fait mine de le supplier.

— Arrêtez de faire le cachottier et soulagez votre conscience, quoi. Soyez sport. On n'a pas toute la nuit.

Le but : faire croire au suspect que, finalement, on n'en sait pas tant que ça sur ses tripes.

Un minuscule rayon d'espoir s'agite alors au bout du couloir où toutes les portes sont fermées.

Qu'on fauche d'un tonitruant :

— Abram Tertz !

Lancé au visage comme un coup de canon après trois heures de sur-place.

Il est plaisant alors d'observer dans les yeux du suspect comment se fissure l'espoir contrarié.

Chez Siniavski, les yeux, allez les trouver, tellement il louche !

N'empêche, on sent quand même la bête blessée.

— On sait tout, Siniavski. Ce n'est plus la peine de faire illusion. Vous vous ridiculisez.

On sait pour Abram Tertz. Nicolaï Arjak, on sait aussi. Hélène Peltier, c'était astucieux, mais on a fini par comprendre. On a les témoignages. Des preuves irréfutables !... Venues d'endroits dont vous ne soupçonnez même pas l'existence !

Cette idée, lancée en fin d'interrogatoire, reste avec le suspect quand il part se morfondre dans sa cellule. Ainsi se met-il à mijoter : qui a donné l'info ? Dans quelles circonstances ? Est-ce en France qu'ils n'ont pas su tenir leur langue ? Est-ce

Hélène qui, sans y penser, en a trop dit ?… Il s'en doutait : ces Français ne peuvent s'empêcher de frimer comme des paons… Plus il tourne en rond, plus il devient vulnérable psychologiquement.

Comme on ne lui a rien dit clairement, il ne sait pas d'où viendra l'estocade. Il a du mal à construire une stratégie de défense. Il sent qu'on a savonné ses repères, et, quand il pense à Macha, à Iegor, qui doivent se demander de quoi demain sera fait, il est à deux doigts de paniquer.

Siniavski n'est pas seul dans sa cellule, évidemment. On lui a collé un droit commun – un non-violent, a demandé expressément Pakhomov, car ce suspect-là est bien trop précieux. Avec ses manières simples, son langage franc, sa propension à entrer en connivence, le droit commun est chargé de le faire parler, pour rapporter ensuite.

Ce ne sont pas tant les éléments matériels du crime qui préoccupent Pakhomov – on a tout ce qu'il faut pour prouver que Siniavski est Abram Tertz. Pour Arjak, c'est encore plus limpide : on a saisi chez Youli Daniel la machine à écrire Optima qui a servi à taper le manuscrit de *Rédemption*.

La portée du crime, en revanche, est sujette à interprétation. L'article 70 sanctionne la création, la conservation et la diffusion de « fabrications antisoviétiques » – ici, seule la création est évidente. La conservation est difficile à prouver : on n'a rien saisi de franchement compromettant. Quant à la diffusion, elle est strictement limitée à l'Occident, à moins qu'on ne lui incrimine les lectures à voix haute qu'il a faites à sa femme et à ses amis les plus proches.

Ce n'est pas le seul souci.

La faiblesse de l'accusation réside dans la nature antisoviétique de ce qui a été publié.

Comment en effet prouver qu'un texte d'invention calomnie l'ordre soviétique ?... Surtout quand le récit bascule dans le fantastique. En quoi la faculté de deviner le futur, que possède le narrateur du *Verglas*, est-elle contraire à la doctrine prolétarienne ?

Quand on est un vrai communiste, comme Pakhomov, Ivanov, Koulakov, on le sent, on en frémit, on donnerait sa main à couper, mais le *prouver* est une autre paire de manches.

À moins que le suspect n'avoue lui-même ses sombres intentions.

Qu'il dise à son copain de cellule que oui, il déteste l'Union soviétique et ses dirigeants, que oui, il abhorre l'idéologie qui va avec, que oui, il a écrit sa prose pour se moquer de ce que nous avons de plus sacré – et c'est bon, il est cuit !

Siniavski s'acharne à nier l'évidence.

— *Le Réalisme socialiste* est une réflexion esthétique. Il n'y a rien de politique dans mon texte, répète-t-il à chaque interrogatoire.

Pakhomov s'énerve pour de bon :

— Ça suffit de jouer au demeuré ! Dans *Lioubimov*, vous avez ce passage répugnant où l'on voit un Lénine malade sortir la nuit de sa résidence, puis, écrivez-vous, « il vérifie qu'il n'y a personne à l'entour, bascule sa tête déplumée en arrière » et se met à hurler à la lune !... Vous osez écrire ça sur un homme malade, dans la dernière ligne droite de son existence entièrement dévouée au bonheur des classes opprimées, et cet homme n'est pas n'importe qui, je vous le rappelle, c'est le grand Lénine dont vous parlez, vous rendez-vous compte ?…

Et Siniavski :

— Dans le roman, ce n'est pas moi qui raconte l'anecdote. Mais un soldat de sa garde rapprochée, un tchékiste, qui a cru voir Lénine la nuit… Il a peut-être été victime d'une hallucination, l'histoire ne le dit pas.

Pakhomov, outré :

— Comment ça, ce n'est pas vous ?… Je lis sur la couverture : « Abram Tertz ». Assumez, André Donatovitch, au lieu de nier stupidement. Ayez le courage de vos opinions.

— Le courage n'a rien à voir là-dedans, tente pour la énième fois Siniavski. Le personnage qui parle n'est pas forcément l'auteur… Ce procédé littéraire est très commun… Chez Tchekhov, dans *Le Caméléon*, si vous vous souvenez, le policier qui parle n'est pas non plus Tchekhov…

— Arrêtez d'utiliser Tchekhov pour asseoir vos raisonnements fallacieux !

Il n'y a rien à en tirer, de Siniavski.

Le comble étant que le compagnon de cellule demande maintenant qu'on lui prête une anthologie de Maïakovski. À force de déclamer des poésies, Siniavski lui a transmis le virus du rythme. *Le Nuage en pantalon* a ouvert chez le droit commun des passerelles insoupçonnées. Quel est ce prodige ?

XXI

Abram Tertz, Nicolaï Arjak arrêtés, l'automne 1965 change la couleur du monde.

Pour un temps, il y a davantage de sprats dans les magasins.

D'autres étagères se vident. Le volume de Pasternak, préfacé par Siniavski, est retiré des rares librairies où il était encore disponible. Les stocks sont détruits. Un marché noir s'organise aussitôt, quai Maurice-Thorez. « Vous avez Pasternak ? » devient la rengaine fétiche des dealers. On raconte qu'un relieur de l'imprimerie d'État n° 5, à Leningrad, après avoir chapardé des exemplaires destinés au massicot, a vécu comme un tsar pendant deux ans, jusqu'à ce qu'il se fasse arrêter pour avoir perçu des « revenus non liés au travail ».

Siniavski est exclu de l'Union des écrivains soviétiques, banni de l'université, extirpé des journaux littéraires. Pourtant il n'a jamais été aussi présent. On ne parle que de lui dans les milieux intellectuels moscovites – en chuchotant entre deux portes.

— Dire qu'on pensait qu'Abram Tertz était un canular…

— Deux écrivains arrêtés, tout de même… On n'a pas connu ça depuis l'Ogre.

— Qui sera le suivant ?… Qui ?…

— Il faut se mobiliser si l'on ne veut pas retourner à l'ère glaciaire.

— T'es pas un peu fou !

Une poignée d'inconscients prennent la plume, écrivent aux *Izvestia* ou au Soviet suprême, exigent la libération de Siniavski et de Daniel. On les convoque systématiquement pour un savon puis on leur coupe les ailes en les chassant à coups de balai de leurs emplois, études, résidences, Komsomol.

À voir les dossiers de contestation se multiplier, Ivanov se dit que son pays file un mauvais coton. Les gens se sentent suffisamment forts pour provoquer l'État – il y a comme un courant d'air dans la boîte de Pandore.

— Je te l'avais dit, Larissa ! radote Ivanov. Tu te souviens de l'expo américaine de Sokolniki ? Une folie.

On a laissé l'opium de l'Occident arriver jusqu'à nos poumons. Le jazz, les jeans, Picasso ont sapé les principes moraux des citoyens les plus faibles. Normal qu'ils se mettent maintenant à défendre Abram Tertz.

— C'est surtout que vous n'aviez pas les bonnes priorités, analyse Larissa. Excuse-moi de me mêler de ce qui ne me regarde pas, d'autant que c'est classé secret défense, mais si vous aviez mis vos moyens sur Hélène Peltier et consorts, au lieu de chasser les paquets de Bic Cristal venus en contrebande, vous auriez crevé l'abcès dès 1959.

— Tout en transformant l'Union soviétique en un vaste Sokolniki, proteste Ivanov.

Non, il faut les deux. La guerre idéologique se gagne en mettant plein cap sur la modestie dans les vêtements, l'abstinence dans les gadgets, et, dans le même temps, en dérouillant les contestataires et les Vlassov littéraires. C'est ce qu'on doit faire désormais – avancer sur deux jambes.

En attendant qu'on se stabilise, il faut gérer la giboulée d'automne : le 5 décembre 1965, une manifestation, oui, une manifestation de soutien à Siniavski et Daniel est prévue à 18 heures, place Pouchkine, à Moscou.

Les services se pincent : mais non, ils ne rêvent pas. Organisée par des citoyens soviétiques eux-mêmes, sans un mot d'ordre du parti, une manifestation spontanée, pour ainsi dire, propagée par le bouche-à-oreille et un tract imprimé à la machine à écrire, c'est du jamais vu depuis... l'aube du crépuscule... On pose la question aux anciens – personne n'a jamais rien vécu d'aussi inouï.

Une manifestation, donc. D'une cinquantaine de personnes au total. Des étudiants pour la plupart. Encadrés par deux cents opérationnels en civil, dont le lieutenant Ivanov. On a laissé les blancs-becs déployer leurs banderoles « Demandons la *glasnost* pour le procès Siniavski-Daniel ». Le délit de propagande antisoviétique constaté, on les a proprement serrés.

— « Glasnost », qu'est-ce qu'ils entendent par là ? demande Koulakov, encore sous le choc de cette incroyable audace.

— Regarde dans le dictionnaire, s'agace Ivanov.

Et n'oublie pas de compléter les dossiers pour qu'ils s'en prennent plein la gueule. Pour les étudiants, je veux des exclusions exemplaires. Pas des travaux d'intérêt général !

Ivanov est énervé car le travail s'accumule : on ne compte plus les coupures de la presse étrangère. *Le Monde*, *The Lancet*, le *Washington Post*… Les réactions indignées d'intellectuels du monde entier. De plus en plus virulentes.

Il n'y a pas que la presse. On apostrophe nos diplomates, on harcèle nos scientifiques, nos artistes dès qu'ils passent la frontière. Il y a les hystériques : « Libérez Tertz ! » Les férus d'histoire littéraire : « Même Pasternak n'a jamais été arrêté ! » Les spécialistes du droit : « Le Code pénal soviétique n'interdit ni la publication à l'étranger ni l'utilisation d'un pseudonyme ! » On dirait que toute l'engeance capitaliste s'est précipitée pour défendre les traîtres.

Même le PEN Club des Philippines s'est fendu de son télégramme, adressé à l'Union des écrivains soviétiques : « Nous sommes très déçus par l'arrestation des écrivains Siniavski et Daniel. Nous appartenons à la même fraternité. Nous vous demandons de prendre les mesures nécessaires auprès des instances autorisées. » Ils sont touchants !

Comment voulez-vous dépatouiller cette avalanche ?… Rédiger des rapports ?… Il faudrait des stagiaires. Des bureaux !

Acculé, Ivanov fait une demande en ce sens à la direction des cadres.

Quarante-huit heures plus tard, convocation chez le colonel Volkov.

On le félicite : son appel a été entendu. Des moyens supplémentaires sont parachutés sur l'affaire. Ça vient de haut, de très haut. Des recrutements massifs sont prévus. Et, pour coordonner cette ruche, on le nomme, lui, Ivanov, chef du bureau des analyses des médias étrangers.

Volkov le confirme : il y aura beaucoup de travail constructif en perspective. On rendra coup pour coup maintenant. Qu'ils manifestent si ça leur chante ! On en profitera pour les ficher, ce qui permettra de les tenir éloignés de la société.

— Je crois aussi beaucoup à la rééducation, insiste Ivanov.

Le colonel Volkov hausse les épaules :

— C'est vous qui voyez.

Le soir, Ivanov et Larissa lisent Cholokhov, *Terres défrichées*. Deux volumes de trois cents pages chacun. Kolkhozes à perte de vue.

— Tu es sûre que c'est indispensable ? tente Ivanov.

Le tendre silence de sa femme, qui en est déjà au second volume, finit par le convaincre.

— Tu as raison, il faut l'avoir lu, soupire-t-il.

« ... Depuis la porte des écuries, la vapeur du fumier sortait en nuages tièdes... »

S'ils se dépêchent ainsi, c'est qu'on vient de l'apprendre : l'Académie de Stockholm a décerné à Cholokhov le prix Nobel de littérature.

En soi, le Nobel n'est pas une référence – Pasternak l'a bien eu. La dimension politique du Nobel est évidente, comme l'ont souligné à l'envi les amis de l'Union soviétique, Sartre, Aragon... Mais avec Cholokhov, c'est différent. C'est une excellente nouvelle. On va pouvoir allumer des contre-feux.

On ne fait pas plus loyal, plus soviétique, que Cholokhov.

« ... Il marchait, écrasant les flaques figées, trébuchant sur les bouses gelées sur la place du marché... »

On la sent, dans ce livre, l'odeur du paysan. La grande école du réalisme socialiste.

C'est par snobisme d'intellectuel que Siniavski a écrit son pamphlet, se dit Ivanov. Ce rat des villes, dans son appartement encombré de livres, n'a jamais vraiment bossé de ses mains. Ça va lui faire tout drôle à la colonie.

« ... Davydov s'est assis à la table. Il a parlé des tâches définies par le parti pour mener une campagne de deux mois en vue d'une collectivisation complète, et a suggéré que la réunion des pauvres et des actifs se tienne demain... »

Pendant qu'on cuisine Siniavski et Daniel à la Loubianka, Cholokhov est à Stockholm.

À peine a-t-il le temps de boire une coupe de champagne qu'on lui fourre dans les mains une lettre officielle, venue de France. Signée Maurice Blanchot, André Breton, Jean Cassou, Jean Cayrol, Jean-Marie Domenach, Marguerite Duras, Pierre Emmanuel, André Frénaud, Michel Leiris, Alain Robbe-Grillet, Maurice Nadeau.

« Nous sommes au regret de vous communiquer notre inquiétude concernant le sort d'André Siniavski et de Youli Daniel, arrêtés en septembre à Moscou... Les dommages causés aux liens culturels entre l'URSS et la France par l'arrestation d'écrivains dont nous apprécions le talent, d'écrivains qui font honneur à la littérature russe, nous poussent à vous demander d'utiliser l'énorme autorité dont vous jouissez pour exiger auprès des autorités la libération de Siniavski et de Daniel. »

On aurait voulu gâcher une fête, on ne s'y serait pas pris autrement.

Il n'y a pas que les Français. Les écrivains chiliens, mexicains, italiens, indiens le bombardent de pleurnicheries.

François Mauriac lui écrit une lettre personnelle, de même qu'Arthur Miller, Saul Bellow, Mary McCarthy.

C'est pénible.

Cholokhov ne sort plus du Grand Hôtel à Stockholm, ne répond à aucun coup de fil qui ne soit dûment filtré en amont par les services compétents. Impossible d'avoir sa réaction. Il prépare son allocution.

— J'aimerais que mes livres aident les gens à devenir meilleurs, à avoir une âme plus pure, à réveiller l'amour de l'homme, le désir de lutter activement pour les idéaux de l'humanisme et du progrès humain, déclare-il à l'Académie suédoise.

Bonjour, merci pour le prix, au revoir – il est parti.

Trois mois plus tard, une fois Siniavski et Daniel condamnés, il exprimera enfin le fond de sa démangeaison à la tribune du XXIIIe congrès du Parti :

— S'ils s'étaient fait attraper dans les années 1920, ces petits voyous à l'âme sombre, quand on jugeait non pas d'après les articles bien définis du Code pénal mais en étant guidé par sa conscience révolutionnaire… Croyez-moi, ce n'est pas ce châtiment clément qu'auraient reçu ces loups-garous…

Pour avoir gâché son Nobel, son champagne, il se serait bien vu avec un revolver Nagant, à leur envoyer un prix littéraire à sa façon, bien senti, dans la nuque.

Vyssotski est passé chez Rozanova le lendemain de l'arrestation. Il a remonté le moral de la famille en braillant une chanson – que pouvait-il faire de plus ? À part se saouler la gueule par solidarité… Rozanova l'a prévenu que des enregistrements ont été saisis. Les services sont sûrement en train de les disséquer.

— La merde ne fait que commencer, devine Vyssotski.

Le capitaine Nikonovitch, justement, s'est chargé des bandes. Il les écoute, réécoute, écoute, réécoute… Cette voix rauque, si humaine, si chaude et sincère, lui fait de l'effet, incontestablement. On est à l'opposé des chanteurs officiels qu'on voit à la télévision, le lampadaire dans le cul, le costume-cravate rigide comme un cercueil, et leur flopée de musiciens alignés en rang par deux.

Il range les bandes dans un tiroir, sous la paperasserie. Dans quelque temps, ni vu ni connu, il se les approprie – tel est le projet du fripon.

C'est sans compter sur Rozanova. Une fois l'instruction terminée, elle exige qu'on lui rende tout. Trois bandes de Vyssotski ont été confisquées, trois bandes doivent être rendues ! Où sont-elles ?…

Perdues ?… Vous vous foutez de moi ?… Les services admettent, penauds, qu'ils n'en ont pas la moindre idée.

Rozanova, avec un sourire cannibale, menace de diffuser un communiqué comme quoi on l'a dépouillée pendant la perquisition.

Les services tiquent un peu et déclarent qu'ils n'aiment pas du tout qu'on leur parle sur ce ton. Ils rappellent à Rozanova qu'ils peuvent l'arrêter à n'importe quel moment pour complicité.

— Iegor sera alors mis aux enfants trouvés, dit Pakhomov.

Rozanova :

— Chiche ?

Elle pose sur la table du juge d'instruction une liste de trente journalistes étrangers qui n'attendent qu'un signe de sa part pour diffuser une déclaration abominable d'où il ressort que, non content d'enfermer un écrivain, le régime persécute sa femme et son petit.

— J'ai tout prévu, ment Rozanova. Le texte est déjà à Paris, chez Hélène Peltier.

Tandis que le juge se verse quelques gouttes de valériane sur un bout de sucre, Rozanova, tout miel :

— Nous aurions tous les deux beaucoup à perdre, vous ne trouvez pas ?… Que diraient vos supérieurs ?… À quoi bon nous faire la guerre ?… Je suis dans mon bon droit. Rendez-moi mes bandes.

Facile à dire.

Rozanova partie, on cherche, on creuse, frénétiquement.

— C'est l'occasion de faire un grand rangement, se motive Pakhomov.

On finit par choper les foutues bandes et le capitaine Nikonovitch. Il aura droit à une mémorable explosion atomique chez le colonel Volkov. Sa demande de mutation en province sera acceptée. Il finira par disparaître dans la masse.

Ivanov assiste au procès en compagnie de Koulakov et d'une vingtaine d'autres opérationnels en civil, faisant remplissage dans la petite salle pour éviter que n'importe qui y pénètre. Précaution inutile, on ne peut y entrer qu'en montrant un laissez-passer dûment certifié par les pouvoirs supérieurs.

Voilà Rozanova, assise au premier rang, elle prend des notes. Elle se retourne, aperçoit Ivanov, lui fait « coucou ». Ivanov ne sait plus où se mettre, c'est très gênant, cette familiarité.

Voilà les deux accusés, décontractés, dans leur box. On dirait deux copains qui se sont retrouvés le premier jour de la rentrée. « Et toi, t'as fait quoi pendant les vacances d'été… » « Non, toi d'abord, raconte. »

Ils ne nient plus qu'ils sont Tertz et Arjak – ils l'ont avoué rapidement au cours de l'instruction. Oui, ils ont écrit les textes incriminés, oui, ils les ont passés en Occident, oui, ils sont contents d'être édités là-bas même s'ils auraient préféré être publiés dans leur pays.

Publiés dans leur pays ? Et puis quoi encore ? Il ne manquerait plus qu'on leur donne le prix

Lénine, à ces vauriens qui n'ont jamais planté un clou ni trait une vache !

Aucun regret, aucune ombre ne vient perturber leur propos.

Ils s'acharnent à nier l'évidence. Leurs écrits ne seraient pas antisoviétiques. Ben voyons. Ivanov est outré : il suffit de regarder la montagne de soutiens en provenance des pays capitalistes, ces lettres, articles, émissions qui s'accumulent sur son bureau, pour comprendre dans quel camp ils évoluent. Dis-moi qui est ton ami, je te dirai qui tu es.

Ils font semblant de ne pas comprendre. On leur lit les passages sur Lénine et la lune, sur la journée des meurtres autorisés – ça les fait sourire.

Par leur calme, leur détachement, on dirait qu'ils se paient la tête des juges, et, par contrecoup, de tout le peuple soviétique.

— Les arguments de l'accusation ne m'ont pas convaincu, je reste sur mes positions, dit Siniavski. Pour moi, il est impossible de soumettre un texte littéraire à une enquête judiciaire. Il me semble que vous le savez, mais que vous faites exprès de l'ignorer car vous avez à tout prix besoin de vous fabriquer un ennemi. Je plaide non coupable.

Cet homme, qui avait tellement peur de l'arrestation, se porte en prison comme s'il était une fleur qu'on vient d'arroser. Son feuillage est plus dense, il s'en dégage une sérénité insolente. Où va-t-il puiser les jus vivifiants ? Ce n'est pas qu'il s'amuse de la situation, tant s'en faut, mais on a l'impression qu'il retrouve enfin son milieu naturel.

Siniavski serait une sorte de lichen. Avec sa barbe drue, ses yeux qui louchent, sa diction posée de prof d'université, il serait capable de s'adapter au sol lunaire si on lui en donnait l'occasion.

On se surprend à penser que Siniavski serait déçu s'il était acquitté – ce qui ne risque pas d'arriver.

Le châtiment tombe : sept ans de camp à régime sévère pour Siniavski, cinq pour Daniel.

Ainsi justice a été rendue.

XXII

Plus souriante que jamais, Rozanova accueille Ivanov.

— Mais entrez donc, lieutenant, faites comme chez vous !

— Capitaine… Je suis maintenant capitaine.

— Déjà capitaine ?

— Enfin je ne viens pas, comment dire… C'est pas pour… C'est une visite amicale, si vous voulez. D'abord pour vous dire que votre mari va bien, il est en bonne santé…

Pourquoi faut-il que cette femme le mette si mal à l'aise ?

— Je n'en doutais pas. Il est dans notre intérêt commun qu'il ne lui arrive rien, n'est-ce pas ?… Et, entre nous, je suis contente qu'il soit avec vous, bien gardé, en Mordovie. Parce qu'on ne sait jamais, avec les maris, ils peuvent s'envoler vers d'autres cieux. Alors que là, chez vous pour sept ans, ça ne risque pas… Comment va la santé de notre lieutenant-colonel Pakhomov, poste 28-17 ?… L'hypertension est sous contrôle ?… Et le capitaine Nikonovitch ?

Cette femme redoutable a retenu les noms de tous les opérationnels présents au moment de la perquisition. On se demande comment elle a obtenu le numéro de la ligne directe du juge d'instruction – c'est confidentiel défense. Ivanov a un frisson d'irrationalité. Il a l'impression qu'elle est du genre à savoir que le « M » de son Erika coince un peu quand on tape trop vite.

— Nikonovitch ne travaille plus chez nous. Enfin, plus dans notre équipe.

— Pourquoi ? Il a fait une bêtise ?... Vous, vous avez changé de lunettes... Bon, puisque vous êtes là, aidez-moi avec cette caisse de livres. Il faudrait la monter sur l'étagère. Attention au lustre !... Et n'abîmez pas vos micros.

— Maria Vassilievna ! soupire Ivanov, en équilibre sur un tabouret. La contrainte opérationnelle est terminée. Vous savez bien qu'il n'y a plus de matériel d'écoute chez vous.

Ça le blesse qu'on puisse soupçonner les services de manquer de fair-play.

Alors Rozanova :

— Et ce truc blanc, là-bas, le long de la canalisation, on le voit à peine, mais quand même...

Ça la fout mal : les sagouins de l'équipe technique ont oublié un fil. Ce n'est pas du boulot, ça !

— Remarquez, je ne me plains pas. Enregistrez-moi, si ça vous fait plaisir. Je suis une bonne femme ordinaire, je n'ai rien à cacher. Comme toutes les citoyennes de l'Union soviétique.

Ordinaire, elle ne l'est sûrement pas, se dit Ivanov. Et « femme » ?... Vous rigolez ! Boa constrictor, oui !

Il ne faut pas s'éterniser.

— Maria Vassilievna, je suis aussi venu pour vous transmettre un message. Et si vous faisiez signer à André Donatovitch une demande de libération anticipée pour bonne conduite ?

Il explique que cette demande, si elle est rédigée correctement, aurait toutes les chances d'être favorablement accueillie par qui de droit. C'est un écrivain, son mari, pas un spéculateur. Il fait comprendre que les services en ont assez de cette campagne en faveur de Siniavski qui ne quitte pas les pages des journaux occidentaux. S'il était libéré par anticipation, tout le monde y gagnerait, non ?

— Je vous en supplie, Maria Vassilievna, ne le faites pas croupir là-bas. À cause de son obstination à plaider non coupable, son dossier a été tamponné « à employer aux travaux les plus pénibles ». Il travaille de nuit, à charger et décharger des wagons. Bois, charbon... Ce n'est pas bon... Niveau santé... On sait que vous avez sur lui une influence positive.

Il se sent maladroit, comme quand il a fait sa déclaration à Larissa.

— C'est tentant, réfléchit Rozanova. Il risque toutefois de se braquer. C'est qu'il peut être très borné, mon mari. Comme vous tous, la gent masculine. Pour le convaincre... Vous m'autoriseriez une visite ?

Le capitaine Ivanov est heureux :

— Une visite, mais bien sûr, on va arranger ça !

— De trois jours, la visite. Le maximum, quoi. Dans la cabane des rendez-vous. Et sans le gardien qui se rince l'œil par le trou de la serrure. Je voudrais que vous vous engagiez expressément sur ce point. Qu'il y ait des ordres précis. C'est désagréable, à la fin ! Imaginez qu'on vous mate, vous et votre épouse, pendant que vous... Comment s'appelle-t-elle, déjà ?

— Tamara, improvise Ivanov.

M'enfin, le boa n'a pas à connaître sa vie privée !

Rozanova, surprise :

— C'est drôle, je pensais que c'était Larissa... Vous n'avez pas changé de femme, au moins ?... Jeter l'ancienne pour prendre une neuve, vous, un vrai communiste...

Vite, changer la conversation !

Justement, voilà Iegor. Comme il a grandi !

Ivanov sort une enveloppe.

— Tiens, mon bonhomme, c'est pour toi. Ce sont des timbres. Tu collectionnes les timbres ?... Quand j'étais enfant, tout le monde collectionnait les timbres... Ce bloc a été émis pour les cinquante ans des services... On y a gravé les dates : 1917-1967. Je t'ai pris une feuille de cent, au bureau on en a autant qu'on veut.

Il fouille aussi dans son sac, sort un petit paquet enveloppé de papier journal.

— Je crois savoir que c'était ton anniversaire, il y a quelques jours... Je me suis dit...

Une idée de Larissa. « Les services l'ont vu naître, ce petit. C'est un peu votre mascotte. Offre-lui un jouet. Un jour, on aura peut-être un garçon nous aussi... »

Une petite voiture turquoise. Il l'a trouvée au Voentorg. De fabrication soviétique, impossible de la faire rouler correctement. Les roues se bloquent au bout de trois tours.

— Une ZIL 111-V, s'enthousiasme pourtant Ivanov. Le 14 avril 1961, c'est à bord de cette limousine que Gagarine est arrivé au Kremlin.

Iegor est perplexe :

— Je ne sais pas ce que je pourrai en faire... J'ai déjà une petite voiture qui marche beaucoup mieux. Pour les pièces détachées peut-être.

Pas un merci, pas un sourire. Cet enfant est pourri gâté. À moins qu'il n'ait déjà intégré le mépris de classe, celui des intellectuels pour les gens simples. Quelle famille !...

— Quand faut y aller, faut y aller, dit Ivanov en prenant congé. Maria Vassilievna, je suis extrêmement satisfait de notre mutuelle compréhension.

Il s'échappe – Rozanova n'a pas le temps de lui demander de déménager une autre caisse de livres.

La semaine suivante, elle débarque en Mordovie, à la gare de Potma. Un camion-navette y passe toutes les heures. C'est un omnibus. Trente-six kilomètres plus loin, elle descend à l'arrêt « Iavas, colonie n° 385 ».

La cabane des rendez-vous est à eux pour trois jours. Un lit, deux chaises, une petite table, et une ampoule qui éclaire tout ce luxe, même la nuit. La minuscule fenêtre a des rideaux d'un blanc parfaitement transparent. Elle ne s'ouvre pas et donne sur un mur. Tout est en bois fait main, à la scie, en production locale par les zeks eux-mêmes.

Ivanov a tenu parole : il n'y a pas de voyeurs aux serrures. Enfin seuls !

La première chose que dit Siniavski :

— Mon Dieu ! Tu ne t'imagines même pas, Macha, comme c'est passionnant ici !

Ses yeux louches pétillent.

— Tous ces zeks, toute cette humanité !

Puis il redescend sur terre et pointe un index malicieux vers le sol – attention ! Un codétenu expérimenté l'a averti. Rozanova comprend aussitôt. Si l'on colle l'oreille à la crasse du plancher, on entend le chuintement d'un moteur de magnétophone – on les enregistre. Toutes les heures, ça fait clac ! Changement de bobine !

Alors, avant de se jeter l'un sur l'autre pour rassasier leur faim, les époux échangent les nouvelles du front dans une langue des signes improvisée.

— Il n'est pas question que je demande ma libération anticipée, hausse les sourcils Siniavski. Ce serait reconnaître ma culpabilité. On est d'accord ?

Rozanova se marre.

— Évidemment !... Mais si tu fais semblant d'hésiter et moi d'essayer de te convaincre, on a un levier et une marge de manœuvre. Les services compétents sont comme tout le monde, ils carburent à l'espoir. Et nous...

Elle fait un geste obscène.

— On les baise.

— On les baise, oui, pour pouvoir baiser.

Ni le clac ! de la bobine, ni l'odeur de vieux tabac qui a imprégné les couvertures, ni la promiscuité des gardiens dont on entend les pas et les conversations, ni même leur propre fatigue, proche de l'épuisement, rien ne dérange les aventuriers.

Evgueni Feodorovitch Ivanov a grimpé dans la hiérarchie des services compétents jusqu'au grade de général. Très apprécié dans les hautes sphères pour sa fidélité au parti, à l'aise dans les marais bureaucratiques, il a fini par diriger la célèbre cinquième section (chasse aux dissidents), créée par Youri Andropov dans le sillage de l'affaire Siniavski-Daniel. A effectué plusieurs missions en France, où il s'est fait remarquer en faisant partie des « diplomates » expulsés en 1983. Après l'effondrement de l'URSS, a travaillé dans l'équipe de l'oligarque des médias Vladimir Goussinski. Membre d'honneur du Club des vétérans de la Tchéka-KGB-FSB.

En récompense des services rendus, « Monocle » a été exfiltré à Dresde, ville où personne n'avait eu vent de son passé de *seksot*. Il y a passé le reste de sa vie en enseignant l'histoire de l'architecture de l'Asie centrale.

La torche d'Urta-Bulak aura brûlé pendant deux ans et dix mois. Elle a été effectivement éteinte par l'explosion d'une charge nucléaire souterraine, le 30 septembre 1966.

André Siniavski a été libéré en juin 1971, après cinq ans et neuf mois d'emprisonnement.

REMERCIEMENTS

Il serait fastidieux de citer ici toutes les sources utilisées. Voici néanmoins quelques ouvrages qui ont été de fidèles compagnons :

Le Livre blanc du procès Siniavski-Daniel, compilé par Alexandre Guinzburg, Posev, 1967.

Bonne nuit ! par André Siniavski (Abram Tertz), Albin Michel, 1984.

Le Chemin vers l'Australie (mémoires) par Vladimir Kabo, Vostotchnaïa Literatura, 2008.

L'Appareil du Comité central du PCUS et la culture (1965-1972), documents rassemblés par N. Tomilina, Rosspen, 2009.

La Vie quotidienne de la capitale soviétique sous Khrouchtchev et Brejnev par Alexandre Vaskin, Molodaïa Gvardia, 2017.

La vie s'est révélée longue (mémoires) par Lioudmila Serguéeva, AST, 2018.

Je remercie aussi tout particulièrement la Hoover Institution, à Stanford, où sont conservées les archives d'André Siniavski.

Je tire mon chapeau à cette poignée d'intellectuels soviétiques qui ont osé protester publiquement contre le procès Siniavski-Daniel et qui ont subi, pour nombre d'entre eux, brimades, exclusions, persécutions diverses. Je salue enfin ces amis dévoués et courageux qui ont tant fait au quotidien pour notre survie : Emma Chitova, Lazar Fleishman, Igor Golomstock, Vilia Khoslavskaïa, Émile Lioubochitz, André et Lydia Menchoutine, Evgueni Rosenblum, Lioudmila Serguéeva.

DU MÊME AUTEUR

Aux Éditions P.O.L

LA MARCHE DU CANARD SANS TÊTE, 2021

CES CASSEROLES QUI APPLAUDISSENT AUX FENÊTRES, 2020

LES SERVICES COMPÉTENTS, 2020 (Folio n° 6975)

ÉCRIRE À L'ÉLASTIQUE, avec Nicolas Fargues, 2017 (Folio n° 6538)

LE RETOUR DE RUSSIE, 2016

LA REVANCHE DE KEVIN, 2015 (Folio n° 6189)

L'AMBITION, 2013 (Folio n° 5979)

L'ÉCOLOGIE EN BAS DE CHEZ MOI, 2011 (Folio n° 5446)

THRILLER, 2009

LES TROIS VIES DE LUCIE, 2006

JEANNE D'ARC FAIT TIC-TAC, 2005

LE TRUOC-NOG, 2003

O.N.G. !, 2003. Grand Prix de l'humour noir et prix RD-RG/Paris Première (Folio n° 4094)

SPÉCIMEN MÂLE, 2001

ACNÉ FESTIVAL, 1999

IPSO FACTO, 1998 (Folio n° 4312)

Aux Éditions Naïve

L'ÉVANGILE ÉTINCELANT, illustrations Emma Siniavski, 2013

LA VIE EXPLIQUÉE À MON PÈRE, illustrations Emma Siniavski, 2012

Aux Éditions Les Échappés

RÊVE PLUS VITE, CAMARADE ! L'INDUSTRIE DU SLOGAN EN URSS DE 1918 À 1935, 2017

VILAINES PENSÉES, 2014

COLLECTION FOLIO

Dernières parutions

6861. Danièle Sallenave	*L'églantine et le muguet*
6862. Martin Winckler	*L'École des soignantes*
6863. Zéno Bianu	*Petit éloge du bleu*
6864. Collectif	*Anthologie de la littérature grecque. De Troie à Byzance*
6865. Italo Calvino	*Monsieur Palomar*
6866. Auguste de Villiers de l'Isle-Adam	*Histoires insolites*
6867. Tahar Ben Jelloun	*L'insomniaque*
6868. Dominique Bona	*Mes vies secrètes*
6869. Arnaud Cathrine	*J'entends des regards que vous croyez muets*
6870. Élisabeth Filhol	*Doggerland*
6871. Lisa Halliday	*Asymétrie*
6872. Bruno Le Maire	*Paul. Une amitié*
6873. Nathalie Léger	*La robe blanche*
6874. Gilles Leroy	*Le diable emporte le fils rebelle*
6875. Jacques Ferrandez / Jean Giono	*Le chant du monde*
6876. Kazuo Ishiguro	*2 nouvelles musicales*
6877. Collectif	*Fioretti. Légendes de saint François d'Assise*
6878. Herta Müller	*La convocation*
6879. Giosuè Calaciura	*Borgo Vecchio*
6880. Marc Dugain	*Intérieur jour*
6881. Marc Dugain	*Transparence*
6882. Elena Ferrante	*Frantumaglia. L'écriture et ma vie*
6883. Lilia Hassaine	*L'œil du paon*
6884. Jon McGregor	*Réservoir 13*
6885. Caroline Lamarche	*Nous sommes à la lisière*

6886. Isabelle Sorente — *Le complexe de la sorcière*
6887. Karine Tuil — *Les choses humaines*
6888. Ovide — *Pénélope à Ulysse* et autres lettres d'amour de grandes héroïnes antiques
6889. Louis Pergaud — *La tragique aventure de Goupil* et autres contes animaliers
6890. Rainer Maria Rilke — *Notes sur la mélodie des choses* et autres textes
6891. George Orwell — *Mil neuf cent quatre-vingt-quatre*
6892. Jacques Casanova — *Histoire de ma vie*
6893. Santiago H. Amigorena — *Le ghetto intérieur*
6894. Dominique Barbéris — *Un dimanche à Ville-d'Avray*
6895. Alessandro Baricco — *The Game*
6896. Joffrine Donnadieu — *Une histoire de France*
6897. Marie Nimier — *Les confidences*
6898. Sylvain Ouillon — *Les jours*
6899. Ludmila Oulitskaïa — *Médée et ses enfants*
6900. Antoine Wauters — *Pense aux pierres sous tes pas*
6901. Franz-Olivier Giesbert — *Le schmock*
6902. Élisée Reclus — *La source* et autres histoires d'un ruisseau
6903. Simone Weil — *Étude pour une déclaration des obligations envers l'être humain* et autres textes
6904. Aurélien Bellanger — *Le continent de la douceur*
6905. Jean-Philippe Blondel — *La grande escapade*
6906. Astrid Éliard — *La dernière fois que j'ai vu Adèle*
6907. Lian Hearn — *Shikanoko, livres I et II*
6908. Lian Hearn — *Shikanoko, livres III et IV*
6909. Roy Jacobsen — *Mer blanche*
6910. Luc Lang — *La tentation*
6911. Jean-Baptiste Naudet — *La blessure*
6912. Erik Orsenna — *Briser en nous la mer gelée*
6913. Sylvain Prudhomme — *Par les routes*
6914. Vincent Raynaud — *Au tournant de la nuit*

6915. Kazuki Sakuraba — *La légende des filles rouges*
6916. Philippe Sollers — *Désir*
6917. Charles Baudelaire — *De l'essence du rire* et autres textes
6918. Marguerite Duras — *Madame Dodin*
6919. Madame de Genlis — *Mademoiselle de Clermont*
6920. Collectif — *La Commune des écrivains. Paris, 1871 : vivre et écrire l'insurrection*
6921. Jonathan Coe — *Le cœur de l'Angleterre*
6922. Yoann Barbereau — *Dans les geôles de Sibérie*
6923. Raphaël Confiant — *Grand café Martinique*
6924. Jérôme Garcin — *Le dernier hiver du Cid*
6925. Arnaud de La Grange — *Le huitième soir*
6926. Javier Marías — *Berta Isla*
6927. Fiona Mozley — *Elmet*
6928. Philip Pullman — *La Belle Sauvage. La trilogie de la Poussière, I*
6929. Jean-Christophe Rufin — *Les trois femmes du Consul. Les énigmes d'Aurel le Consul*
6930. Collectif — *Haikus de printemps et d'été*
6931. Épicure — *Lettre à Ménécée* et autres textes
6932. Marcel Proust — *Le Mystérieux Correspondant* et autres nouvelles retrouvées
6933. Nelly Alard — *La vie que tu t'étais imaginée*
6934. Sophie Chauveau — *La fabrique des pervers*
6935. Cecil Scott Forester — *L'heureux retour*
6936. Cecil Scott Forester — *Un vaisseau de ligne*
6937. Cecil Scott Forester — *Pavillon haut*
6938. Pam Jenoff — *La parade des enfants perdus*
6939. Maylis de Kerangal — *Ni fleurs ni couronnes* suivi de *Sous la cendre*
6940. Michèle Lesbre — *Rendez-vous à Parme*
6941. Akira Mizubayashi — *Âme brisée*
6942. Arto Paasilinna — *Adam & Eve*
6943. Leïla Slimani — *Le pays des autres*
6944. Zadie Smith — *Indices*

6945. Cesare Pavese — *La plage*
6946. Rabindranath Tagore — *À quatre voix*
6947. Jean de La Fontaine — *Les Amours de Psyché et de Cupidon* précédé d'*Adonis* et du *Songe de Vaux*
6948. Bartabas — *D'un cheval l'autre*
6949. Tonino Benacquista — *Toutes les histoires d'amour ont été racontées, sauf une*
6950. François Cavanna — *Crève, Ducon !*
6951. René Frégni — *Dernier arrêt avant l'automne*
6952. Violaine Huisman — *Rose désert*
6953. Alexandre Labruffe — *Chroniques d'une station-service*
6954. Franck Maubert — *Avec Bacon*
6955. Claire Messud — *Avant le bouleversement du monde*
6956. Olivier Rolin — *Extérieur monde*
6957. Karina Sainz Borgo — *La fille de l'Espagnole*
6958. Julie Wolkenstein — *Et toujours en été*
6959. James Fenimore Cooper — *Le Corsaire Rouge*
6960. Jean-Baptiste Andrea — *Cent millions d'années et un jour*
6961. Nino Haratischwili — *La huitième vie*
6962. Fabrice Humbert — *Le monde n'existe pas*
6963. Karl Ove Knausgaard — *Fin de combat. Mon combat - Livre VI*
6964. Rebecca Lighieri — *Il est des hommes qui se perdront toujours*
6965. Ian McEwan — *Une machine comme moi*
6966. Alexandre Postel — *Un automne de Flaubert*
6967. Anne Serre — *Au cœur d'un été tout en or*
6968. Sylvain Tesson — *La panthère des neiges*
6969. Maurice Leblanc — *Arsène Lupin, gentleman-cambrioleur*
6970. Nathacha Appanah — *Le ciel par-dessus le toit*
6971. Pierre Assouline — *Tu seras un homme, mon fils*
6972. Maylis Besserie — *Le tiers temps*
6973. Marie Darrieussecq — *La mer à l'envers*
6974. Marie Gauthier — *Court vêtue*

6975. Iegor Gran	*Les services compétents*
6976. Patrick Modiano	*Encre sympathique*
6977. Christophe Ono-dit-Biot et Adel Abdessemed	*Nuit espagnole*
6978. Regina Porter	*Ce que l'on sème*
6979. Yasmina Reza	*Anne-Marie la beauté*
6980. Anne Sinclair	*La rafle des notables*
6981. Maurice Leblanc	*Arsène Lupin contre Herlock Sholmès*
6982. George Orwell	*La Ferme des animaux*
6983. Jean-Pierre Siméon	*Petit éloge de la poésie*
6984. Amos Oz	*Ne dis pas la nuit*
6985. Belinda Cannone	*Petit éloge de l'embrassement*
6986. Christian Bobin	*Pierre,*
6987. Claire Castillon	*Marche blanche*
6988. Christelle Dabos	*La Passe-miroir, Livre IV. La tempête des échos*
6989. Hans Fallada	*Le cauchemar*
6990. Pauline Guéna	*18.3. Une année à la PJ*
6991. Anna Hope	*Nos espérances*
6992. Elizabeth Jane Howard	*Étés anglais. La saga des Cazalet I*
6993. J.M.G. Le Clézio	*Alma*
6994. Irène Némirovsky	*L'ennemie*
6995. Marc Pautrel	*L'éternel printemps*
6996. Lucie Rico	*Le chant du poulet sous vide*
6997. Abdourahman A. Waberi	*Pourquoi tu danses quand tu marches ?*
6998. Sei Shônagon	*Choses qui rendent heureux* et autres notes de chevet
6999. Paul Valéry	*L'homme et la coquille* et autres textes
7000. Tracy Chevalier	*La brodeuse de Winchester*
7001. Collectif	*Contes du Chat noir*
7002. Edmond et Jules de Goncourt	*Journal*
7003. Collectif	*À nous la Terre !*
7004. Dave Eggers	*Le moine de Moka*

7005. Alain Finkielkraut — *À la première personne*
7007. C. E. Morgan — *Tous les vivants*
7008. Jean d'Ormesson — *Un hosanna sans fin*
7009. Amos Oz — *Connaître une femme*
7010. Olivia Rosenthal — *Éloge des bâtards*
7011. Collectif — *Écrire Marseille.* 15 grands auteurs célèbrent la cité phocéenne
7012. Fédor Dostoïevski — *Les Nuits blanches*
7013. Marguerite Abouet et Clément Oubrerie — *Aya de Yopougon 5*
7014. Marguerite Abouet et Clément Oubrerie — *Aya de Yopougon 6*
7015. Élisa Shua Dusapin — *Vladivostok Circus*
7016. David Foenkinos — *La famille Martin*
7017. Pierre Jourde — *Pays perdu*
7018. Patrick Lapeyre — *Paula ou personne*
7019. Albane Linÿer — *J'ai des idées pour détruire ton ego*
7020. Marie Nimier — *Le Palais des Orties*
7021. Daniel Pennac — *La loi du rêveur*
7022. Philip Pullman — *La Communauté des esprits. La trilogie de la Poussière II*
7023. Robert Seethaler — *Le Champ*
7024. Jón Kalman Stefánsson — *Lumière d'été, puis vient la nuit*
7025. Gabrielle Filteau-Chiba — *Encabanée*
7026. George Orwell — *Pourquoi j'écris* et autres textes politiques
7027. Ivan Tourguéniev — *Le Journal d'un homme de trop*
7028. Henry Céard — *Une belle journée*
7029. Mohammed Aïssaoui — *Les funambules*
7030. Julian Barnes — *L'homme en rouge*
7031. Gaëlle Bélem — *Un monstre est là, derrière la porte*
7032. Olivier Chantraine — *De beaux restes*
7033. Elena Ferrante — *La vie mensongère des adultes*

7034.	Marie-Hélène Lafon	*Histoire du fils*
7035.	Marie-Hélène Lafon	*Mo*
7036.	Carole Martinez	*Les roses fauves*
7037.	Laurine Roux	*Le Sanctuaire*
7038.	Dai Sijie	*Les caves du Potala*
7039.	Adèle Van Reeth	*La vie ordinaire*
7040.	Antoine Wauters	*Nos mères*
7041.	Alain	*Connais-toi* et autres fragments
7042.	Françoise de Graffigny	*Lettres d'une Péruvienne*
7043.	Antoine de Saint-Exupéry	*Lettres à l'inconnue* suivi de *Choix de lettres dessinées*
7044.	Pauline Baer de Perignon	*La collection disparue*
7045.	Collectif	*Le Cantique des cantiques. L'Ecclésiaste*
7046.	Jessie Burton	*Les secrets de ma mère*
7047.	Stéphanie Coste	*Le passeur*
7048.	Carole Fives	*Térébenthine*
7049.	Luc-Michel Fouassier	*Les pantoufles*
7050.	Franz-Olivier Giesbert	*Dernier été*
7051.	Julia Kerninon	*Liv Maria*
7052.	Bruno Le Maire	*L'ange et la bête. Mémoires provisoires*
7053.	Philippe Sollers	*Légende*
7054.	Mamen Sánchez	*La gitane aux yeux bleus*
7055.	Jean-Marie Rouart	*La construction d'un coupable.* À paraître
7056.	Laurence Sterne	*Voyage sentimental en France et en Italie*
7057.	Nicolas de Condorcet	*Conseils à sa fille* et autres textes
7058.	Jack Kerouac	*La grande traversée de l'Ouest en bus* et autres textes beat
7059.	Albert Camus	*« Cher Monsieur Germain,... »* Lettres et extraits
7060.	Philippe Sollers	*Agent secret*

Tous les papiers utilisés pour les ouvrages des collections Folio sont certifiés et proviennent de forêts gérées durablement.

Composition Nord Compo
Impression Maury Imprimeur
45330 Malesherbes
le 20 octobre 2022
Dépôt légal : octobre 2022
1er dépôt légal dans la collection : octobre 2021
Numéro d'imprimeur : 266237

ISBN 978-2-07-293639-5 / Imprimé en France.

559629